DE FRENTE
PARA O SOL

Julian Barnes

DE FRENTE PARA O SOL

Tradução de
AULYDE SOARES RODRIGUES

Rocco

Título original:
STARING AT THE SUN

© Julian Barnes, 1986

Direitos para a língua portuguesa reservados
com exclusividade para o Brasil à
EDITORA ROCCO LTDA.
Av. Presidente Wilson, 231 – 8º andar
20030-021 – Rio de Janeiro – RJ
Tel.: (21) 3525-2000 – Fax: (21) 3525-2001
rocco@rocco.com.br
www.rocco.com.br

Printed in Brazil/Impresso no Brasil

preparação de originais
CELINA CÔRTES

CIP-Brasil. Catalogação na fonte.
Sindicato Nacional dos Editores de Livros, RJ.

B241d   Barnes, Julian
          De frente para o sol / Julian Barnes; tradução de
       Aulyde Soares Rodrigues. – Rio de Janeiro: Rocco, 1990.

          Tradução de: Staring at the sun
          ISBN 85-325-0030-7

          1. Romance inglês. I. Rodrigues, Aulyde Soares.
II. Título.

90-0032   CDD–823
                                                            CDU–820-3

O texto deste livro obedece às normas do
Acordo Ortográfico da Língua Portuguesa.

Para Pat

Foi assim que aconteceu. Na noite negra e calma de junho, 1944, o sargento-piloto Thomas Prosser fazia uma incursão furtiva nos céus do norte da França. Seu Hurricane IIB, camuflado, era apenas um vulto negro e indistinto. Dentro da cabine, a luz vermelha do painel de instrumentos refletia-se suavemente no rosto e nas mãos de Prosser. O piloto fulgurava como um vingador. Voava com a capota aberta, olhando para baixo, à procura das luzes de um campo de pouso, e para o céu, atenção ao primeiro sinal da luz quente do escapamento do bombardeiro. Naquela última meia hora antes do nascer do sol, Prosser esperava encontrar um Heinkel ou um Dornier voltando de alguma cidade inglesa. O bombardeiro teria passado ao largo das baterias antiaéreas, fugido à publicidade dos holofotes, evitado os balões de barragem e os caças noturnos. Devia estar se estabilizando agora, a tripulação pensando no café quente de chicória, o trem de pouso logo seria abaixado – e então chegava a hora da recompensa do caçador furtivo.

Não encontrou nenhuma presa naquela noite. Às 3:46, Prosser fixou o curso para a base. Atravessou a costa francesa, a 5.500 metros de altitude. Talvez o desapontamento o tivesse levado a atrasar a volta, pois quando olhou para o Canal viu o sol aparecendo no leste. No ar vazio e sereno, o sol cor de laranja libertava-se calmo e firme da barra amarela do horizonte.

Prosser acompanhou com os olhos a subida lenta. Seu instinto treinado o fazia virar a cabeça a cada três segundos, mas era pouco provável que aparecesse um caça alemão àquela hora. Tudo que ele via era o sol erguendo-se do mar, numa lentidão regular, inexorável, quase cômica.

Finalmente, quando o globo cor de laranja pousou com imponente elegância nas ondas distantes, Prosser desviou a vista, atento outra vez ao perigo. Seu avião negro era tão visível, agora no ar matinal, quanto um predador do Ártico com a pele errada na mudança da estação. Inclinando o avião para fazer a curva, viu lá embaixo uma faixa de fumaça negra. Talvez um navio solitário com problemas. Desceu rapidamente na direção das ondas cintilantes que pareciam miniaturas até avistar um cargueiro, que navegava para oeste. Mas a fumaça negra tinha desaparecido e não parecia haver nada de errado com ele. Provavelmente estavam alimentando a fornalha.

A 2.400 metros de altitude, Prosser estabilizou o avião e fixou outra vez o curso para a base. Na metade do Canal permitiu-se, como a tripulação do bombardeiro alemão, pensar no café quente e no sanduíche de bacon que ia saborear depois de fazer seu relatório de voo. Então aconteceu. A velocidade da sua descida devolvera o sol à linha do horizonte e quando olhou para o leste Prosser o viu nascendo outra vez no mesmo lugar, sobre o mesmo mar. Novamente esquecendo a cautela, Prosser olhou para o sol. O globo cor de laranja, a faixa amarela, o ar sereno e o movimento ascendente, suave e sem peso sobre as águas, pela segunda vez naquela manhã. Um pequeno milagre que Prosser jamais esqueceria.

UM

"Você me pergunta o que é a vida. É o mesmo que perguntar o que é uma cenoura. Uma cenoura é uma cenoura, e nada mais se sabe."

Tchekhov para Olga Knipper, 20 de abril, 1904

Muitos achavam que devia ser exaustivo olhar o passado do alto dos 90 anos. Visão de túnel, pensavam, visão tubular. Mas não era isso. Às vezes o passado parecia filmado com uma câmara portátil, às vezes erguia-se imponente emoldurado por um arco de proscênio com espirais de gesso e cortinas pendentes, às vezes passava suavemente uma história de amor da era do cinema mudo, agradável, fora de foco e completamente improvável. E às vezes era somente uma sucessão de fotografias emprestadas pela lembrança.

O Incidente com o tio Leslie – o primeiro Incidente terrível de sua vida – apareceu numa série de slides de lanterna mágica. Uma história com moral, em sépia: o vilão adorável usava até bigode. Ela tinha 7 anos, era Natal, tio Leslie era seu tio favorito. O slide 1 mostrava tio Leslie inclinando-se da sua imensa estatura para entregar um presente. "Jacintos", murmurou ele, entregando a ela um pote cor de biscoito encimado por uma mitra de papel pardo. "Guarde no armário aberto e espere até a primavera." Ela queria vê-los agora. "Oh, não terão brotado ainda." Como é que ele sabia? Mais tarde, às escondidas, Leslie abriu um canto do papel pardo e deixou que ela espiasse. Surpresa! Já *estavam* aparecendo. Quatro delicadas hastes amareladas de mais ou menos um centímetro. Tio Leslie emitiu a risada relutante do adulto impressionado de repente com a sabedoria de uma criança. "Porém", explicou ele, "essa é mais uma razão para não olhar outra vez até a primavera. Mais luz pode fazer com que cresçam além das suas forças."

Ela pôs os jacintos no armário aberto e esperou seu crescimento. Pensava neles muitas vezes, imaginando como seria um jacinto. Agora o slide 2. No fim de janeiro ela foi ao banheiro com uma lanterna, apagou as luzes, abriu o buraquinho no papel, iluminou o pote e espiou para dentro. As quatro pequenas hastes promissoras lá estavam, ainda com um centímetro. A luz que ela deixara entrar no Natal, pelo menos, não as tinha prejudicado.

No fim de fevereiro ela olhou outra vez, mas é claro que ainda não tinha começado a estação do crescimento. Três semanas mais tarde, tio Leslie os visitou, a caminho do seu clube de golfe. Durante o almoço, voltou-se para ela com ar de conspirador e perguntou:

– Muito bem, pequena Jeanie, os jacintos são jacintos de Natal?

– Você me disse para não olhar.

– Tem razão. Tem razão.

– Ela espiou novamente no fim de março, e depois – slides 5 a 10 – no dia 2 de abril, dias 5, 8, 9, 10 e 11. No dia 12 sua mãe concordou em examinar melhor o pote. Forraram a mesa da cozinha com o *Daily Express* da véspera e abriram cuidadosamente o embrulho de papel pardo. Os quatro brotos amarelos estavam do mesmo tamanho. A Sra. Serjeant parecia embaraçada.

– Acho melhor jogar fora, Jean.

Os adultos estavam sempre jogando coisas fora. Essa era uma das diferenças mais evidentes. As crianças gostam de guardar coisas.

– Talvez as raízes estejam crescendo.

Jean começou a afofar a terra de turfa solidamente apertada contra os brotos.

– Eu não faria isso – disse a mãe.

Tarde demais. Um depois do outro, Jeanie desenterrou quatro suportes para bola de golfe, plantados de cabeça para baixo.

Por estranho que pareça, o incidente não a fez perder a fé no tio Leslie. Perdeu, isto sim, a fé em jacintos.

Revendo o passado, Jean imaginou que na certa tivera amigos na infância, mas não conseguia recordar nenhuma confidente especial com sorriso de conspiradora, nem de brincadeiras, como pular corda, jogar bolotas de carvalho, mensagens secretas passadas sobre carteiras manchadas de tinta, na escola da cidadezinha, com a impressionante inscrição gravada sobre a porta. Talvez tivesse havido tudo isso, talvez não. Na lembrança, tio Leslie era bastante simpático, com o cabelo muito crespo cheio de brilhantina e o paletó azul-escuro com o emblema do regimento no bolso superior. Sabia fazer copos de vinho de papel e sempre que ia ao clube de golfe dizia: "Vou dar um pulinho ao Velho Refúgio Verde." Tio Leslie era o tipo de homem com quem ela se casaria.

Logo depois do incidente dos jacintos, ele começou a levá-la ao Velho Refúgio Verde. Quando chegavam ele a fazia sentar num banco embolorado perto do estacionamento ordenando, com fingida severidade, que tomasse conta dos seus tacos.

– Vou dar uma lavadinha atrás das orelhas.

Vinte minutos depois partiam para o primeiro *tee* do jogo, tio Leslie carregando os tacos e cheirando a cerveja, Jean com o taco de areia no ombro. Era um truque inventado por Leslie para dar sorte. Enquanto Jean carregasse o taco pronto para ser usado, o relâmpago não cairia e ele ficaria livre do fosso de areia.

– Não abaixe a ponta do taco – dizia ele –, do contrário vamos ter mais areia voando que num dia de vento no deserto de Gobi.

E ela carregava o taco corretamente, como se fosse um rifle. Certa vez, cansada, na subida para o buraco número quinze, ela o arrastou pelo chão e a segunda tacada do tio Leslie atirou a bola diretamente na areia, a quinze metros de distância.

– Veja o que você fez – disse ele, com um misto de zanga e satisfação. – Vai ter de me pagar uma no dezenove por causa disso.

Tio Leslie muitas vezes falava com ela num código estranho que Jean fingia entender. Todos sabiam que o campo de golfe tinha só dezoito buracos e que ela não tinha dinheiro algum, mas fez um gesto afirmativo com a cabeça, como se estivesse sempre pagando alguma coisa para os outros – pagando o quê? – no dezenove. Quando cresceu, explicaram o código para ela, mas até lá viveu muito feliz não sabendo do que se tratava. E já havia fragmentos de compreensão. Se a bola desviava desobediente para o bosque, Leslie às vezes resmungava: "Uma pelos jacintos" – a única referência que jamais fez ao presente de Natal.

Contudo, a maior parte das coisas que ele dizia estavam além da sua compreensão. Marchavam decididos sobre a grama, ele com a sacola cheia de tacos de nogueira, que se entrechocavam surdamente, ela apresentando armas com o taco de areia. Jean era proibida de falar. Tio Leslie explicou que qualquer conversa impedia sua concentração na próxima tacada. Mas ele podia, e enquanto caminhava na direção do brilho branco distante, que às vezes não passava de um papel de bala, ele parava ocasionalmente, inclinava-se e murmurava os segredos da sua mente. No quinto buraco ele disse que tomate dava câncer e que o sol jamais ia se pôr sobre o império, no décimo ela ficou sabendo que os bombardeiros eram o futuro e que o velho Musso podia ser um carcamano mas sabia de que lado devia dobrar o papel. Certa vez pararam no curto número doze (um ato sem precedentes, numa paridade três) e Leslie explicou solenemente.

– Além disso, seu *Judeu* na verdade não *gosta* de golfe.

Continuaram então na direção da areia à esquerda do gramado, enquanto Jean repetia mentalmente a nova verdade que lhe fora confiada.

Ela gostava de ir ao Velho Refúgio Verde, nunca se sabia o que podia acontecer. Certo dia, depois do tio Leslie lavar atrás das orelhas mais demoradamente que de hábito, ele teve de parar na trilha acidentada para o quarto buraco. Jean obedeceu à ordem e ficou de costas, mas não pôde deixar de ouvir o jato de líquido demorado e volumoso, com as suas evidentes implicações. Espiou por baixo do cotovelo erguido (isso não era bem bisbilhotar) e viu o vapor erguendo-se das samambaias de meio metro de altura.

Depois veio o momento do truque de Leslie. Entre o nono e o décimo, cercada por vidoeiros recém-plantados, havia uma pequena cabana de madeira, como uma rústica casa de passarinho. Ali, quando o vento soprava na direção certa, tio Leslie às vezes executava seu truque. Tirava um cigarro do bolso superior do paletó com cotoveleiras de couro, colocava-o sobre o joelho, passava as mãos acima dele, como um mágico, levava-o aos lábios, piscava lentamente para Jeanie e acendia um fósforo. Sentada ao lado dele, Jean continha o fôlego, procurando não se mover. Assopros e bufos estragam truques, havia dito o tio Leslie, assim como gente que não para quieta.

Após um ou dois minutos ela olhava para o lado, procurando não fazer nenhum movimento brusco. O cigarro tinha dois centímetros de cinza na ponta e o tio Leslie estava dando outra tragada. Na segunda olhadela, a cabeça dele estava um pouco inclinada para trás e metade do cigarro era só cinza. A partir daí, tio Leslie não olhava para ela, atentamente concentrado, a cada tragada inclinando-se um pouco mais para trás, bem devagar. Finalmente, a cabeça ficava em ângulo reto com as costas e o cigarro era todo cinza, exceto a pequena porção que Leslie segurava, erguendo-se verticalmente na direção do telhado da gigantesca casa de passarinho. O truque dera certo.

Então, ele erguia a mão esquerda e tocava o braço de Jeanie, que, levantando-se silenciosamente, tentava não respirar para não assoprar nem bufar, o que podia derrubar a cinza no paletó do tio Leslie, e seguia para o décimo buraco. Alguns minutos depois, ele aparecia, com um leve sorriso. Jean nunca perguntou como ele fazia aquilo, talvez pensando que ele não contaria.

E havia a hora dos gritos. Sempre no mesmo lugar, um campo plano atrás do triângulo de vidoeiros úmidos e fedidos que seguiam até o caminho para o 14º. Todas as vezes, o tio Leslie dava a tacada tão de viés que tinham de procurar na parte do bosque menos visitada, onde os troncos eram cobertos de musgo e era mais espessa a camada de frutos de vidoeiro no chão. Na primeira vez, viram-se à frente dos degraus de uma cerca, lamacentos e pegajosos, embora não chovesse há vários dias. Subiram os degraus e começaram a procurar nos primeiros poucos metros da rampa coberta de relva. Depois de bater inutilmente na relva com o pé e com o taco, Leslie inclinou-se e disse:

– Por que não damos um bom grito?

Jean olhou para ele, sorrindo. Dar um bom grito era evidentemente o que devia ser feito em ocasiões como aquela. Afinal, era muito chato não encontrar a bola. Leslie explicou:

– Essas são as regras.

Então, com as cabeças inclinadas para trás gritaram para o céu. Tio Leslie com voz profunda e rouca, como um trem saindo do túnel, Jean com um grito estridente e trêmulo, sem saber quanto tempo seu fôlego ia aguentar. Os olhos ficam abertos – aparentemente essa era uma regra tácita –, fixos diretamente no céu, desafiando-o a responder. Então, respiraram pela segunda vez e soltaram outro grito, mais confiante, mais insistente. E outra vez, e na pausa para cada respiração o ronco do trem de Leslie crescia e rugia. O cansaço chegou de repente, não tinham mais nenhum grito e caíram no chão. Jean teria caído de qualquer modo, independentemente das regras, com a fadiga percorrendo seu corpo como a enchente da maré.

Com um ruído surdo tio Leslie despencou a alguns metros dela e os olhares paralelos fixaram-se no céu. A meio caminho do céu, algumas nuvenzinhas se moviam suavemente, como se estivessem acorrentadas, mas talvez até esse pequeno movimento fosse provocado pelo resfolegar das duas figuras deitadas de costas no chão. As regras diziam claramente que podiam resfolegar quanto quisessem.

Depois de algum tempo, ela ouviu a tosse de Leslie.

– Muito bem – disse ele. -- Acho que tenho direito a uma tacada livre.

E voltaram pelos degraus escorregadios, fazendo estalar os frutos secos sob os pés, para o ângulo do quatorze, onde o tio Leslie, depois de olhar para os lados à procura de espiões, calmamente enfiou o suporte no gramado plano, colocou uma bola novinha e brilhante sobre ele e com o taco folheado de latão jogou-a a uns duzentos metros no verde. Isso, apesar de ter gritado com todas as suas forças, pensou Jeanie.

Eles só gritavam quando Leslie enviesava demais a tacada, o que aparentemente só acontecia quando não havia ninguém por perto. E não fizeram muitas vezes, porque depois da primeira gritaria Jeanie ficou com coqueluche. A coqueluche não foi qualificada como incidente, mas o voo arranjado pelo tio Leslie, para melhorar a coqueluche, foi.

Ela estava na cama, no quarto dia da sua doença, ocasionalmente soltando o grito de um pássaro exótico perdido num céu estranho, quando ele apareceu. Sentou na cama com o paletó com o emblema no bolso, e o cheiro de quem já havia lavado atrás das orelhas, e, em vez de perguntar como Jean estava, murmurou:

– Não contou nada a eles sobre nossos gritos, contou?

É claro que não tinha contado.

– O caso é que, você compreende, é um segredo. Um segredo muito bom, eu acho.

Jean fez um gesto de assentimento. Era um segredo extremamente bom. Mas talvez os gritos tivessem provocado a coqueluche. Sua mãe estava sempre dizendo para evitar excessos. Talvez tivesse excitado demais a garganta com os gritos, provocando a coqueluche. Tio Leslie agia como se se considerasse culpado. Quando Jean soltou seu grito de pássaro em pânico, ele ficou um pouco embaraçado.

Dois dias depois, a Sra. Serjeant colocou a roupa de baixo de inverno de Jean sobre a cama, depois um vestido, o casaco, um cachecol e uma manta. Parecia aborrecida, mas resignada.

– Vamos. O tio Leslie fez uma "vaquinha".

A "vaquinha", Jean descobriu, incluía um táxi. Seu primeiro táxi. A caminho do aeroporto procurou não parecer muito excitada. Em Hendon, sua mãe ficou no carro e Jean, de mãos dadas com o pai, ouviu dele a explicação de que as partes de madeira do De Havilland eram de abeto. "O abeto é uma madeira muito resistente", disse ele, "quase tão dura quanto as partes de metal do avião, portanto não precisa se preocupar." Jean não estava preocupada.

Excursão turística de sessenta minutos sobre Londres, partidas de hora em hora. Entre os doze passageiros havia mais duas crianças, embrulhadas como presentes, embora estivessem em agosto. Talvez os tios delas tivessem feito uma "vaquinha". Seu pai, sentado perto da janela, não deixou Jean levantar-se para olhar para fora. Aquela viagem, explicou ele, era de caráter médico e não educacional. Ele passou a viagem toda olhando para as costas do banco de vime na sua frente e segurando os joelhos. Dava a impressão de que ia ficar superexcitado a qualquer momento. Quando o De Havilland se inclinou um pouco, Jean avistou, além dos motores gorduchos e das longarinas entrelaçadas, uma coisa que podia ser a Ponte da Torre. Voltou-se para o pai.

– Psss – disse ele. – Estou me concentrando para que você melhore.

Passou-se mais de um ano antes que ela e o tio Leslie dessem seus gritos outra vez. Continuaram a ir ao Velho Refúgio Verde, é claro, mas aparentemente a tacada de Leslie, no intervalo curvo do 14º buraco, tinha agora uma nova exatidão. Quando no verão seguinte ele finalmente bateu com a cabeça do taco no meio da bola, num desvio assobiado e alto, era como se a bola soubesse exatamente onde devia cair. Eles também sabiam. Pelo caminho de terra, através do bosque úmido de vidoeiros, os degraus enlameados e a rampa coberta de relva. Gritaram no ar morno e caíram de costas no chão. Jean olhou o céu procurando aviões. Girava os olhos nas órbitas, procurando com sua visão lateral. Nenhuma nuvem, nenhum avião. Era como se ela e o tio Leslie tivessem esvaziado o céu com seus gritos. Nada além do azul.

– Muito bem – disse Leslie. – Acho que mereço uma tacada livre.

Não procuraram a bola na ida, no meio do bosque, e não procuraram na volta.

Na terceira vez que gritaram, viram um avião. Jean não havia notado enquanto estavam gritando para o céu, mas deitados, ofegantes, com as nuvens movendo-se lentamente nas suas amarras, ouviu o zumbido distante. Regular demais para um inseto, próximo e distante ao mesmo tempo. Apareceu brevemente entre duas nuvens, desapareceu, apareceu outra vez e zumbiu lentamente na direção do horizonte, perdendo altura. Ela imaginou motores gorduchos, longarinas assobiando e crianças agasalhadas como pacotes.

– Quando Lindbergh atravessou o Atlântico – comentou Leslie perto dela –, levou cinco sanduíches. Só comeu um e meio.

– O que aconteceu com os outros?

– Que outros?

– Os outros três e meio?

Tio Leslie levantou-se, com ar sombrio. Talvez fosse proibido falar, mesmo fora do campo de golfe. Finalmente, quando passavam pelos frutos dos vidoeiros, dessa vez procurando a bola, ele disse num resmungo irritado:

– Provavelmente estão num museu de sanduíches.

Um museu de sanduíches, pensou Jean, será que existia isso? Mas achou melhor não fazer mais perguntas. Gradualmente, nos buracos seguintes, o humor de Leslie melhorou. No 17º, depois de olhar para os lados, disse com ar conspiratório outra vez.

– Vamos fazer o jogo do cordão de sapato?

Ele jamais havia mencionado o jogo antes, mas Jean concordou imediatamente.

Com um gesto largo, tio Leslie deu a tacada, fazendo a bola atravessar o curto trecho de terreno acidentado. Quando chegaram perto dela, inclinou-se e tirou os sapatos marrom e brancos. Cruzou as pontas dos cordões no meio da sola interna e olhando para Jean fez um gesto afirmativo. Jean tirou os sapatos pretos próprios para caminhadas e fez o mesmo. Observou o tio calçar os sapatos com uma formalidade cômica, enfiando primeiro os dedos devagar, depois o resto do pé. Ela fez o mesmo. Ele piscou, olhou, apoiou um joelho no chão, como um apaixonado, bateu de leve na perna dela e lentamente puxou os cordões debaixo do pé esquerdo de Jean. Ela riu. Era uma sensação maravilhosa. De cócegas, a princípio, e gradualmente mais cócegas, mas com um fluxo de prazer subindo até o estômago. Ela fechou os olhos e o tio Leslie tirou os cordões de baixo do seu pé direito. Era melhor ainda com os olhos fechados.

Então foi a vez dele. Jean agachou-se aos pés do tio. Os sapatos de Leslie pareciam enormes vistos tão de perto. As meias cheiravam vagamente a estábulo.

– Um de cada vez para mim – murmurou ele, e ela segurou o primeiro cordão bem perto do ilhós. Puxou e nada aconteceu, puxou outra vez, com mais força, ele mexeu com os dedos do pé e o cordão soltou-se de repente.

– Não valeu – disse ele. – Rápido demais. Ponha o cordão de volta.

Ergueu o pé e Jean enfiou o longo cordão outra vez dentro do sapato, entre a meia úmida e a sola interna. Então ela puxou outra vez, devagar, o cordão saiu facilmente e o silêncio lá em cima significava que tinha feito a coisa certa. Um a um puxou os outros três. Tio Leslie deu algumas pancadinhas na sua cabeça.

– Acho que o taco sete, que tal? Mandar a bola alta, com um pouco de rodopio, e pronto.

– Podemos fazer outra vez?

– É claro que não – disse ele para a bola, remexendo os pés, como se os cordões estivessem ainda dentro do sapato, e balançando o taco com um ágil movimento dos pulsos. Precisamos recarregar as baterias, certo?

Jean fez que sim com a cabeça, ele empurrou a bola para um montinho de terra onde ela se acomodou perfeitamente, mexeu com os pés um pouco mais, deu uma tacada certeira na direção da bandeira e começou a caminhar pela grama.

– Cordões! – gritou ele, e Jean parou para amarrar os cordões do sapato.

No entanto brincaram de cordões de sapato outras vezes. Nem sempre no Velho Refúgio Verde. Às vezes, inesperada e furtivamente, em casa. As regras eram sempre as mesmas. Tio Leslie era o primeiro, puxando os dois cordões dos dois pés de Jean, ela era a segunda e puxava os dele um de cada vez. Jean tentou brincar sozinha, mas não era a mesma coisa, imaginou se aquele brinquedo podia provocar doença. Tudo que era bom provocava doença. Chocolate, bolo, figos deixavam a gente doente, gritar dava coqueluche. O que aconteceria com o jogo dos cordões de sapato?

Provavelmente ia saber logo. E então, quando crescesse, ia saber outras respostas. Respostas a todo tipo de perguntas. Como escolher o taco certo? Existiria um museu de sanduíches? Ou por que seus judeus não gostavam de golfe? Seu pai tinha ficado com medo no De Havilland, ou estava apenas se concentrando? Como aquele tal Musso sabia de que lado o papel se dobrava? Por que a comida era tão diferente quando saía da outra extremidade do corpo? Como fumar um cigarro sem deixar cair a cinza? Será que o céu ficava no fim da chaminé como ela suspeitava secretamente? E por que o visom agarrava-se à vida com tenacidade?

Jean nem sequer entendia o significado dessa última frase, mas com o tempo descobriria a pergunta e mais tarde talvez descobrisse a resposta. Sabia a respeito do visom por causa dos quadros da tia Evelyn. Eram dois, deixados há alguns anos, com a promessa de apanhar logo e passados de parede para parede. No fim, acabaram no quarto de Jean. Seu pai achava que um deles talvez não fosse exatamente para Jean, mas a mãe insistiu para que os dois quadros ficassem juntos. Era uma questão de honestidade, disse ela.

O quadro horizontal mostrava dois homens em algum lugar, numa floresta, com roupas e chapéus antigos. O homem de barba segurava uma doninha pela parte superior do pescoço, e o outro, o que não tinha barba, apoiava-se na espingarda. Havia uma pilha de doninhas mortas a seus pés. Só que não eram doninhas, porque o título do quadro era Armadilhas para Visons e logo abaixo estava a história que Jean lera várias vezes.

O visom, como o rato almiscarado e o arminho de cauda longa, não é muito esperto e pode ser facilmente capturado em qualquer armadilha. É apanhado em armadilhas de aço e armadilhas quadradas, porém mais frequentemente com o que chamam de armadilha-fosso. É atraído por qualquer tipo de carne, mas na maior parte das armadilhas colocam-se cabeças de perdiz de topete, patos selvagens, galinhas, azulões ou outros pássaros. O visom agarra-se à vida com grande tenacidade e encontramos alguns vivos dentro da armadilha-fosso, com uma estaca sobre o corpo comprimido contra o solo por um peso de 70 quilos, sob a qual debatia-se há mais de vinte e quatro horas.

"Agarra-se à vida com grande tenacidade" era a única coisa que Jean não entendia ainda. O que era uma perdiz de topete? Ou um rato almiscarado? Sabia o que era um pato selvagem, e na última primavera havia um casal de azulões barulhentos no bosque de vidoeiros, no intervalo curvo do 14º buraco; e comiam galinha no almoço de domingo, quando seu pai fazia um favor a um freguês. A Sra. Baxter aparecia de manhã para depenar e tirar o sangue e às cinco horas da tarde, mais ou menos, voltava para levar uma das coxas, que enrolava em papel absorvente. O pai de Jean gostava de caçoar da coxa de galinha da Sra. Baxter quando estava trinchando a ave, com piadas que faziam rir a filha e provocavam um muxoxo da mulher.

– A Sra. Baxter leva a cabeça também? – perguntou Jean, certa vez.

– Não, querida, por quê?

– O que fazem com ela?

– Jogamos no lixo.

– Não deviam guardar e vender para os caçadores de visom?

– É preciso primeiro que eles apareçam, minha jovem – respondeu o pai, jovialmente –, é preciso primeiro que eles apareçam.

O quadro vertical no quarto de Jean mostrava uma escada de pedreiro encostada numa árvore, com palavras impressas nos degraus. INDÚSTRIA, dizia o primeiro degrau, TEMPERANÇA, dizia o segundo, na verdade, apenas TEMPERAN, porque as duas últimas letras estavam escondidas pelo joelho do homem que subia. Vinham então PRUDÊNCIA, INTEGRIDADE, ECONOMIA, PONTUALIDADE, CORAGEM e no último degrau PERSEVERANÇA. No primeiro plano via-se uma fila de pessoas esperando para subir na árvore que tinha enfeites de Natal dependurados nos galhos, com inscrições como "Felicidade", "Honra", "o Favor de Deus" e "Boa Vontade entre os Homens". Ao fundo estavam as pessoas que não queriam subir na árvore, jogando, trapaceando, apostando, fazendo greves e entrando num grande prédio chamado Bolsa de Valores.

Jean compreendia o sentido geral do quadro, embora às vezes distraidamente confundisse a árvore com a Árvore da Sabedoria, citada nas Escrituras. Evidentemente não era uma boa coisa subir na Árvore da Sabedoria, mas subir nesta era sem dúvida uma boa coisa, mesmo que não compreendesse bem as palavras escritas nos degraus, nem as duas gravadas nas duas vigas verticais da escada. MORALIDADE, dizia uma, HONESTIDADE era a outra. Jean achava que compreendia algumas das palavras. Honestidade significava manter sempre juntos os dois quadros da tia Evelyn e não mover sua bola para uma posição melhor, quando ninguém estava olhando. Pontualidade significava não chegar tarde na escola. Economia era o que seu pai fazia na loja e sua mãe em casa. Coragem – bem, coragem era andar de avião. Sem dúvida, com o tempo ela entenderia as outras palavras.

Jean tinha 17 anos quando a guerra começou, e o evento a fez sentir-se aliviada. As coisas estavam sendo tiradas das suas mãos, não precisava mais sentir-se culpada. Nos últimos anos seu pai carregara nos ombros todo o peso de várias crises políticas, o que afinal era seu dever como chefe da família. Ele lia o *Daily Express* em voz alta, com pausas depois de cada parágrafo, e explicava as notícias do rádio. Jean às vezes tinha a impressão de que o pai era dono de uma pequena firma familiar ameaçada por um bando de estrangeiros com nomes estranhos, métodos ilegais de negócios e preços assassinos. Sua mãe sabia todas as respostas, sabia os ruídos que deviam ser feitos quando apareciam nomes como Bencs, Daladier e Litvinov e quando era melhor erguer as mãos numa atitude confusa, deixando que o marido explicasse tudo outra vez, desde o começo. Jean procurava se interessar, mas para ela era como uma história começada há muito tempo, antes mesmo de ela ter nascido, e que jamais compreenderia com clareza. A princípio ouvia em silêncio os nomes daqueles sinistros homens de negócios com seus caminhões repletos de biscoitos digestivos roubados e faisões caçados ilegalmente, mas nem o silêncio era seguro – sugeria falta de interesse adequado –, então, ocasionalmente fazia perguntas. O problema era: o que perguntar? Na verdade achava que só podia fazer a pergunta certa quem sabia de antemão a resposta certa, e o que adiantava isso? Certa vez, saindo de um tedioso devaneio, perguntou ao pai sobre aquela nova mulher primeira-ministra da Áustria, chamada Ann Schluss. Foi um erro.

A guerra, é claro, era negócio de homens. Os homens a conduziam e os homens – batendo os cachimbos para tirar as cinzas, como diretores de escola – a explicavam. O que as mulheres haviam feito na Grande Guerra? Distribuíam penas brancas, apedrejavam bassês alemães, trabalhavam como enfermeiras na França. Primeiro mandavam os homens para a luta, depois cuidavam dos seus ferimentos. Seria diferente desta vez? Provavelmente não.

Mesmo assim, Jean sentia vagamente que sua incapacidade para entender a crise europeia era em parte responsável por sua continuação. Sentia-se culpada pelo caso de Munique. Culpada pelo que aconteceu na região dos montes sudetos. Culpada pelo pacto nazista-soviético de não agressão. Queria ao menos poder lembrar se os franceses eram confiáveis ou não. Seria a Polônia mais importante do que a Tchecoslováquia? E esse negócio da Palestina? A Palestina ficava no deserto e os judeus queriam ir para lá. Bem, pelo menos isso confirmava o que o tio Leslie dizia dos judeus, que de qualquer modo não gostavam de golfe. Ninguém que gosta de golfe ia querer morar no deserto. Talvez os campos de golfe na Palestina fossem feitos de areia e os obstáculos de grama.

Assim, quando a guerra começou, Jean ficou aliviada. Era tudo culpa de Hitler, não tinha nada a ver com ela. E pelo menos significava que alguma coisa estava acontecendo. A guerra podia ser contada como outro incidente. Foi assim que ela a viu, no começo. Os homens eram convocados, sua mãe entrou para o Serviço Feminino Voluntário (SFV) e Jean teve finalmente permissão para cortar a grossa trança castanho-dourada, que pendia sobre suas costas havia tantos anos. O pai lamentou essa perda mas foi convencido de que a economia de sabão e de água para lavar a cabeça da filha representava um importante esforço de guerra. Sentimentalmente, ele guardou a trança cortada na prateleira das latas de conserva durante algumas semanas, até a mãe jogá-la fora.

Os Serjeant discutiram a conveniência de Jean arranjar um emprego, mas, com a mãe trabalhando para o SFV, era melhor que ela ficasse em casa.

– Um bom treino, menina – disse o pai com uma piscadela.

Bom treino. Não que Jean se interessasse pelo que estivesse praticando. Olhando para os pais, surpreendia-se com o fato de serem tão adultos. Em quanto tempo ela seria tão adulta quanto eles?

Sabiam o que pensavam, tinham opiniões, distinguiam entre o certo e o errado. Jean achava que era capaz de diferenciar o certo do errado só porque era constantemente informada sobre a diferença, suas opiniões eram frágeis, girinos vulneráveis comparados com os pontos de vista dos pais, que eram como grandes sapos roncadores. Quanto a saber o que pensava, era um processo confuso. Como saber o que se pensa sem usar o pensamento para descobrir o pensamento? Um cão procurando morder a própria cauda. Só de pensar Jean ficava cansada.

A outra parte do processo de crescimento era parecer alguém. Seu pai, que era dono do armazém em Bryden, parecia com um dono de armazém, redondo e ordeiro, as mangas da camisa erguidas por braçadeiras elásticas, e parecia bondoso, mas com uma certa reserva de severidade – o tipo de homem para quem um quilo de farinha era um quilo de farinha e não oitocentos gramas, capaz de dizer que tipo de biscoito havia numa das latas quadradas sem olhar para o rótulo, e que podia pôr a mão perto, oh, tão perto do cortador de bacon sem esfolar as palmas.

A mãe de Jean também parecia alguém, com seu nariz pontudo, olhos azuis bastante saltados, o cabelo preso num coque durante o dia, quando usava o uniforme verde-garrafa e clarete do SFV, ou solto, à noite, quando ouvia seu pai e sabia exatamente o que devia perguntar. Tomou parte na campanha do aproveitamento de material, apanhando milhares de latas vazias, passou semanas enfiando tiras de pano colorido nas redes de camuflagem ("É como fazer um tapete enorme, Jean"), fez fardos de papel, substituiu funcionários na cantina móvel, empacotou cestos de vegetais para os caça-minas. Não era de admirar que soubesse o que pensava, não admirava que parecesse alguém.

Às vezes Jean olhava longamente para o espelho, procurando sinais de mudança, mas o cabelo liso continuava achatado na cabeça e os olhos azuis tinham pintas idiotas nas pupilas. Um artigo do *Daily Express* explicava que muitas atrizes de

Hollywood deviam seu sucesso ao rosto oval. Bem, não havia mais esperança disso, seu queixo era quadrado demais. Ao menos se aqueles pedaços do seu rosto parecessem fazer parte de uma só coisa. Oh, eu me *arranjo* bem assim, murmurava às vezes para o espelho. A mãe, surpreendendo-a nesse exame, comentou:

– Você não é bonita, mas passa.

Eu sirvo, pensou ela. Meus pais acham que eu passo. Mas será que alguém mais vai pensar o mesmo? Sentia falta do tio Leslie. Agora ele era assunto proibido, mas Jean pensava muito nele. Tio Leslie sempre estivera do seu lado. Certa vez, caminhando a longa distância do décimo buraco, no Velho Refúgio Verde, Jean carregando o taco de areia na posição da "sorte", ela perguntou:

– O que vou fazer quando crescer?

Parecia uma pergunta natural, era natural supor que ele provavelmente sabia mais do que ela. Tio Leslie, com seus sapatos marrom e brancos e os tacos entrechocando-se silenciosamente na sacola, segurou a ponta do taco de areia e sacudiu no ombro dela. Então, com a mão na nuca da menina, murmurou:

– O céu é o limite, pequena Jeanie. O céu é o limite. No princípio não aconteceu muita coisa na guerra, mas então ela continuou e as pessoas começaram a ser mortas. Jean também começou a compreender melhor quem estava tentando acabar com o negócio do pai e os nomes dos seus sócios trapaceiros. Revoltava-se contra aqueles estrangeiros com seus truques ilegais. Via o polegar gordo com a unha suja apertando para baixo o prato da balança. Talvez fosse melhor juntar-se ao esforço de guerra. Mas o pai achava que era mais útil onde estava. "Mantenha aceso o fogo do lar", dizia ele.

Então a guerra trouxe Tommy Prosser. Definitivamente um Incidente. Receberam os documentos de ordem de alojamento na terça-feira, passaram a quarta-feira queixando-se de que não tinham espaço suficiente para três, quanto mais para quatro, e na quinta-feira Tommy Prosser chegou. Era um homem baixo e magro com uniforme da RAF, cabelos negros assentados com brilhantina e um bigodinho negro. A maleta que levava sob o braço tinha uma tira de couro em volta. Olhou de soslaio para Jean quando ela abriu a porta, desviou os olhos, sorriu para a parede e anunciou, como se falasse com um oficial superior:

– Sargento-piloto Tommy Prosser.
– Oh, sim. Eles disseram.
– Muita gentileza sua e tudo o mais.

A voz era inexpressiva, mas o sotaque pouco familiar do norte soou rascante aos ouvidos de Jean, como uma camisa de tecido áspero.

– Oh, sim, minha mãe deve chegar às cinco horas.
– Prefere que eu volte a essa hora?
– Não sei.

Por que ela não sabia nada? Ele ia morar com eles, portanto provavelmente o correto seria convidá-lo para entrar. Mas depois, o que aconteceria? Será que ele queria chá ou qualquer outra coisa?

– Tudo bem, volto às cinco.

Olhou para ela, desviou a vista, sorriu outra vez para a parede e foi embora. Da janela da cozinha, Jean o viu sentado no muro, no outro lado da rua, olhando fixamente para a mala. Às quatro horas começou a chover e ela o convidou para entrar.

Prosser vinha de West Malling. Não, não sabia quanto tempo ia ficar. Não, não podia dizer por quê. Não, não Spitfires, mas Hurricanes. Meu Deus, ela já estava fazendo as perguntas erradas. Apontou para a escada que levava ao quarto dele, sem saber se seria pouco delicado não acompanhá-lo ou ousadia demais ir com ele até lá em cima. Prosser aparentemente não se importou. Além do nome, ele não deu nenhuma informação, não fez perguntas, nenhum comentário, nem para dizer que tudo parecia muito limpo e cheiroso. Deram a ele o quarto de depósito. Naturalmente não tiveram tempo para decorá-lo, mas Jean tinha pregado os quadros de tia Evelyn na parede, para ele. Prosser passava quase todo o tempo no quarto, aparecendo pontualmente para as refeições e respondendo às perguntas do dono da casa. Era estranho ter dois homens em casa. A princípio, o pai de Jean tratou o sargento-piloto Prosser com grande respeito, perguntando com discreta admiração sobre a vida de um aviador, falando com desprezo conspiratório do *Jerry* e, em tom de brincadeira, dizendo para a mulher "servir outra porção para nosso herói da estratosfera". Mas Prosser não respondia às perguntas com o mesmo entusiasmo, aceitava a segunda porção de comida sem os agradecimentos efusivos esperados pela mãe e, embora ajudasse de boa vontade a instalar as cortinas de *blackout*, parecia desinteressado na discussão sobre a estratégia no norte da África. Jean compreendeu que Prosser era um desapontamento para seu pai. Compreendeu também que ele sabia e não se importava. Talvez não estivessem fazendo as perguntas certas. Talvez heróis que pilotam Hurricanes exigissem perguntas especiais. Ou talvez fosse porque vinha de outra parte do país, de alguma região do Lancashire, perto de Blackburn, disse ele. Talvez tivessem normas diferentes de comportamento.

Ocasionalmente, quando estavam só os dois em casa, Prosser descia, encostava no batente da porta da cozinha e ficava observando Jean passar roupa, fazer pão ou polir as facas. No começo ela ficou embaraçada, mas depois sentiu-se melhor. Ter alguém observando seu trabalho fazia com que se sentisse mais útil. Porém, falar a sós com ele não era mais fácil do que na presença dos pais. Nem sempre ele respondia às perguntas, ficava irritado às vezes, ou apenas olhava para longe e sorria, como se estivesse lembrando uma manobra aérea que ela jamais entenderia.

Certa vez, quando ela estava limpando o forno, Prosser disse, mal-humorado:
– Estou "aterrissado", sabe?
Jean ergueu os olhos, mas, antes que pudesse dizer alguma coisa, ele continuou:
– Eles me chamavam Nascer do Sol. Prosser Nascer do Sol.
– Compreendo. – Parecia uma resposta adequada.
Ela continuou a passar a pasta de limpeza no forno. Prosser subiu para o quarto, zangado.
Durante várias semanas viveram numa atmosfera pesada. Exatamente como a Guerra de Mentira, pensava Jean, só que provavelmente não haverá nenhuma batalha no fim. Não houve. O pai de Jean cada vez mais confiava suas opiniões sobre a situação militar unicamente para a mulher, ocasionalmente insinuando para Jean que só porque uma pessoa morava sob o mesmo teto não significava que deviam ser amigos. Bastava ser educado.

Certa tarde Tommy Prosser desceu do quarto às quatro horas. Jean estava fazendo chá.
– Quer comer alguma coisa? – perguntou ela, incerta ainda sobre os regulamentos da hospedagem.
– Que tal um sanduíche de Perigo Passado?
– O que é isso?
– Nunca ouviu falar do sanduíche de Perigo Passado? Você aí no meio de todos os ingredientes?
Ela balançou a cabeça.
– Você arranja as coisas que eu faço um.
Depois de batidas de portas acompanhadas por um assobio, de costas para ela, Prosser apresentou dois sanduíches num prato. O pão não parecia cortado com mão muito firme. Jean já havia experimentado sanduíches melhores, tinha de admitir, mas procurou ser positiva.

– Por que o meu tem folhas de dente-de-leão?

– Porque é um sanduíche de Perigo Passado – disse Prosser com um largo sorriso e olhou rapidamente para o lado. – Pasta de peixe, margarina e folhas de dente-de-leão. É claro que o dente-de-leão local pode não ser da melhor qualidade. Se não gosta pode devolver à cozinha.

– É... ótimo. Tenho certeza de que vou me acostumar.

– Tenho certeza de que vou voar outra vez – disse ele, como se fosse a segunda parte de uma piada.

– Oh, tenho *certeza* de que vai.

– Tenho *certeza* de que vou – repetiu ele com súbita ironia, como se quisesse realmente esbofetear Jean.

Oh, meu Deus, Jean sentia-se tão ignorante e tão envergonhada. Abaixou os olhos para o prato. Fez-se um silêncio.

– Você sabia – disse ela – que quando Lindbergh atravessou o Atlântico levou só cinco sanduíches?

Prosser rosnou.

– E que só comeu um e meio?

Prosser rosnou outra vez. Com voz completamente inexpressiva, perguntou:

– O que aconteceu com o resto?

– É o que eu sempre quis saber. Talvez estejam num museu de sanduíches, em algum lugar.

Outro silêncio. Jean achou que tinha estragado a história. Era uma das melhores que tinha e acabava de jogá-la fora. Nunca mais poderia contar essa história para ele. Devia ter esperado que Prosser estivesse de melhor humor. Tudo culpa dela. O silêncio continuou.

– Imagino que sabe onde está o aparelho de Lindbergh – disse ela, com o entusiasmo de quem teve lições de conversação. – Quero dizer, *isso* deve estar num museu.

– Não é um aparelho – disse Prosser. – Nunca um aparelho. É um avião. Avião. Certo?

– Certo – respondeu ela.
Era como se ele a tivesse esbofeteado. Avião, avião, avião.
Por fim, Prosser tossiu discretamente, como quem passa da zanga ou do constrangimento para outro foco de emoção.
– Vou contar a coisa mais linda que já vi. – Sua voz estava tensa, quase áspera.
Jean, vagamente esperando um grande elogio, continuou com a cabeça baixa. Não tinha comido ainda o outro pedaço do sanduíche.
– Eu estava numa operação noturna. No verão: junho. Voando com a capota aberta, tudo negro e quieto. Bem, tão quieto quanto possível. – Jean ergueu a cabeça. – E... Ele parou. – Você, naturalmente, não entende nada sobre visão noturna, entende? – dessa vez a voz era suave. Tudo bem se ela não entendesse. Não era o mesmo que chamar um avião de aparelho.
– Você come muita cenoura – disse Jean, e ouviu a risada abafada dele.
– Isso mesmo. Por isso nos chamam de comedores de cenoura. Mas na verdade não tem nada a ver. É uma coisa técnica. É a cor das luzes do painel de instrumentos. Devem ser vermelhas, entende? Normalmente são verdes e brancas, mas verde e branco eliminam a visão noturna. Não se enxerga nada. Elas têm de ser vermelhas – vermelho é a única cor que funciona.
"Então, veja só, tudo é preto e vermelho lá em cima. A noite é negra, o avião é negro, na cabine tudo é vermelho – até nossas mãos e nosso rosto são vermelhos – e a gente está procurando as descargas vermelhas. Estamos sozinhos também. Essa é a parte boa. Lá em cima sozinho, sobrevoando a França. Na hora em que os bombardeiros deles voltam das missões, depois de nos bombardearem. A gente fica sobrevoando um dos seus campos de pouso, ou pega uma carona entre dois deles, quando chegam muito perto. Esperamos que acendam as luzes da pista – ou às vezes percebemos o movimento pelas luzes de navegação deles.

Um Heinkel ou um Dornier são os mais comuns. Mas a gente pode pegar um Focke-Wulf."

"O que se pode fazer é isto", Prosser deu outra risadinha abafada. "Antes de aterrissar eles geralmente fazem uma volta. Assim, descida, aproximação, sobrevoar uma pista, uma volta para a esquerda, sempre para a esquerda, aproximação outra vez e aterrissagem."

Com o braço direito Prosser imitou a rota de voo do bombardeiro alemão.

"O que se pode fazer quando queremos arriscar é descer ao mesmo tempo e, quando ele faz sua volta para a esquerda, fazer uma para a direita", com o outro braço Prosser desenhou a rota do Hurricane. "Então, atacar quando ele está saindo da curva, flapes abaixados, com velocidade pouco acima da parada, e, enquanto ele está pensando naquele final da curva e na aterrissagem, a gente está acabando a volta para a direita." As mãos de Prosser pararam uma na frente da outra, os dedos atirando à queima-roupa. "Porta de celeiro. E os cretinos pensavam que estavam seguros em casa. Caça furtiva nós chamamos isso. Caça furtiva."

Jean sentiu-se vagamente lisonjeada por ele estar falando dos seus dias de voo, mas não demonstrou. Também não comentou a injustiça daquela caça furtiva. Mesmo que o Heinkel estivesse cheio de homens do mercado negro que acabavam de bombardear Londres ou Coventry, ou fosse lá onde fosse. Ela não aprovava a caça furtiva desde que passara a viver com o quadro de tia Evelyn dos caçadores de visom. Foi acertado pôr os quadros no quarto de Prosser. E o Heinkel será que se agarrava tenazmente à vida?

"Quando você derruba um, vai embora depressa. Sai muita sujeira se ficar esperando, esperando. De qualquer modo só temos cerca de vinte minutos lá em cima."

Parecia ser o fim da história, mas de repente ele lembrou-se do que queria contar.

"Bem. Certa noite não vi nem sinal deles. Nem cheiro. Nada mesmo. Atravessei o Canal a uma altitude maior que a de costume, cerca de 5 mil metros. Devo ter voltado mais tarde do que das outras vezes porque o céu começava a clarear. Talvez as noites já estivessem ficando mais curtas."

"Seja como for, lá estava eu olhando para o Canal, e o sol começava a subir. Era uma daquelas manhãs... bem, é difícil descrever para quem nunca esteve lá em cima."

– Eu subi num De Havilland para minha coqueluche – disse Jean com orgulho. – Mas faz muito tempo. Quando eu tinha 8 ou 9 anos.

Prosser não se ofendeu com a interrupção.

"É tão claro, mais claro do que as palavras podem descrever. Nenhuma nuvem, o cheiro da manhã no ar, e aquele imenso sol cor de laranja subindo no céu. Eu olhei para ele e, depois de alguns minutos, lá estava, inteira – a enorme laranja avermelhada pousada sobre a água, extremamente satisfeita consigo mesma."

"Minha felicidade era tão grande que se aparecesse um 109 atrás de mim nem teria notado. Continuaria passeando, olhando de frente para o sol. Foi o que fiz. Nada mais, só eu e o sol. Nem um pedacinho de nuvem, o Canal perfeitamente visível. Havia um navio lá embaixo, um pontinho apenas, do qual saía uma grossa coluna de fumaça escura. Verifiquei meu combustível e desci na direção dele. Era um cargueiro." – Prosser semicerrou os olhos, lembrando. – "De mais ou menos 10 mil toneladas, calculei. Mas não havia nada de errado com ele. Provavelmente estava alimentando as fornalhas. Fixei o curso outra vez para a base. Eu devia estar então a 2 mil e 400 ou 2 mil e 500 metros de altitude. Adivinhe o que aconteceu então? Eu desci com tanta rapidez, compreende, que tudo aconteceu

novamente. O enorme sol cor de laranja começou a aparecer no horizonte. Eu mal podia acreditar. Tudo outra vez. Como quando se volta um filme para ver de novo. Eu teria repetido a manobra descendo a zero, mas teria acabado dentro do mar. Não queria me juntar tão cedo aos homens submarinos."
– Parece maravilhoso. – Jean não sabia se podia fazer perguntas. Era mais ou menos como estar no Velho Refúgio Verde com o tio Leslie. – Do que... você sente mais falta?
– Oh, não sinto falta *daquilo* – respondeu ele, com certa aspereza. – Não sinto falta *daquilo*, não há futuro ver *aquilo* outra vez. É um milagre, certo? Você não ia querer voltar a ver um milagre, certo? Estou feliz por ter visto quando vi. "Eu vi o sol nascer duas vezes", eu dizia para eles. "Ah, é claro, conte o resto da piada." Eles me chamavam de "Prosser Nascer do Sol". Alguns deles. Até sermos enviados para nossos postos.
Prosser levantou-se, apanhou o pedaço do sanduíche do prato dela, sem pedir.
"Do que eu *sinto falta*", disse enfaticamente, "já que quer saber, é de matar alemães. Eu gostava disso. Levá-los para baixo até não ser mais possível para eles ganharem altura e dar o que mereciam. Isso me dava uma grande satisfação." Aparentemente, Prosser queria ser brutal. "Uma vez tive uma briga com um 109 sobre o Canal. Ele podia fazer a volta um pouco mais fechada, mas de um modo geral nossas forças se igualavam. Tivemos uma pequena escaramuça, mas nenhum chegou às vias de fato. Então, depois de algum tempo, ele se afastou em direção à base, balançando as asas. Se ele não tivesse balançado as asas eu não me importaria tanto. Quem você pensa que é? Um maldito cavaleiro de armadura? Tudo na base da amizade e do companheirismo?"
"Eu subi mais um pouco. Não podia usar a luz do sol, mas acho que ele não esperava que eu o seguisse. Pensou que eu ia voltar para casa como um bom menino, fazer uma refeição

ligeira e jogar um pouco de golfe. Gradualmente me aproximei dele – talvez ele estivesse economizando combustível ou coisa assim. Veja bem, eu estava sacudindo como um trem de carga quando o alcancei. Atirei durante uns oito segundos. Vi os pedaços que saíam das suas asas. Não o derrubei, infelizmente, mas acho que ficou sabendo o que eu pensava dele."

Prosser Nascer do Sol voltou-se e saiu da cozinha. Jean tirou um pedaço de dente-de-leão do meio dos dentes e mastigou. Estava certa. Era amargo.

Depois disso, Prosser passou a descer e conversar com ela. Geralmente, Jean continuava o trabalho e ele ficava encostado no batente da porta. Assim parecia ser mais fácil para os dois.

"Eu estive em Eastleigh", disse ele um dia, enquanto Jean, agachada perto da lareira, enrolava folhas do *Express* para acender o fogo. "Observando um pequeno Skua levantar voo. Um pouco de vento, não o bastante para impedir o voo ou coisa assim. O Skua, como suponho que deve saber, levanta voo usando uma técnica engraçada de cauda para baixo e eu pensei, vou observar, para me animar ou coisa parecida. Muito bem, ele deslizou pela pista e estava quase chegando à velocidade de levantar voo quando deu um salto no ar, de repente, e caiu de cabeça para baixo. Não parecia muito grave, só uma capotagem. Corremos pela pista para tirar os caras lá de dentro. No meio do caminho eu notei alguma coisa na pista. Era a cabeça do piloto."

Prosser olhou para Jean mas ela estava de costas enrolando as folhas de jornal.

"Chegamos mais perto e lá estava outra. Acho que aconteceu quando o Skua virou. Você não pode imaginar como estavam perfeitas. Um dos caras que estava comigo nunca mais esqueceu. Um galês, e ele vivia repetindo: 'Pareciam dentes-de-leão, Nascer do Sol, não pareciam? A gente vai passando e dá uma batida numa fileira de dentes-de-leão com uma vara ou qualquer coisa e pensa, se eu for inteligente de verdade, posso arrancar todos sem arrancar as pétalas.' Era nisso que ele pensava."

"As lembranças que nos atormentam nunca são as que esperamos. Vi companheiros derrubados a poucos metros de mim. Eu os vi descer em parafuso, eu os chamei, gritando no R/T, eu os acompanhei na queda, sabendo que não podiam sair do mergulho, e pensava, espero que alguém me veja quando isso acontecer comigo. O que atormenta realmente é a morte sem dignidade. Desculpe. Vai chegar a minha vez, você pensa, e quase se acostuma com a ideia, mas quer que seja nos seus termos. Não devia ser importante, mas é. Muito importante."

"Ouvi falar de um pobre-diabo em Castle Bromwich. Estava testando um Spitfire. Levantou voo, ergueu o nariz e começou a subir a toda velocidade. Mais ou menos a 4 mil metros alguma coisa saiu errada. Desceu direto, de 5 mil metros para a pista de onde acabara de sair. Cavaram bastante para encontrá-lo. Depois tiveram de examinar o que restou dele para ver se havia monóxido de carbono no suprimento de oxigênio, ou coisa assim. Recolheram o que foi possível e mandaram para o laboratório. Dentro de um *pote de doce*." Fez uma pausa. "É isso que importa."

Jean mal conseguia absorver tanto horror. Flores de dente-de-leão, potes de doce – é claro que parecia sem dignidade. Talvez por dar a ideia de domesticidade, sem grandeza. Mas não havia nada de muito bonito ou digno em ser derrubado, ou mergulhar na encosta de uma montanha ou ser queimado vivo na cabine do avião. Talvez ela fosse jovem demais para entender a morte e suas superstições.

– Então, qual é o melhor modo de... levar a sua?

– Eu costumava pensar nisso o tempo todo. O tempo todo. Quando a coisa começou, eu me via perto de Dover. Sol, gaivotas, os velhos rochedos brancos brilhando – coisa de Vera Lynn. Bem, então, lá estava eu, sem munição, com pouco combus-

tível, e de repente aparece um esquadrão inteiro de Heinkels. Como um grande enxame de moscas. Vou ao encontro deles, entro no meio do esquadrão, minha fuselagem como uma peneira, escolho o líder do grupo, vou direto para cima dele e jogo meu avião contra sua cauda. Caímos juntos. Muito romântico.
– Parece muito corajoso.
– Não, não é corajoso. É muito burro e, de qualquer modo, um desperdício. Um deles por um dos nossos não é uma boa contagem.
– E agora? – Jean surpreendeu-se com a própria pergunta.
– Oh, agora. É um pouco mais realista. E um pouco mais de desperdício. Agora, eu gostaria de ir como uns poucos pilotos, especialmente os jovens, iam, em 39 ou 40.

"Essa é uma das coisas curiosas. Não se pode melhorar sem experiência, mas é enquanto a gente está ganhando experiência que se tem maior probabilidade de ser derrubado. No fim de uma missão são sempre os mais jovens que estão faltando. Assim, com a continuação da guerra, o que acontece nos esquadrões é que os mais velhos ficam mais velhos e os mais jovens ficam mais jovens. Então, alguns dos mais velhos recebem baixa por serem muito valiosos e a gente acaba menos experiente do que quando começou."

"Agora, imagine que você está lá em cima, muito alto. A mais de 7 mil metros é um mundo diferente. Para começar, faz muito frio e o avião comporta-se de modo diferente. Sobe mais devagar e derrapa no céu porque o ar é muito fino e a fuselagem não tem no que se firmar e tudo escorrega um pouco quando você procura controlar. Então a viseira começa a suar e você não enxerga bem."

"Você não esteve em muitas missões e já levou alguns sustos e está subindo. Subindo direto para o sol porque pensa que é mais seguro. Tudo é muito mais luminoso lá em cima. Você abre a mão na frente do rosto e espia por entre os dedos. Continua a subir. Olha para o sol por entre os dedos e nota que, quanto mais se aproxima dele, mais frio você sente. Devia se preocupar com isso, mas não se preocupa. Não se preocupa porque está feliz."

"Está feliz porque há um pequeno vazamento de oxigênio. Você nem desconfia de que alguma coisa está errada. Suas reações são mais lentas, mas você pensa que estão normais. Então você fica um pouco fraco, já não movimenta a cabeça de um lado para o outro como devia. Não sente dor, nem sente o frio agora. Você não quer mais matar ninguém – todo o sentimento está vazando com o oxigênio. Você sente-se *feliz*."

"Então, das duas uma, ou um 109 mergulha em cima de você com uma pequena explosão e uma chama imediata e tudo acaba, limpo e perfeito; ou nada acontece e você continua a subir no ar fino e azul, espiando o sol por entre os dedos, com geada na viseira mas muito quente por dentro, muito feliz sem um pensamento na cabeça, até sua mão tombar, depois a cabeça pender para a frente e você nem notar que o pano baixou..."

Qual a resposta possível para uma coisa dessas, pensou Jean. Não se pode gritar: "Não faça isso!" como se Prosser fosse um suicida no alto de um prédio. Não podia dizer que achava tudo muito belo e corajoso, nem que fosse exatamente como parecia. Só podia esperar que ele dissesse mais alguma coisa.

– Às vezes penso que não devem permitir que eu volte a voar. Posso me ver fazendo uma coisa dessas algum dia. Quando estiver farto. É claro que terá de ser feita sobre o mar, do contrário posso aterrissar no terreno de alguém. Posso estragar suas Hortas da Vitória.

– Isso não seria certo.

– Não, não seria nada certo.

– E... você não está farto. – Jean pretendia fazer uma pergunta delicada, mas, no meio da frase, entrou em pânico e falou de modo autoritário e decisivo.

Prosser falou mais agressivo agora.

– Bem, você é uma boa ouvinte, menininha, mas não sabe de nada. Não sabe coisa alguma.

– Pelo menos eu sei que não sei – respondeu Jean, surpreendendo-se e surpreendendo-o, pois a voz dele logo se abrandou; Prosser continuou, como se estivesse devaneando.

– É mesmo muito diferente lá em cima, sabe? Quero dizer, quando alguém já voou tanto quanto eu, sente que pode ser apagado a qualquer momento. Alguma coisa a ver com nervos, suponho, você fica tenso por tanto tempo que, quando relaxa um pouco, parece que é para sempre. Você devia conversar com alguns daqueles caras dos hidroaviões se quer ouvir histórias engraçadas.

Queria ouvir histórias engraçadas? Não se fossem sobre potes de doce e flores de dente-de-leão, mas Prosser não lhe deu oportunidade para dizer não.

– Um cara, amigo meu, estava no Catalina. Podiam ficar de serviço vinte ou vinte e quatro horas seguidas. Levantavam à meia-noite, tomavam café, saíam às duas horas da madrugada e só voltavam às oito ou nove da noite. Voavam sobre o mesmo pedaço de mar durante horas e horas, é a impressão que a gente tem. Nem mesmo pilotando, voando ao acaso a maior parte do tempo. Olhando para o mar, procurando submarinos e esperando que alguma coisa acontecesse. É quando os olhos começam a nos pregar peças. Meu amigo contou que estava certa vez sobre o Atlântico, tudo calmo, quando de repente ele puxou a alavanca de comando para trás. Pensou ter visto uma montanha na frente do avião.

– Talvez fosse uma daquelas nuvens que parecem uma montanha.

– Não. Depois de estabilizar o avião, todos reclamando da manobra brusca que havia derrubado tudo, ele olhou em volta com atenção. Nada, nem uma nuvem no céu, tudo completa-

mente claro... E então, com outro cara com quem falei, foi mais estranho ainda. Adivinhe. Estava a 700 quilômetros da costa da Irlanda, seguindo a rota, olhou para baixo e o que viu? Um cara de motocicleta, passeando como se fosse uma tarde de domingo.
– No ar?
– É claro que não. Não seja boba. Não se pode andar de moto no ar. Não. Ele estava obedecendo às leis do trânsito e seguindo uma linha reta no topo das ondas. Óculos, perneiras de couro, fumaça do escapamento saindo atrás da moto. Feliz como um pássaro.

Jean deu uma risadinha abafada.
– Andando sobre as águas. Como Jesus.
– Nada disso, por favor – disse Prosser com desaprovação.
– Não sou religioso, mas não blasfeme na frente dos que vão morrer.
– Desculpe.
– Está desculpada.

– Quem é você?
– Sou um policial.
– De verdade?
– Sim.
– De verdade mesmo? Não parece um policial.
– É fácil saber.
– Como?
– Chegue mais perto que eu mostro.

Ele estava de pé ao lado do portão de entrada pintado de zarcão com o desenho do sol nascente na parte de cima. Ela estava no meio da passagem cimentada, a caminho da roupa estendida no varal. O homem era alto, tinha cabeça grande e pescoço de colegial, desajeitado com o sobretudo espinha de peixe, que ia quase até os tornozelos.

– Os pés – disse ele, apontando para baixo.

Ela olhou. Não, não eram os pés enormes e chatos dos policiais. Eram na verdade bem pequenos. Mas havia alguma coisa estranha neles... Estariam virados ao contrário? Sim, era isso – os dois pés apontavam para fora.

– Você calçou os sapatos nos pés errados? – perguntou ela, um tanto obviamente.

– É claro que não, senhorita. Os pés de todos os policiais são assim. É do regulamento – ela quase acreditou. – Alguns recrutas – continuou ele com uma voz que lembrava masmorras úmidas – precisam ser *operados*.

Agora ela não acreditou. Riu e riu outra vez quando ele descruzou as pernas escondidas pelo sobretudo e os pés ficaram certos.

– Veio para me prender?

– Vim por causa do *blackout*.

Revendo o passado ela pensou que era um modo estranho de conhecer o futuro marido. Porém, não mais estranho do que qualquer outro, talvez. E, comparado com outros, igualmente promissor.

Ele voltou novamente por causa do *blackout*. Na terceira vez estava apenas passando por ali.

– Será que gostaria de ir até o bar dançar, tomar chá, andar um pouco, passear de carro ou conhecer meus pais?

Ela riu.

– Espero que mamãe aprove uma dessas coisas.

Uma delas foi aprovada e começaram a se encontrar. Ela descobriu que os olhos dele eram castanhos, que ele era alto e um pouco imprevisível, mas especialmente alto. Ele descobriu que ela era insegura, confiante e ingênua em excesso.

– Não se pode pôr açúcar? – perguntou ela depois de experimentar seu primeiro copo de cerveja fraca e amarga.

– Desculpe – disse ele. – Eu esqueci completamente. Vou pedir outra coisa para você.

Na vez seguinte ele pediu outra cerveja fraca e amarga e passou o pacotinho de açúcar. Ela deu um grito quando a cerveja ferveu com os primeiros grãos de açúcar, escorrendo para fora do copo, para cima dela, fazendo-a dar um pulo da banqueta do bar.

– A brincadeira nunca falha, não é mesmo, senhor? – observou o dono do bar, limpando o balcão.

Michael riu. Jean ficou embaraçada. Ele pensava que ela era burra, certo? O dono do bar sem dúvida pensava.

– Sabe quantos sanduíches Lindbergh levou quando atravessou o Atlântico?

Michael ficou surpreso, tanto pelo tom autoritário na voz dela quanto pela pergunta. Talvez fosse uma charada. Só podia ser, portanto respondeu obedientemente.

– Eu não sei. Quantos sanduíches Lindbergh *levou* com ele quando atravessou o Atlântico?

– Cinco – disse ela enfaticamente –, mas só comeu um e meio.

– Oh – foi tudo que ele conseguiu dizer.

– Por que você acha que ele só comeu um e meio? – perguntou ela.

Talvez fosse uma adivinhação, afinal de contas.

– Não sei. Por que ele *só* comeu um e meio?

– Eu não sei.

– Oh.

– Pensei que você soubesse – disse ela, desapontada.

– Vai ver que só comeu um e meio porque eram do ABC e estavam velhos.

Os dois riram, mais de alívio, porque a conversa não tinha morrido completamente.

Quase imediatamente Jean achou que o amava. Devia amá-lo, não devia? Pensava nele o tempo todo, ficava acordada, imaginando coisas, gostava de olhar para o rosto dele, que lhe parecia perfeito, interessante e inteligente, não gorducho como tinha pensado a princípio, e as manchas vermelhas que apareciam às vezes demonstravam caráter, tinha um pouco de medo de fazer alguma coisa que o aborrecesse e achava que era o tipo de homem capaz de tomar conta dela. Se isso não era amor, o que era então?

Certa noite ele a levou para casa sob o céu alto, calmo, vazio de nuvens e de aviões. Ele cantava baixinho, como para si mesmo, com o sotaque americano indefinido do cantor internacional:

Cara, nós nos casamos, meu bem,
Coroa, fazemos uma viagem por mar;
Cara, portanto vá contar aos seus pais a boa-nova...

Então, cantarolou apenas a música e ela imaginou a letra repetida. Isso foi tudo, até chegarem ao portão de zarcão com o nascer do sol gravado, onde Jean apertou o corpo contra as lapelas do paletó dele e, afastando-se, correu para dentro. Talvez fosse uma provocação zombeteira, pensou ela, como uma das brincadeiras do tio Leslie. Cantarolou a música baixinho, como que procurando descobrir, mas não adiantou, era uma música maravilhosa.

Na noite seguinte, quando chegaram ao mesmo ponto do caminho com o mesmo céu suave, Jean estava quase ofegante. Sem diminuir o passo, Michael continuou sua história.

Cara, temos seis filhos,
Coroa, arranjamos um gato;
Cara, imagine só!

Ela não sabia o que dizer. Nem conseguia pensar direito.
– Michael, quero perguntar uma coisa.

– Sim?

Pararam de andar.

– Quando você veio aqui pela primeira vez... Não havia nada de errado com o nosso *blackout*, havia?

– Não.

– Foi o que pensei. E então contou aquelas mentiras sobre pés de policiais.

– Culpado da acusação.

– E não me disse que não se põe açúcar na cerveja.

– Não, senhora.

– Então, por que vou me casar com uma pessoa desse tipo?

Jean parou. Michael passou o braço sob o dela enquanto pensava numa resposta.

– Bem, se eu fosse à sua casa e dissesse: "Quero dizer apenas que suas cortinas de *blackout* estão perfeitas e, a propósito, meus pés são virados do lado certo, se quiser examinar", você nem teria olhado para mim.

– Talvez não. – Ele a abraçou. – E tenho outra pergunta já que estamos esclarecendo as coisas. – Ele inclinou-se um pouco como se fosse beijá-la, mas Jean continuou. Era uma daquelas perguntas da infância, mas tinha a vaga impressão de que todas deviam ser respondidas antes de começar sua vida de adulta. – Por que o visom se agarra tenazmente à vida?

– É outra charada?

– Não. Só quero saber.

– Por que o visom agarra-se tenazmente à vida? Que pergunta engraçada.

Recomeçaram a andar. Michael achando que ela ainda não queria ser beijada.

– Os visons são umas coisinhas malvadas e cruéis explicou ele, nada satisfeito com a própria resposta.

– É por isso que se agarram tenazmente à vida?

– Provavelmente. Coisas pequenas, malvadas e cruéis geralmente lutam mais pela vida do que as coisas grandes e bondosas.

– Hummm.

Não era a resposta que ela esperava. Esperava algo mais específico. Mas servia, por enquanto. Continuaram a andar. Olhando para o céu, muito alto e sereno, com suas luzes espalhadas e distantes e nuvens noturnas esgarçadas, ela disse:

– Muito bem, então quando vamos nos casar?

Ele sorriu, balançou a cabeça num gesto afirmativo e cantarolou sua canção.

Devia ser correto amar Michael. Ou, se não fosse direito, ela devia amar. Ou, mesmo que não o amasse, devia se casar com ele. Não, não, é claro que o amava, e é claro que era direito. Michael era a resposta, fosse qual fosse a pergunta.

Jean não tivera muitos pretendentes, mas nunca se importou com isso. "Pretendente" era uma palavra tão ridícula que os pretendentes deviam ser ridículos também: "Ele pressionou com sua corte."*

Jean ouviu essa frase em algum lugar, ou leu talvez, e sempre achou que era isso que havia de errado com pretendentes. Será que eram chamados assim porque estavam sempre pressionando com suas cortes? Ela gostava de homens inteligentes, mas não espertalhões.

Relacionou mentalmente os homens que conhecia. Talvez pudessem ser divididos em pretendentes e maridos. Leslie e Tommy Prosser provavelmente seriam bons pretendentes, mas seria um erro casar com eles. Eram um pouco atrevidos e suas explicações do mundo talvez não fossem confiáveis. Ao passo que seu pai e Michael provavelmente dariam bons mari-

---

* Aqui há um jogo semântico impossível de traduzir. *Suitor*, em inglês = pretendente, cortejador. *He pressed his suit* pode ser traduzido como "Ele passou seu terno" ou "Pressionou com sua corte". (N. da T.)

dos, não pareciam espertalhões e mantinham os pés no chão. Sim, era outro modo de ver a coisa. Os homens ou tinham os pés no chão, ou a cabeça no ar. Michael, quando se conheceram, havia chamado a atenção para seus pés. Estavam virados ao contrário, mas firmes no chão.

Julgados por esse novo critério, os quatro homens que conhecia continuavam divididos do mesmo modo. De repente ela se imaginou beijando Tommy Prosser e a lembrança do bigode dele a fez estremecer. Tinha experimentado com uma escova de dentes e confirmado seus piores temores. Michael era mais alto do que todos eles e tinha Perspectivas de Promoção, uma frase que sua mãe sempre dizia com maiúsculas. Na verdade, tinha de admitir que ele era um pouco malvestido sob o sobretudo que o cobria quase inteiro, mas depois da guerra ela podia melhorar isso. Era o que as mulheres faziam no casamento, não era? Evitavam que os homens fracassassem ou tivessem vícios. Sim, pensou ela, com um sorriso, eu *passarei* seu terno.

E isso parecia ser a coisa certa. Se não era amor, o que era então? Será que ele a amava? É claro que sim. Ele dizia sempre isso junto com o beijo de boa-noite. Seu pai dizia que sempre se pode confiar num policial.

Havia um assunto que irritava Michael. Era Tommy Prosser. Talvez por culpa dela. Falava muito sobre ele, mas isso era natural, não era? Jean ficava o dia inteiro em casa e Tommy muitas vezes ficava também e quando Michael ia buscá-la e perguntava o que ela estava fazendo, ora, não ficaria bem dizer que estava pincelando a grelha ou estendendo a roupa. Então Jean contava o que Prosser tinha dito. Certa vez perguntou a Michael se conhecia o sanduíche de Perigo Passado.

– Você está sempre fazendo perguntas sobre sanduíches – disse Michael. – *Sanduíches*.

– Esse tem dentes-de-leão.

– Parece horrível.

– Não é muito bom.

– Ele é evasivo. É disso que eu não gosto. Não olha a gente nos olhos. Sempre virando a cabeça. Gosto de homens que olham a gente de frente.

– Ele não é tão alto quanto você.

– O que isso tem a ver com o resto, sua boba?

– Bem, talvez por isso ele não olhe você nos olhos.

– Não tem nada uma coisa com a outra.

Ora, tudo bem. Talvez fosse melhor não contar a Michael que Prosser estava "aterrissado", mesmo não sendo direito ter segredos para o marido. Também não contou que o chamavam de Nascer do Sol.

Prosser não ficava irritado quando ela falava sobre Michael, embora nem sempre compartilhasse seu entusiasmo.

– Vai dar certo – era sua resposta de sempre.

– Você acha que é uma boa ideia, acha, Tommy?

– Bem boa, menina. Vou dizer uma coisa, ele faz um bom negócio.

– Mas você é casado? É feliz?

– Não tenho estado em casa tempo suficiente para notar.

– Não, acho que não. Mas você gosta de Michael?

– Ele serve. Não sou eu quem vai casar com ele.

– Ele é tão alto!

– O suficiente.

– Mas você acha que vai ser um marido maravilhoso?

– A gente tem de se queimar uma vez. Só para não se queimar mais.

Jean não compreendeu a frase, mas mesmo assim ficou furiosa com Tommy.

A Sra. Barrett, uma das esposas mais eficientes e modernas da cidade, fez uma visita a Jean quando ninguém estava em casa e entregou um pacote.

– Eu não preciso mais disso, querida – foi tudo que disse.

Mais tarde, na cama, Jean abriu o embrulho e encontrou um livro encadernado com pano marrom com conselhos para recém-casados. Na primeira página estava a lista dos outros livros da autora. *A flora cretácea* (em duas partes), *Plantas antigas*, *Estudo da vida das plantas*, *Um diário do Japão*, uma peça em três atos, intitulada *Nossas avestruzes*, e uma dúzia de livros sobre sexologia. Um deles chamava-se *Os primeiros cinco mil*. Os primeiros cinco mil o *quê*?

Jean não sabia bem como ler o livro, nem estava certa de que devia ler. Não seria melhor aprender essas coisas com Michael? Provavelmente ele sabia tudo a respeito, certo? Ou não sabia? Não era um assunto que costumavam discutir. O certo era que os homens soubessem e que as mulheres não procurassem saber como eles descobriam. Jean não se importava, era bobagem preocupar-se com o passado de Michael. De qualquer modo parecia tão distante – todo ele antes da guerra. A palavra *prostituta* esgueirou-se furtiva em sua mente, como a ponta de um sapato numa porta. Os homens procuravam as prostitutas para satisfazer seus desejos animais, depois, mais tarde, eles se casavam com esposas – era o que acontecia, não era? Será que precisavam ir a Londres para encontrar prostitutas? Jean supunha que sim. Para ela, a maioria das coisas desagradáveis ligadas ao sexo aconteciam em Londres.

Na primeira noite folheou o livro descuidadamente, pulando capítulos inteiros intitulados Sono, Filhos, Sociedade e Apêndice. Fazendo isso não podia dizer que estivesse lendo. Mesmo assim, certas frases saltavam das páginas e grudavam como carrapichos na sua camisola de algodão e lã. Algumas a faziam rir, outras a deixavam preocupada. A palavra *túrgido* aparecia com frequência, bem como *crise*. Jean não gostava do som delas. *Aumentado e enrijecido,* ela leu, *lubrificado com muco, túrgido* outra vez, *mole, pequeno e pendente* (que nojo!), *desajustamen-*

to das formas e posições relativas dos órgãos; absorção parcial da secreção do homem, congestionamento do útero.

Na capa posterior do livro havia um anúncio da peça teatral da autora, Nossas avestruzes, "produzida pela primeira vez no Royal Court Theatre, 14 nov. 1923". A revista *Punch* dizia que era "cheia de humor e ironia, admiravelmente interpretada". O *Sunday Times* dizia que "a excitação do começo é mantida até o fim". Jean, quase sem perceber, começou a rir baixinho e de repente ficou chocada com a própria atitude. Que mente suja! Mas então riu outra vez, imaginando outra crítica que dizia: "admiravelmente túrgido."

Contou a Michael que a Sra. Barrett lhe dera o livro.

– Ótimo – disse ele, olhando para o outro lado. – Estive pensando nessas coisas.

Jean pensou em perguntar a ele sobre as prostitutas, mas chegavam àquela parte do caminho em que ele cantarolava e achou que não era o momento certo. Porém, Michael aprovava o livro, assim, naquela noite ela voltou à leitura com maior entusiasmo. Verificou atônita quantas vezes a palavra *sexo* aparecia combinada com outra: *atração-sexual, ignorância-sexual, maré-sexual, função-sexual, vida-sexual.* Inúmeros hifens. Cinco ao todo, pensou ela.

Por mais que tentasse, não conseguiu compreender a maior parte do que estava lendo. A autora fazia questão de afirmar que escrevia de modo claro e direto, mas Jean logo se perdeu. *Estruturas da alma,* leu ela, e *má-formação do órgão,* na qual não queria pensar. *O clitóris corresponde morfologicamente ao pênis.* O que queria dizer isso? E havia muitas piadas. *A rainha de Aragão decretou que seis luzes por dia era a norma adequada para o casamento legítimo. Uma mulher assim anormalmente sexuada provavelmente hoje mataria de exaustão uma porção de maridos...* essa era a mais simples.

Mesmo as coisas que ela compreendia sem dificuldade pareciam contrárias à sua experiência. *As oportunidades para um namoro pacífico e romântico,* ela leu, *são menores atualmente nas cidades com seus trens subterrâneos e cinemas do que nos bosques e jardins onde a colheita de alecrim e lavanda pode ser o doce pretexto para intensificar uma paixão mútua e profunda.* É verdade que estavam em guerra, mas era como se Michael e ela estivessem vivendo na cidade, se dependesse das colheitas de lavanda que ele sugeria. Jean não podia imaginar onde a lavanda poderia ser cultivada na região. E por que sugeriam ervas? O que havia de errado com as flores?

Vinha então uma coisa chamada Periodicidade da Recorrência, uma espécie de gráfico mostrando como o desejo feminino aparece e desaparece durante o mês. Havia dois gráficos, um mostrando a Curva do Desejo Normal em Mulheres Saudáveis, o segundo mostrando A Fraca e Transitória Excitação Sexual em Mulheres que Sofriam de Fadiga ou Excesso de Trabalho. No fim do segundo gráfico, o Nível do Desejo em Potencial subia e descia como uma bola de pingue-pongue numa fonte. A legenda explicava: "Imediatamente antes e durante o tempo do pico do ar alpino restaurou a vitalidade da pessoa estudada."

Finalmente, Jean descobriu um conselho na seção chamada "Modéstia e Romance". *Fuja sempre. Fuja do que é baixo, trivial e sórdido. Na medida do possível só permita que seu marido a possua quando houver prazer no ato. Sempre que as finanças permitem, marido e mulher devem dormir em quartos separados; quando não, o quarto que compartilham deve ser dividido por uma cortina.*

Após essa leitura, quando se encontrou com Michael, Jean tinha três perguntas.

– O que significa *morfologicamente*?
– Desisto. Tem alguma coisa a ver com sanduíches?
– E você alguma vez teve vontade de colher lavanda e alecrim?
Michael olhou de lado para ela, um pouco mais sério.
– O vento está soprando de Colney Hatch ou coisa assim?
– E podemos ter quartos separados?

– Não está indo muito depressa? Nem encostei um dedo em você ainda, meu bem.

– Mas você deve ser o caçador que sonha em surpreender Diana no bosque.

– Apanhando lavanda e alecrim?

– Acho que sim.

– Então acho melhor eu arranjar uma pá. – Os dois riram e Michael acrescentou: – Pensando bem, para que eu ia querer Diana no bosque quando tenho Jean na cerca da frente?

Naquela noite, Jean ignorou o livro. Estava claro que era tudo bobagem. Três dias depois, Michael disse naturalmente:

– A propósito, marquei uma hora para você.

– Com quem?

– É em Londres. Ela parece muito agradável. Foi o que me disseram.

– Ela não é... dentista?

– Não. – Ele olhou para o lado. – Ela... vai assim, examinar você.

– Preciso ser examinada? – Jean ficou mais surpresa do que ofendida. Provavelmente, todo mundo tinha de ser examinado. – Vai me devolver se eu não for perfeita?

– Não, é claro que não, meu bem. – Michael segurou a mão dela. – É só uma coisa... que as mulheres têm de fazer. Quero dizer, hoje em dia elas fazem.

– Nunca ouvi falar de ninguém que foi mandada a Londres para ser examinada – disse Jean zangada. – O que os moradores do campo faziam antes da estrada de ferro?

– Ora, não é nada disso, meu bem, nada disso. É... coisas como bebês.

Foi a vez de Jean desviar os olhos. Oh, meu Deus, pensou. Mas isso não era responsabilidade dos homens? Não era isso que o livro queria dizer com *responsabilidade*? De repente, pensou em outras palavras, *túrgido* e *o rompimento do hímen*, e *lubrificado por muco*. Tudo parecia uma coisa horrível.

– Não podemos ser só amigos? – perguntou ela.
– Nós *somos* amigos agora. Por isso vamos nos casar. Quando estivermos casados, continuaremos a ser amigos, mas estaremos... casados. O negócio é esse.
– Compreendo. – Na verdade não compreendia. Jean sentiu-se extremamente infeliz.
– Você me leva para respirar o ar dos Alpes se eu tiver algum defeito? – perguntou.
– Assim que o soldado raso Hitler permitir – prometeu ele –, assim que o soldado raso Hitler permitir.
Jean achou que a Dra. Headley seria uma ótima dentista. Era simpática, profissional, informativa, articulada, amistosa e extremamente assustadora. Vestia um jaleco branco sobre o duas-peças que podia passar por um uniforme. Fez Jean sentar num sofá e procurou acalmá-la conversando sobre a *blitz*. Jean achou que aquilo não era correto e de repente disse:
– Eu vim para ser examinada.
– É Claro. Faremos o exame hoje e a prova na semana seguinte. A maioria das jovens não gostam de apressar as coisas.
– Compreendo. – Que provas? Oh, meu Deus.
A Dra. Headley fez então perguntas sobre Jean e Michael, algumas aparentemente muito circunstanciais.
– E o que você sabe sobre o ato sexual? Diga francamente.
Jean falou do livro de capa de pano marrom, escrito pela mulher cuja peça sobre avestruzes começava em excitação e ia assim até o fim.
– Ótimo. Então você deve saber quase tudo agora. É sempre bom ler alguma coisa antes. E o que você acha do ato sexual, quero dizer, de um modo geral?
A essa altura Jean estava mais confiante. Nada podia chocar a Dra. Headley. O cabelo da médica era penteado para trás e preso num coque no alto da cabeça. Jean pensou num pão doce.
– Eu acho engraçado.

– Engraçado? Você quer dizer estranho. Sim, pode ser, a princípio. Mas a gente se acostuma.

– Não, engraçado. Engraçado-ha-ha. – *Túrgido*, pensou ela, *rompimento do hímen, lavanda, a rainha de Aragão*. Deu uma risadinha abafada.

– Engraçado, minha cara, é uma das coisas que ele não é.

– Oh, meu Deus. – É intensamente sério. É belo e pode ser complicado, mas não é *engraçado*. Compreendeu?

Jean fez que sim com a cabeça e corou por sua gafe, mas não se convenceu.

– Agora vá para trás daquele biombo e tire sua roupa íntima.

Jean obedeceu docilmente. Ficou em dúvida sobre os sapatos. Sapatos eram roupas? Devia calçá-los outra vez? Puxa, ela nunca devia ter dito que sexo era engraçado. É claro que talvez, no fim, não fosse mesmo. Talvez sua Periodicidade de Recorrência fosse espantosa, ou talvez precisasse de ar alpino. Por mais que fizesse, não conseguia deixar de pensar no pênis de Michael. Não a coisa propriamente dita, que nunca havia sequer imaginado, quanto mais visto, mas na ideia do pênis. A coisa que uniria seus corpos – o hífen do sexo.

Saiu de trás do biombo. Deitou, obedecendo ordens e então... meu Deus! Cavalos selvagens, pensou ela. O silêncio era terrível. Jean começou a cantarolar baixinho: "Cara, nos casamos, meu bem..." Então parou, embaraçada. Provavelmente a Dra. Headley não aprovava, por mais adequada que fosse a canção.

– Isso é um pouco frio.

Jean reuniu toda a coragem. Será que iam jogar água fria nela como castigo por estar cantarolando? Mas não, era só... parou de pensar sobre suas regiões mais profundas. Fechou os olhos com força, como cortinas de *blackout* bem ajustadas, mas que deixavam passar a claridade da vida lá fora. Negro e vermelho, a cor da guerra, a cor da guerra de Tommy Prosser. Tommy Prosser no seu Hurricane negro, na noite negra, com a capota aberta e o reflexo vermelho do painel de instrumentos no rosto e nas mãos. Tommy Prosser no seu Hurricane negro atento à luz vermelha das descargas dos bombardeiros que voltavam. Negro e vermelho...

– Muito bem, o viveiro está bom e não há nada errado com o quarto de brinquedo – disse a Dra. Headley de repente.

– Oh, ótimo. – Do que ela estava falando?

A Dra. Headley tirou de uma gaveta três latinhas redondas numeradas. Separou as duas maiores dizendo jovialmente:

– Não devemos assustar os cavalos. – E abriu a terceira, deixando escapar uma nuvem de talco. – Agora eu vou mostrar o princípio da coisa, e na semana que vem você mesma pode experimentar.

A Dra. Headley tirou da lata o círculo de metal e limpou o talco.

– É muito simples, está vendo? Tem uma mola espiral aqui – ela apertou o círculo formando um oito – flexível, resistente, completamente seguro quando bem colocado, tente.

Jean apanhou a coisa. Parecia enorme. Onde devia pôr aquilo? Talvez fosse para enrolar no sexo-hifenado como um pedaço de lona e amarrar com corda. Experimentou apertando a borda da coisa. Parecia muito resistente. Então, ela a colocou no mata-borrão à sua frente e experimentou outra vez. A mola cedeu e um rolo de borracha negra saltou, enfunado, na palma da sua mão. Jean soltou um grito.

– Logo vai se acostumar – Jean duvidava. Qualquer coisa por Michael, é claro, mas não podiam ser só amigos? – Aqui está a geleia para lubrificar. – Um tubo apareceu como por encanto na mão da Dra. Headley.

Oh, meu Deus, o que tinha acontecido ao *lubrificado por muco*?

– Não... isso... é necessário?

A Dra. Headley deu uma risadinha divertida, e não se dignou a responder.

— Pensei que tinha dito que não é engraçado. — Jean estava furiosa com aquela mulher que a haviam convencido a procurar.

— Não. Eu não estava rindo disso. Estava rindo de você. Vocês, jovens, sempre querem tudo, todo o prazer e nenhuma responsabilidade.

Com a palavra responsabilidade, começou a passar geleia na borda do círculo de metal, depois na parte central e macia de borracha. Uma breve demonstração e logo passou para Jean.

— Não, segure firme, ele não morde. Não, com mais firmeza. Polegar e os outros dedos, polegar e os dedos, nunca fez luvas de boneca?

Jean largou a coisa antes que saltasse da sua mão. Por agora chegava.

Em Paddington, esperando o trem, Jean viu uma máquina pesada pintada de verde com um mostrador de relógio. Em vez das horas tinha as letras do alfabeto. A gente girava um grande ponteiro de metal e por um pêni podia imprimir quinze letras numa fina tira de lata. Uma plaquinha esmaltada e descascada sugeria que era possível enviar uma mensagem a um amigo. Jean não tinha nenhuma mensagem para mandar. Não tinha confiança suficiente para autopiedade, apenas se sentia desanimada. Com dificuldade ela moveu o ponteiro de metal entre as letras, apertou a alavanca e imprimiu JEAN seguido de SERJEANT. Sobrava espaço para mais três letras. Seu pai, embora sem dúvida considerasse aquilo uma despesa frívola, ia querer que aproveitasse o dinheiro pago. Nome, posto e número, essa era a frase, não era? Jean não tinha nenhum posto, também não tinha número. Pensou um pouco, imprimiu XXX, puxou sua tira de lata do lado da máquina e guardou na bolsa.

Vagamente, Jean tinha a impressão de que alguma coisa acontecera com Tommy Prosser naquele ano, algo específico e não identificado. Antes, ele era o bravo piloto de Hurricane, agora estava "aterrissado", tímido e assustado. Tudo que Jean tinha a fazer era localizar a fonte daquele medo, permitir que ele falasse sobre o incidente horrível e marcante, e ele começaria a se curar. Pelo menos esse tanto Jean sabia sobre o princípio da psicanálise.

Certa tarde ela estava sentada à mesa da cozinha com uma lata de Silvo e os garfos enfileirados na sua frente como soldados. Prosser parecia menos beligerante que de costume. Começou falando do ano de 1940 como se falasse de Mons ou Ypres, algo distante que não tinha acontecido com ele.

– A primeira vez que voei foi um verdadeiro show. Eu estava disputando com dois 109 sobre o mar do Norte. A coisa não parecia muito boa para mim, então fugi para as nuvens próximas, dei uma volta e rumei de volta para a base. O mais depressa possível. Quando você quer ir depressa, você mergulha. Lá estava eu e, de repente, metralhadoras. Um dos 109 devia ter me seguido na descida. Puxei a alavanca de comando rapidamente para trás e fiz uma volta com um *loop*. Olhei em volta e não vi nada. Na certa o havia despistado.

"Então, nariz para baixo, rumo à base outra vez. Cada vez mais depressa. E, adivinhe só, mais metralhadoras. Puxo a alavanca de comando para trás e os tiros cessam imediatamente. Eu estava subindo bastante, procurando uma nuvem, quando compreendi o que estava acontecendo. Na descida apressada eu com certeza apertara a alavanca com muita força. Apertei o botão na parte de cima dela, compreende? Assim, eu mesmo estava atirando e me assustando daquele jeito. Rodando no céu como um perfeito idiota."

Jean sorriu.

– Contou para os outros, quando voltou?

– Não. Não logo. Só depois que alguém admitiu uma bobagem maior. E então eles pensaram que eu estava inventando.

– Eles sempre contam os erros que cometem?

– É claro que não.

– O que vocês não contavam?

– O que não contávamos? As coisas de sempre. Ficar com medo. Ter medo de não dar cobertura aos outros. Pensar que não vai voltar. Mas veja bem, a gente sempre percebe quando um cara está pensando que pode não voltar. A gente está sentado na sala de descanso e alguém começa a ficar muito delicado. Quero dizer, delicado de verdade, de repente. E então percebemos que ele está assim há alguns dias, sempre passando o açúcar, falando baixo, não provocando ninguém. O tempo todo pensando em não voltar. Quer ser lembrado como um cara legal. É claro que não percebe o que está fazendo, não tem a mínima ideia.

– Você ficou assim?

– Como é que vou saber? A gente não sabe que esta fazendo aquilo. Talvez eu fizesse outra coisa qualquer, tilintar as moedas no bolso, ou coisa assim.

– Vocês não podem admitir que estão com medo?

– É claro que não. Não é educado. Mesmo sabendo que os outros caras percebem.

– Posso fazer uma pergunta?

– Você já fez, não fez? – Prosser sorriu como quem diz: "Sim, meu humor está melhor hoje."

Jean olhou para o chão, como se ele a tivesse apanhado fazendo tilintar as moedas no bolso.

– Pode mandar.

– Bem, eu estava imaginando como é ser corajoso.

– Ser *corajoso*? – Não era o que Prosser esperava. – Para que quer saber?

– Estou interessada. Quero dizer, tudo bem se...

– Não... é que... é difícil. Quero dizer, varia. Você pode fazer uma coisa normal e os outros resolvem que foi um ato de bravura, ou você pode pensar que deu um belo show e eles nem mencionam.

– Então, quem decide o que é ser corajoso? Eles ou você?

– Não sei. Acho que somos nós mesmos, mas são eles quando se trata de grupos e coisas assim. Na verdade, a gente não pensa nisso, sabe?

– Agora você está sendo modesto. – Jean vira a condecoração no uniforme de Prosser Nascer do Sol. Ninguém consegue aquilo a troco de nada.

– Não. Não. Não estou. Quero dizer, você não resolve, "agora vou ser corajoso". Nem senta e pensa, mais tarde, "puxa, aquilo foi um ato de bravura".

– Mas você deve tomar alguma decisão. Se vê alguém em apuros e diz: "Vou ajudá-lo."

– Não. Você diz coisas que não podem ser escritas. E então faz. Não é como tomar uma decisão na vida civil. É puff, e você está lá. Às vezes as coisas são um pouco mais claras e a gente tem tempo para pensar, mas o que pensamos são coisas que nos ensinaram a pensar nos cursos e às vezes é um pouco confuso, como se alguma coisa nos chamasse, mas quase sempre é puff, e lá está você.

– Oh.

– Desculpe se a desapontei. Pode ser diferente com outras pessoas. Não posso dizer o que é ser corajoso. Não é uma coisa que se possa pegar para ver. Quando aparece, você não percebe que apareceu. Não fica excitado, atordoado, nem nada. Talvez a gente se sinta mais assim como quem sabe o que está fazendo, mas esse é o limite. Não se pode falar a respeito. Não existe. – Prosser começou a se entusiasmar um pouco. – Quero dizer, não é a coisa sensata, certo? A coisa sensata é sentir tanto medo a ponto de perder as calças. Essa é a reação *sensata*.

– E isso é diferente? Quero dizer, ficar assustado é como ter alguma coisa?

– Ah, o *medo*. Sim, é bem diferente – pareceu acalmar-se tão rapidamente quanto havia se entusiasmado –, muito diferente. Quer saber?

– Sim, por favor. – De repente, Jean percebeu como era diferente falar com Prosser e com Michael. De certo modo era mais difícil, mas...

– Primeiro, você sabe quando está com medo. Segundo, todo mundo sabe também. Terceiro, você sabe o que o medo o faz fazer enquanto está fazendo.

– O que o medo faz você fazer?

– Tudo. No começo, não muita coisa. Você se olha mais vezes no espelho. Voa um pouco mais alto ou um pouco mais baixo que o necessário. Apanha o vírus da segurança. Sai de uma escaramuça um pouco antes do que costuma sair. Conta uma ou duas mentiras no refeitório. Encontra mais defeitos no avião do que antes. Pequenas coisas fazem a gente voltar antes do tempo ou perder contato com a formação.

"Então vem a hora em que você começa a notar. Provavelmete porque vê que todos estão notando. A gente volta e a equipe de terra faz a mesma coisa de sempre – verifica se suas metralhadoras foram usadas, antes de você sair da cabine. E, se não foram usadas pelo menos duas vezes seguidas, você imagina que estão comentando a respeito. Sempre a mesma palavra, você imagina. Garganta. Garganta. Então você pensa, não vou deixar que me chamem de garganta, você começa a entrar numa nuvem para disparar suas metralhadoras. Se atirar até acabar a munição, de qualquer modo tem de voltar. E você levanta o polegar para a equipe de terra quando está taxiando na pista e diz que tem certeza de que derrubou um Heinkel – ele estava soltando muita fumaça e, embora não o tenha visto cair, acha que, se voltaram para a Alemanha, foi a pé – e todos aplaudem e você quase acredita na história e pensa se deve mencioná-la no relatório de voo, e compreende que precisa, porque, se a equipe de terra souber que a história não chegou aos ouvidos da Inteligência, é claro que vão descobrir. Então você inclui no relatório e, antes de perceber onde está, você derrubou toda a maldita Luftwaffe que devia estar voando no meio daquelas nuvens dentro das quais você descarregou suas metralhadoras."

– Foi o que você fez?

– Foi como acabou, na segunda vez, quando me transferiram. Na primeira vez havia uns leves sinais, eu não tinha certeza, eles não tinham certeza, por isso me deixaram em terra por alguns dias. Mas eu percebi imediatamente quando aconteceu na segunda vez. Então fiquei sabendo o significado da primeira.

– Provavelmente foi só nervoso, da primeira vez.

– Sim, foi isso mesmo. Nervos, medo, conversa fiada, covardia, exatamente. Sabe o que eles dizem, não sabe? Um homem queimado duas vezes está acabado.

Jean lembrou que ele havia dito isso sobre seu casamento com Michael.

– Tenho certeza de que é história antiga de mulheres.

– As mulheres sabem muita coisa – ele deu uma risada abafada –, pergunte à minha.

– Diga como é ter medo.

– Eu já disse. É fugir. É ser covarde.

– Mas por dentro, como é?

Prosser pensou. Sabia exatamente como era. Ele sonhava com o que era sentir medo.

– Bem, algumas partes são como todas as outras coisas. Como mãos trêmulas, boca seca e tensão na cabeça, tudo isso faz parte do nervoso normal e saudável antes de uma missão. Geralmente. Às vezes não. Normalmente a gente sente essas coisas na sala de descanso, quando está lá em cima elas desaparecem, então podem aparecer quando percebemos que vai começar a ação, mas, quando chegamos perto, desaparecem outra vez. Só que às vezes elas estão conosco o tempo todo, mesmo quando você está de volta, em segurança, e isso é um mau sinal. Então você começa a sentir medo.

Fez uma pausa e olhou para Jean. Ela retribuiu o olhar e Prosser continuou:

– Imagine engolir uma coisa azeda, como vinagre. Imagine que não sente o gosto só na boca, mas no caminho todo até o estômago. Imagine então que está tudo coagulando lentamente entre seu peito e sua garganta. Coagulando bem devagar. Mingau feito de vinagre, o gosto por toda a parte. Azedo na sua boca. Molhado e pegajoso no estômago. Coagulando como mingau entre a garganta e o peito. Isso significa que não pode confiar na própria voz. Então, às vezes você finge que o R/T enguiçou. Às vezes finge que está atravessando uma faixa de silêncio. Você fica de boca fechada com o gosto azedo sacudindo dentro da garganta. Metade do seu corpo está cheio desse azedume enjoativo e, porque você o sente, o tempo todo, pensa que pode ficar nauseado e vomitar para se livrar dele. Mas não pode. Ele fica ali, frio, azedo e coagulado, e você sabe que não existe nenhum motivo para que desapareça. Nunca mais. Porque o certo é ele estar ali.

– Pode desaparecer – disse ela, percebendo o falso otimismo na própria voz, como se estivesse batendo de leve no que sobrava das pernas amputadas de alguém e dizendo que elas iam crescer novamente.

– Duas vezes queimado – respondeu ele em voz baixa.

– Tenho certeza de que você vai voltar – continuou ela, ainda com a voz de enfermeira profissional. – Voltar para a caça furtiva sobre os campos de pouso e tudo o mais... seja lá o que for.

– Isso foi antes – disse Prosser. – Isso foi quando todo mundo estava tricotando com linha cáqui por toda a parte. Lembra?

– Ainda tenho o meu tricô. Nunca terminei.

– Era isso. Tricotando com linha cáqui. Odiar os hunos. Expulsar o invasor. Tudo era belo e claro e estavam todos felizes. Você achava que podia morrer, mas isso não parecia tão importante. E você não sabia quanto tempo ia durar nem nada, apenas fazia o que tinha de ser feito. De qualquer modo, tudo era novidade. E certos momentos eram como os melhores da sua vida.

– Como ver o sol nascer duas vezes.

– Como ver o sol nascer duas vezes. Como pegar alguns bombardeiros fora da linha de tiro deles e o comitê de recepção fazendo um fogo cerrado, e você só olhar para tudo aquilo, verde, amarelo e vermelho, pairando no ar, e não pensar que possa ser atingido, pensar só que parecem franjas de papel num salão de dança na noite de sábado. Agora é diferente. Não se pode continuar assim para sempre.

– E você não odeia tanto os alemães quanto antes? Jean achou que estavam fazendo progresso. Talvez a coragem nascesse do ódio, ou pelo menos fosse mantida por ele. Nascer do Sol perdera seu ódio, era isso. Não era vergonha nenhuma, muito pelo contrário.

– Não, não. Eu os odeio tanto quanto antes. Exatamente como antes. Talvez, por motivos diferentes, mas com a mesma intensidade.

– Oh. Aconteceu... alguma coisa? Alguma coisa horrível? Uma coisa que o fez deixar de ser bravo?

O sorriso de Prosser foi cauteloso, como se estivesse disposto a simplificar as coisas para ela, se fosse possível. Só que não podia.

– Sinto muito. Mas não é bem assim. O garoto vira homem da noite para o dia. O homem torna-se um herói. O herói fraqueja. Novos garotos chegam, novos heróis são moldados – ele falava quase com ironia, mas não como das outras vezes –, não é bem assim. Eu não fraquejei, pelo menos, não como todos definem fraquejar. As coisas vão se desgastando com o tempo. O estoque acaba. Não resta mais nada. Todos dizem que é uma questão de descanso para recarregar as baterias. Mas existem várias baterias que não podem ser recarregadas. Nunca mais.

– Não seja tão pessimista – disse ela, sem acreditar no otimismo da própria voz. – Você ainda gosta de voar, não gosta?

– Ainda gosto de voar.

– E ainda odeia os alemães?
– Ainda odeio os alemães.
– Muito bem, então o que falta, Sr. Prosser?
– Muito bem, futura Sra. Michael Curtis. Temo que não tenha um QED* aí.
– Oh, oh. Mas eu tenho certeza. Eu sei. Pense no nascer do sol.
– Bem – disse Prosser –, acho que não quero isso outra vez. Você entende, o sol nasce duas vezes, você se queima duas vezes. Para mim parece justo. Muito justo. É melhor me acostumar com a ideia. Acho melhor pendurar as chuteiras.
– Não, por favor, não se acostume com a ideia.
– Eu não estava falando sério.

Na semana seguinte Jean voltou ao consultório da Dra. Headley. Prometeu a si mesma que não ia achar graça em coisa alguma. Não que houvesse muita probabilidade disso.

A latinha circular apareceu outra vez e o talco subiu no ar, e foi demonstrado como espalhar a geleia. E mais uma vez Jean pensou, *lubrificado por muco?* Talvez fosse um tubo de geleia-muco. Então a fizeram deitar com a cabeça mais baixa como se tivesse escolhido o brinquedo errado num parque de diversões. Recebeu ordem de relaxar. Jean relaxou, primeiro flutuando, depois voando para longe do que estava acontecendo com ela. Estava num Hurricane negro e as nuvens passavam velozmente por ela. Prosser Nascer do Sol tinha uma cadeira de vime instalada na cabine e a levava para um passeio. Não era só coqueluche que se curava com um voo, dizia ele. E mostrava seu truque. O tio Leslie fazia um bom truque com o cigarro, mas Prosser fazia um muito melhor com o sol. Lá vamos nós, olhe para lá, por cima do meu ombro, além da asa negra, veja a subida, veja a subida. E agora, para baixo, mais para baixo, descendo mais 3 mil metros e esperar, olhar, e o sol nasce outra vez. O milagre

---

* *Quod erat demonstrandum* = o que ainda está por demonstrar. (N. da T.)

comum acontece. Repetir? Não, a não ser que queira ir se juntar aos caras dos submarinos.

– Agora experimente você.

O relaxamento completo havia facilitado as coisas para a Dra. Headley, o problema era que Jean não ouvira nem uma palavra das instruções. Agora, segurando hesitante o círculo escorregadio, apertou, formando um oito, e começou a enfiar no seu corpo sem nenhuma noção de direção, concentrada e tensa. A Dra. Headley, sentada numa banqueta, segurava o pulso de Jean, tentando guiar sua mão. Vamos acabar com isto, pensou Jean, e empurrou com força. Ai! *Ai!*

– Não, não, sua tolinha. Veja o que você fez. Tudo bem, é só um pouco de sangue saudável. – A Dra. Headley a limpava com uma toalha e água morna. Então, depois de algum tempo, ela disse: – Vamos continuar?

Jean deslizou de volta para uma madrugada clara e sem nuvens sobre o Canal, ouvindo a voz da Dra. Headley como se saísse de um R/T. Este lado para cima, em forma de oito, o pescoço do útero, a borda adaptando-se perfeitamente, confortável, depois, mais tarde, com o dedo em gancho, puxar. Instruções para uma manobra aérea. Assim tudo parecia menos humilhante e mais distante dela.

– Pode sangrar um pouco mais – disse a Dra. Headley.

Então foram dadas as últimas instruções para o uso do aparelho. Quando colocar, depois de quanto tempo devia ser retirado, como lavar, secar, empoar e guardar até a próxima vez. Isso a fazia lembrar o pai com seu cachimbo. Ele parecia passar muito mais tempo enchendo e limpando e desentupindo do que fumando. Mas talvez todos os prazeres fossem assim.

No trem de Paddington, com as cortinas de *blackout* fechadas, Jean imaginou se, como pensava, tinha perdido a virgindade. Teria perdido? Sentia que sim – ou melhor, sentia como achava que devia ser se tivesse feito a coisa normalmente. Sentia-se invadida. Violada. A má-formação do órgão – não sabia o que era isso, mas parecia a coisa certa. Levava na bolsa uma pequena caixa de papelão. Não sabia exatamente o que era. Seria um protetor ou um agressor? Seria um protetor que ajudava agressores como Michael? Teria perdido sua virgindade para ele – ou para um primo, da mesma remessa da fábrica? Será que estava sendo tola e melodramática? Afinal, era tudo por Michael. Podia ser pior. Coisas piores estavam acontecendo, a maior parte aos homens. Você tinha de fazer sua parte, certo?

A caixinha dentro da bolsa a intimidava, fazendo com que o homem que recolhia as passagens parecesse um funcionário da alfândega. Algum contrabando, jovem? Não, nada a declarar. Um dispositivo explosivo. Um hímen rompido. Uma peça íntima levemente manchada de sangue.

A Dra. Headley e a caixinha faziam com que tudo parecesse certo e imutável. Mas de modo algum inspiravam confiança. Jean não estava ansiosa para ir para a cama com Michael. É claro que o amava, é claro que ia dar certo, é claro que ele devia saber tudo e o instinto compensaria a ignorância mútua. Ia ser belo, até mesmo espiritual talvez, como diziam alguns, mas era uma pena que algumas partes tivessem de ser tão prosaicas. Será que esse prosaísmo interferiria em suas reações? Será que a Caixa ia interferir com a Periodicidade da Recorrência?

Quando chegou em casa, Jean surpreendeu-se voltando ao livro da Sra. Barrett. Procurou o capítulo intitulado "O pulso fundamental", seriamente agora querendo saber como seria o ato prometido. Algumas pessoas, ela leu, pensam nele como um simples padrão ondulante de altos e baixos, mas era mais complicado do que isso. "Nós todos", explicava a autora de *Nossas avestruzes*,

"em certo momento observamos o movimento do mar batendo num banco de areia e notamos que o influxo de outra corrente d'água pode formar um novo sistema de ondas circulares em ângulos retos com as outras, cortando-as, de modo que as duas séries de ondas se entrecruzam."

Jean jamais estivera na praia, mas tentou imaginar o padrão das ondas cruzadas. Ouvia o crocitar das gaivotas e via a areia virgem. Tudo parecia muito agradável. Muito agradável, mas não importante. Talvez *fosse* apenas engraçado?

Tio Leslie não compareceu ao casamento. Tio Leslie havia jogado a bola num buraco de areia. Os pais de Jean estavam presentes, e a mãe de Michael, alta, de nariz comprido, parecia constrangida ou talvez condescendente. Jean não conseguiu descobrir. Um policial amigo de Michael que foi padrinho do noivo – e que murmurou para ela antes da cerimônia: "Se eu sou o melhor, por que vai se casar com o outro cara?"* (observação que Jean não achou apropriada) – e um primo de Michael, do País de Gales, ali especialmente para a ocasião. Mas tio Leslie não estava. Uma pequena família unindo-se a outra pequena família. Sete pessoas que não se conheciam muito bem tentando julgar o grau certo de comemoração de um casamento civil em tempo de guerra. Tio Leslie teria ignorado as convenções e insistido numa festa com dança e tudo, teria feito um discurso ou alguns truques. Talvez Jean sentisse mais sua falta porque quando era criança pensava em se casar com ele. A ausência parecia um duplo abandono. Mas, afinal, tio Leslie tinha jogado a bola num buraco de areia.

Pelo menos essa fora a interpretação dada por seu pai. Tio Leslie, depois de passar a vida toda na Inglaterra, tomou um navio para Nova York, logo depois da volta de Chamberlain de Munique. O resumo dos fatos feito por Leslie numa carta de

---

* Padrinho de casamento em inglês é *best man*, literalmente, o melhor homem. (N. da T.)

Baltimore, muito discutida, era o seguinte: Chamberlain havia proclamado a paz em nosso tempo, Leslie compreendia que não estava ficando mais jovem e resolveu conhecer o mundo. Logo depois que chegou à América a guerra estourou inesperadamente, ele já estava velho demais para vestir uniforme, não tinha sentido levar outra boca para ser alimentada no outro lado do Atlântico, a melhor coisa era mandar alimentos para a Inglaterra logo que tivesse arranjado um emprego, e é claro que entraria para o Exército americano se os ianques entrassem na luta, supondo que fosse aceito. E a propósito ele achava que havia deixado um paletó esporte no seu último endereço e seria uma pena se as traças acabassem com ele.

O resumo dos fatos feito pelo pai de Jean para sua mãe era muito diferente: eu sempre soube que seu irmão era um trapaceiro, velho demais para o Exército e toda essa bobagem, o que há de errado com a Guarda Civil ou controle de incêndio ou o trabalho nas fábricas de munições, não que seu irmão gostasse de sujar as mãos ou de fazer algum esforço, só porque manda alimentos acha que está tudo certo, o que temos para jantar hoje, mamãe, um pouco de Torta de Consciência acompanhada por uma fatia de Pudim de Consciência, bem, acho melhor comer tudo para não estragar, mas o que ele quer dizer com esse presente de roupa de baixo sofisticada para Jean quando a menina mal cortou as tranças, não quero ver minha filha usando coisas como estas quando os bombardeiros chegam todas as noites, não é decente, se ele entrar para o Exército americano eu atravesso o mar do Norte a nado, talvez nosso Herói da Estratosfera à minha direita queira outra fatia de Pudim de Consciência, pode ser azedo mas não adianta deixar que se estrague.

Nos dois primeiros anos da guerra, comeram muito Pudim de Consciência. O pai de Jean confiscou a roupa de baixo sofisticada mas a entregou no dia do casamento. Foi o único presente do tio Leslie. Jean escreveu comunicando o casamento mas não teve resposta. O tio Leslie ficou em silêncio durante todo o resto da guerra. As conclusões do pai de Jean sobre os motivos desse silêncio nem sempre eram bem recebidas por sua mãe. Quando se casou Jean sabia o seguinte:

arrumar a cama com dobras de hospital;
costurar, remendar e tricotar;
fazer três tipos de pudim;
acender o fogo e escurecer a grelha;
restaurar o brilho de moedas velhas mergulhando-as em vinagre;
passar camisa de homem;
trançar cabelo;
inserir um diafragma;
fazer conserva de frutas e geleia;
sorrir quando não tinha vontade de sorrir.

Orgulhava-se desses conhecimentos, embora não os considerasse um dote exatamente adequado. Por exemplo, gostaria de saber o seguinte:

dançar valsa, *quickstep* e polca, coisas que nunca precisou aprender até então;
correr sem automaticamente cruzar os braços no peito;
saber com antecedência se suas observações eram inteligentes ou idiotas;
predizer o tempo com um pedaço de alga marinha dependurada;
saber por que uma galinha parava de botar ovos;
saber quando as pessoas estavam caçoando dela;
não ficar embaraçada quando alguém a ajudava a vestir o casaco;
fazer as perguntas certas.

Michael conseguiu gasolina e passaram a lua de mel num bar na Floresta Nova que tinha alguns quartos no andar superior. Partiram no fim da tarde de sábado. Quando chegaram perto de Basingstoke, começou a escurecer e seguiram viagem com as luzes laterais por causa do *blackout*. Jean imaginou se Michael tinha boa visão noturna. Não fora treinado como Prosser. Ela ficou com medo. Lembrou que acidentes nas estradas haviam matado maior número de pessoas nos primeiros meses da guerra do que o inimigo. Em certo momento pôs a mão no braço de Michael, mas ele, aparentemente interpretando mal o gesto, acelerou o carro.

Quando entraram no quarto, Jean ficou impressionada com o tamanho da cama. Parecia enorme, ameaçadora, ativa. Dizia coisas, zombando dela e assustando-a ao mesmo tempo. Murmúrios esporádicos subiam do bar através do assoalho. Jean encostou a cabeça no ombro de Michael e disse:

– Podemos ser amigos esta noite?

Uma pausa, uma leve rigidez da mão no seu pescoço e então ele disse:

– É claro, foi uma longa viagem.

Acariciou os cabelos dela e saiu para se lavar. Durante o jantar, ele estava jovial e tranquilo. Telefonou para a mãe e pediu para avisar os Serjeant que haviam chegado bem. Jean queria falar com a mãe – instruções finais antes da missão –, mas o que Michael fez foi sem dúvida o mais certo. Ela o amava muito, disse isso a ele, e perguntou se podia se deitar e apagar a luz enquanto ele estava no banheiro. Deitada entre os lençóis, que cheiravam a roupa recentemente lavada, ela imaginou o que a esperava. A noite lá fora estava clara, sem nuvens, e a lua de verão dependurada no céu parecia o facho de um explorador, uma lua de bombardeiro, como diziam.

Na manhã seguinte saíram a pé porque não era direito gastar gasolina nem mesmo na lua de mel, voltaram ao bar para o al-

moço, caminharam mais à tarde, tomaram banho e trocaram de roupa, e, quando estavam descendo para o jantar, Jean perguntou:
— Podemos ser amigos esta noite?
— Se isto continuar vou ter de estuprá-la — respondeu ele, com um sorriso.
— É disso que eu tenho medo.
— Bem, tem de me deixar beijá-la esta noite. Nada mais do que isso.
— Está certo.
— Com a luz acesa.
Na terceira noite, Jean disse:
— Talvez amanhã.
— *Talvez?* Pelo amor de Deus, estamos na metade da nossa maldita lua de mel. É como se tivéssemos saído para uma caminhada, ou coisa assim.
Olhou para ela com o rosto muito vermelho. Jean ficou com medo, não só porque ele estava zangado mas por compreender que podia ficar muito mais. Pensou, também: uma caminhada parece ótimo.
— Tudo bem, amanhã.
Contudo, na noite seguinte ela teve uma dor de estômago um pouco antes do jantar e o assunto foi adiado. Jean sentia que Michael ficava cada vez mais zangado. Ouvira dizer em algum lugar que os homens precisam se satisfazer com maior frequência do que as mulheres. O que acontecia quando o prazer era negado? Será que explodiam como um radiador de automóvel? Na quinta noite conversaram menos durante o jantar. Michael pediu um drinque. De repente, Jean murmurou:
— Suba dentro de vinte minutos.
Ela apanhou a Caixa e foi para o banheiro no corredor. Deitou no chão com os calcanhares na beirada da banheira e tentou inserir o disco. Alguma coisa estava errada com seus músculos. Por um momento ela pensou se não seria melhor apagar a luz

e pensar em Prosser no seu Hurricane negro com o reflexo da luz vermelha no rosto e nas mãos, para relaxar. Mas sabia que isso não era direito. Tentou então de cócoras. Porém, depois de um sucesso inicial, o aro pulou para fora e sujou o tapete do banheiro. Ela tentou outra vez com as pernas levantadas. Agora começava a doer. Lavou o monstro de borracha negra, enxugou, passou talco e o guardou na latinha.

Deitada na cama, ouvia o murmúrio de vozes no bar, Michael estava demorando muito. Talvez estivesse tomando outro drinque. Talvez tivesse fugido com alguém que não tinha nenhum defeito.

Ele não se deu ao trabalho de ir ao banheiro, apenas começou a se despir no escuro. Jean tentou adivinhar, pelo barulho, quais peças estavam sendo desabotoadas e tiradas. Ouviu uma gaveta sendo aberta e o imaginou vestindo o pijama. As vozes no bar ficaram mais altas por um momento. Michael subiu na cama, beijou-a no rosto, deitou em cima dela, ergueu a camisola de algodão e lã e desamarrou o cordão do pijama, que acabara de amarrar. *Sexo-hífen*, pensou ela, de repente.

A geleia lubrificante substituía a umidade natural, o que aparentemente o deixou lisonjeado. Depois de alguma procura, ele a penetrou com menor dificuldade do que ambos haviam imaginado. Mesmo assim, doeu. Jean ficou ali deitada, esperando que ele dissesse alguma coisa. Mas, quando ele começou a se mover em silêncio para cima e para baixo dentro dela, Jean murmurou, delicadamente.

– Meu bem, não consegui inserir a coisa.

– Oh – disse ele, em tom estranhamente neutro, a voz profissional. – Oh.

Não parecia zangado nem desapontado como ela esperava. Em vez disso, começou a se movimentar com mais vigor dentro dela e, quando Jean começava a entrar em pânico com aquele assalto, com um forte assobio nasal ele retirou o membro e ejaculou na barriga de Jean. Tudo muito inesperado. Era como se estivesse vomitando em cima dela, pensou a jovem.

Quando ele rolou para o lado, a metade do corpo ainda sobre ela, Jean disse:

– Estou toda molhada. Você me molhou.

– Sempre parece mais do que é realmente – respondeu ele.

– É como sangue.

Depois dessa frase, ficaram os dois em silêncio, por causa das implicações e pelo fato de ele ter mencionado sangue. Michael arquejava levemente. Ela sentia o cheiro do drinque. Ficou ali deitada, ouvindo o murmúrio que vinha do bar, como se nada tivesse acontecido em nenhuma parte do mundo, ali no escuro, pensando em sangue. Negro e vermelho, negro e vermelho, as cores do universo de Prosser. Talvez fossem, afinal, as únicas cores existentes no mundo.

– Vou apanhar um lenço para você – disse Michael.

– Não acenda a luz.

– Não.

Outra gaveta rangeu e ele voltou com o lenço. Grande como um lenço de cabeça. Jean pôs o lenço sobre a barriga e esfregou devagar com movimentos circulares. O gesto de uma criança para indicar que tem fome. Só que alguém acabava de vomitar, em cima dela. Fez uma bola do lenço e o jogou para fora da cama, abaixou a camisola e virou de lado.

Na manhã seguinte Jean não abriu os olhos quando ouviu Michael sair da cama. Ele voltou do banheiro assobiando, vestiu-se, sacudiu o ombro de Jean, deu uma palmada amistosa na nádega dela e murmurou:

– Espero você lá embaixo, meu bem.

Talvez tudo estivesse bem. Jean vestiu-se rapidamente e desceu. Sim, tudo estava bem, pelo menos parecia, a julgar pelo número de torradas que Michael passava para ela, além de encher sua xícara antes mesmo que estivesse vazia. Talvez ele não a achasse defeituosa. Talvez não fosse devolvê-la.

Mas ela precisava dizer alguma coisa sobre o assunto. O casamento era isso. Naquela noite, enquanto se vestiam para o jantar, aproveitando que ele estava de costas, encheu-se de coragem e disse:

– Sinto muito sobre a noite passada.

Ele não respondeu. Provavelmente estava zangado. Jean tentou outra vez...

– Tenho certeza... tenho certeza de que da próxima vez...

Michael aproximou-se e sentou na cama, um pouco atrás dela. Encostou um dedo nos lábios de Jean.

– Shhh – disse ele. – Está tudo bem. É natural que fique nervosa. Não vou incomodá-la mais até voltarmos.

Não era o que Jean queria ouvir. Sem dúvida era uma atitude bondosa, mas parecia que ele estava mudando de assunto. Precisava tentar outra vez. Afinal, eles não eram como seus pais, tinham lido sobre o assunto e Michael provavelmente estivera nos bordéis de Londres. Tirou o dedo dele dos lábios.

– Na próxima vez vou conseguir – disse ela, começando a tremer um pouco, talvez porque Michael segurasse seu ombro com muita força.

– Não vamos falar sobre isso. – A voz dele era firme. – Chega. Você chega lá. – Pôs as duas mãos sobre o rosto dela, numa carícia com cheiro de sabonete, uma cobrindo os olhos e o nariz, a outra, a boca e o queixo. Um tênue raio de luz espiava entre os dedos dele um pouco separados. Michael a manteve assim por algum tempo na macia gaiola das suas mãos.

Nas duas últimas noites da lua de mel, ele não a procurou. Voltaram para os dois quartos na casa quadrada e fria da mãe de Michael. A primeira semana não foi um sucesso. Ora Jean enfrentava uma luta de dedos gelatinosos com o diafragma e Michael ficava conversando com a mãe até tarde, ora ela não se preparava e de repente sentia o corpo dele encostado ao seu. Jean ia ao banheiro, lutava em pânico, e quando voltava ele estava dormindo, ou fingia dormir.

– Michael – disse ela, na segunda vez que isso aconteceu. Ele resmungou alguma coisa. – Michael, o que há?
– Nada – respondeu ele, com voz de quem diz muita coisa.
– Diga. – Nenhuma resposta. – Vamos. – Nenhuma resposta. – Não espera que eu adivinhe.
Finalmente, com voz cansada, ele disse:
– Tem de ser espontâneo.
– Oh, meu Deus.
Na noite seguinte, ajudado por uma dose de bebida, Michael explicou melhor. Não é bom quando não é espontâneo. E por falta de informação melhor, ou mesmo de qualquer outra, ela concordou. É horrível quando tudo é planejado! É muito desagradável ficar com tesão, desculpe a expressão, e ter de sair do tesão por dez minutos ou mais. Ela concordou, corando intimamente, imaginando de quanto tempo as outras mulheres precisavam. Não podiam continuar com aquela charada, nunca coincidindo, como os bonequinhos num relógio cuco. Ela concordou. Talvez ajudasse as coisas – só para começar, só até se conhecerem melhor – se marcassem os dias e então ela poderia... colocar a coisa, não que isso fosse necessário, é claro. Ela concordou. Pensando bem, ele achava que sábado era o dia mais próprio, porque sempre havia a manhã de domingo caso estivesse muito cansado na noite de sábado, e talvez às quartas-feiras também, pelo menos enquanto não fosse mudado seu plantão. Ela concordou, ela concordou. Sábado e quarta, pensou ela, aos sábados e às quartas seremos espontâneos.

O sistema funcionou relativamente bem. Jean adquiriu mais prática com a Caixa. Michael não a machucou, ela acabou se acostumando com os ruídos que ele fazia – o tipo de ruídos geralmente associados a pequenos mamíferos. Havia alguma coisa decididamente agradável no sexo, concluiu ela, algo agradável no sexo-hifenado do marido juntar-se ao seu, em sentir que ele se tornava uma criança nos seus braços.

Mesmo assim, sobrava a ela muito tempo para pensar. Afinal, não foi esse o tempo em que Jean mais amou Michael. Desejava que fosse, mas não foi. Quanto às sensações das partes que a Dra. Headley teria chamado de regiões mais profundas... bem, onde estavam aquelas correntes cruzadas que fora levada a esperar? Onde o crocitar das gaivotas e aquela pura faixa de areia agora com uma única série de pegadas – pegadas de pés virados para fora? Não era como qualquer coisa que já tivesse experimentado antes. Ou seria? Lentamente, a lembrança ficou mais clara. Sim, era isso. No Velho Refúgio Verde com o tio Leslie, fazendo o jogo dos Cordões de Sapato. Era isso, uma sensação leve de cócegas, boa, um pouco engraçada e diferente.

Jean começou a rir com essa lembrança, mas isso perturbou Michael e ela transformou o riso em tosse. Que coincidência. Mas, afinal, ela sempre soube que o sexo era engraçado. Foi o que disse à Dra. Headley. Tola Dra. Headley.

E isso era tudo, pensou ela, deitada certa noite sob o corpo de Michael. Essa era a vida. Não sentia autopiedade, apenas reconhecia o fato. A gente nasce, cresce, se casa. As pessoas fingiam – talvez até acreditassem – que quando a gente se casa a vida começa. Mas não era nada disso. O casamento era um fim, não um começo. Do contrário, por que tantos romances e filmes acabavam no altar? O casamento era uma resposta, não uma pergunta. Não era uma queixa, simplesmente uma observação. A gente se casa e acerta a vida.

Acertar. Uma palavra bastante usada. Acertar a vida, estar com a vida acertada, procure acertar sua vida. O que mais a gente acerta, pensou Jean. É claro, uma dívida. A gente deve dinheiro, acerta a conta. Crescer era isso. Seus pais tomam conta de você e esperam alguma coisa em troca, mesmo que essa expectativa não seja definida por nenhum dos lados. Há uma dívida a ser paga. O casamento acerta a conta.

Não significa que você vai ser feliz para sempre. Nada disso. Significa apenas que sua vida está acertada. Você chega lá, Michael tinha dito. Você passa, dissera sua mãe. Acabava de passar num teste. Mesmo que fosse infeliz, alguém tomaria conta dela. Era isso que acontecia, era o que Jean estava sendo. Teriam filhos, é claro, e isso sempre fazia o homem mais responsável. Não que Michael não fosse responsável, afinal era um policial. E Jean podia melhorar um pouco a aparência dele. Teriam uma casa. Filhos. A guerra ia terminar. Ela estava crescida agora. Era ainda – podia ser ainda – a menininha de Michael, mas isso era outra coisa. Estava adulta, os filhos confirmariam isso. O desamparo deles provaria que ela era adulta, que estava com a vida acertada.

Na manhã seguinte, sozinha, Jean se olhou no espelho. Cabelos castanhos que já haviam perdido o tom amarelado da infância. Olhos azuis com pontinhos de cores indeterminadas, como lã para tricô. Queixo quadrado, que não a aborrecia mais. Tentou sorrir mas não conseguiu. Ela passava, pensou, Jean não era bonita e não era complacente, mas passava.

Olhando no espelho com os olhos de lã de tricô, retribuindo o olhar, Jean sentiu que agora conhecia todos os segredos, todos os segredos da vida. Havia um armário escuro e quente, ela retirou uma coisa pesada embrulhada em papel pardo. Não precisava fazer em segredo – não precisava fazer um buraquinho no papel e espiar para dentro à luz da lanterna. Ela estava crescida. Podia desembrulhar cuidadosa e lentamente. Sabia o que ia encontrar. Quatro pontinhos amarelo-escuros. Suportes de bola de golfe. É claro. O que mais podia esperar? Só uma criança pensaria que eram jacintos. Só uma criança esperaria que brotassem. Os adultos sabiam que suportes de bolas de golfe nunca brotam.

DOIS

"Três sábios – está falando sério?"

grafito, c. 1984

Michael tirava faíscas com os calcanhares. Era assim que, anos mais tarde, Jean lembrava-se dele. No depósito de ferramentas Michael tinha uma fôrma de sapato – um objeto pesado de ferro sobre um tripé, como o brasão de um país de comédia – e nela ele pregava meias-luas de aço nos calcanhares de cada par de sapatos que comprava. Depois, caminhava na frente dela, um pouco depressa demais, de modo que a cada poucos passos Jean tinha de dar uma corridinha ridícula. E, enquanto ele andava, ela ouvia o ruído áspero de uma faca de cozinha num degrau dos fundos, e saíam faíscas da calçada.

O casamento de Jean durou vinte anos. Depois do desapontamento cheio de culpa da lua de mel, veio o desapontamento mais longo da vida em comum. Talvez ela tivesse imaginado com muita intensidade que ia ser exatamente como se não vivessem juntos, que a vida dos céus altos, arejados e cheios de luz e de nuvens esgarçadas ia durar para sempre – uma vida de beijos de boa-noite, encontros excitantes, tolos jogos de esperanças não expressas, miraculosamente realizadas. Agora descobria que as esperanças para serem realidade deviam ser expressas em palavras, e os jogos pareciam tolos demais quando jogados por uma só pessoa. Quanto aos encontros excitantes, eram acompanhados tão de perto pelos beijos de boa-noite, com tanta regularidade, que dificilmente poderiam manter a excitação o tempo todo. Na certa Michael sentia o mesmo.

Mas o que a intrigava era o fato de ser possível viver muito perto de alguém sem nenhuma intimidade – ou o que ela sempre imaginou que fosse intimidade. Viviam, comiam, dormiam juntos, tinham piadas que só eles entendiam, conheciam até a roupa de baixo um do outro, mas o resultado de tudo isso parecia meros padrões de comportamento e não preciosas familiaridades. Jean havia imaginado – não havia? – que a madressilva envolveria o espinheiro, que os brotos plantados um ao lado do outro se enrolariam formando um arco, que um par de colheres acertaria os contornos, formando um ninho, que dois seriam um. Ideia tola de livros de criança, pensava ela agora. Podia amar Michael mesmo sem conhecer seus pensamentos ou predizer suas reações. Ele podia amá-la mesmo parecendo complacente para com a vida interior da mulher. Uma colher não pode se aninhar com uma faca, isso era tudo: Fora um erro pensar que o casamento pode alterar a matemática. O resultado de um mais um é sempre dois.

Os homens mudam quando se casam. Era o que prometiam as mulheres da cidade. Espere, menina, elas diziam. Assim, Jean não se surpreendeu muito com o lento desgaste do prazer e a chegada de cansadas descortesias. O que mais a desanimava era ver que a bondade e a gentileza que Michael havia demonstrado durante o namoro eram agora uma fonte de irritação para ele. Aparentemente, a ideia de continuar a se comportar como antes o irritava e essa irritação dava origem a mais irritação ainda. Olhe, ele parecia estar dizendo, você pensa que antes eu a enganei a meu respeito, não pensa? Pois não enganei. Eu não estava irritado então, e estou agora. Como se atreve a me acusar de desonestidade? Mas para Jean não era importante o fato de ele ter sido honesto ou não antes, uma vez que estava irritado agora.

É claro que a maior parte da culpa devia ser dela. E imaginava que era normal que sua incapacidade para ter filhos provocasse aqueles acessos inexplicáveis de raiva em Michael. Eram inexplicáveis não por não haver uma causa – ou pelo menos uma justificativa – mas porque sua incapacidade para conceber era constante, ao passo que seus acessos de raiva eram ocasionais.

A princípio Michael quis mandá-la a um especialista. Mas Jean lembrou-se da última vez que fora persuadida – não, enganada – a ir a Londres. Uma Dra. Headley bastava para uma vida inteira. Assim, ela recusou.

– Talvez eu só precise de um pouco de ar alpino – disse ela.

– O que *você* quer dizer com isso?

– O ar alpino restaura a vitalidade do indivíduo estudado – citou ela, como se fosse um provérbio.

– Jean, meu bem – segurou os pulsos dela e apertou como se fosse dizer algo carinhoso –, alguém já lhe disse o quanto você é incrivelmente estúpida?

Ela desviou os olhos, ele continuou segurando seus pulsos. Jean sabia que tinha de olhar para ele – ou pelo menos responder – para que Michael a largasse. De que adiantava ser grosseiro com ela? Provavelmente ela era estúpida, embora tivesse a impressão de que não era. Mas, mesmo que fosse, por que isso o deixava tão zangado? Ela não era mais inteligente quando se conheceram e Michael parecia não se importar com isso. Jean sentiu uma dor no estômago.

Finalmente, com um certo ar de desafio, mas sem olhar para ele, ela disse:

– Você prometeu não me devolver se eu tivesse algum defeito.

– O quê?

– Quando fui ver a Dra. Headley, perguntei se você me devolveria se eu tivesse algum defeito. Você disse que não.

– O que isso tem a ver com o caso?

– Bem, se pensa que tenho algum defeito, pode me mandar de volta.

– Jean. – Apertou mais os pulsos dela, mas ela continuou a não olhar para o rosto vermelho e o pescoço de menino. – Cristo! Escute – ele parecia furioso –, escute. Eu te amo. Cristo. Escute. Eu te amo. Só que às vezes gostaria que você fosse... diferente.

Diferente. Sim, ela compreendia que ele quisesse isso. Ela era extremamente estúpida e sem filhos. Ele queria que Jean fosse inteligente e estivesse grávida. Simples assim. *Cara, teremos seis filhos. Coroa, arranjamos um gato.* Teriam de comprar um gato.

– Estou sentindo uma dor – disse ela.

– Eu te amo – respondeu ele, quase gritando, exasperado.

Pela primeira vez, depois de cinco anos de casamento, essa informação não a comoveu. Não que não acreditasse, mas a coisa toda estava muito além de uma mera questão de franqueza, agora.

– Estou com dor – repetiu ela, sentindo-se covarde por não poder encará-lo. Sem dúvida ele a desprezava também por sentir dor.

Finalmente ele largou os pulsos da mulher. Mas nos meses seguintes falou outra vez sobre a conveniência de ela "ver um especialista". Jean concordou com a terminologia evasiva, embora mentalmente começasse a ensaiar frases que havia lido enquanto Prosser Nascer do Sol roncava no quarto ao lado. *Orgãos desajustados*, lembrou, e *útero congestionado*. Congestionado – pensou nos homens que desentupiam ralos e estremeceu. Estéril, essa era a palavra certa, a palavra bíblica. Estéril. Esterilidade. Esterilidade lembrava o deserto de Gobi, o que a fazia pensar no tio Leslie. Não deixe tombar a cabeça do taco senão teremos mais areia voando do que no deserto de Gobi. Ela via um golfista na areia batendo com o taco, batendo sem conseguir tirar a bola do chão.

Às vezes, porém, Jean imaginava se sua condição seria mesmo uma falha como Michael dizia. Durante o namoro, Jean ficava tensa cada vez que ele falava em ter filhos. Uma coisa de cada vez. E depois a experiência com a primeira coisa fez com que visse com ceticismo a segunda.

Talvez ela fosse anormal, e não estéril. Ou as duas coisas. Incrivelmente estúpida, estéril e anormal, era como devia parecer, vista de fora. Mas vista de dentro era diferente. Podia não dar importância ao fato de ser estéril e anormal, se era isso que os outros pensavam. Quanto a ser incrivelmente estúpida, compreendia o ponto de vista de Michael, mas via também além dele. Ao que parecia, a inteligência não era uma característica pura e inalterável como todos pensam. Ser inteligente era como ser bom. Podemos ser virtuosos para uma pessoa e malvados para outra. Em parte tinha algo a ver com confiança. Embora Michael fosse seu marido, o homem que a conduzira da virgindade e da adolescência à feminilidade e maturidade (pelo menos era o que o mundo pensava), que a protegia física e financeiramente, que lhe dera o sobrenome Curtis para substituir o de Serjeant, por mais estranho que fosse, não lhe tinha dado sua confiança. De certo modo, ela era muito mais confiante quando tinha 18 anos e era tola. Com 23 anos, ao lado de Michael, sentia-se menos confiante, portanto menos inteligente. Era uma situação injusta. Primeiro, Michael a fazia menos inteligente, depois a desprezava por ser aquilo que ele havia feito.

Talvez ele a tivesse feito estéril também. Seria possível? Qualquer coisa era possível, pensava ela. Assim, quando novamente discutiram seus defeitos, Jean ergueu os olhos, encarou Michael e rapidamente, antes de perder a coragem, disse:

– Se você for eu vou.

– O que quer dizer?

– Se você for eu vou.

– Jean, não fale como criança. Repetir não é o mesmo que explicar.

– Talvez o defeito seja seu.

Foi então que Michael a agrediu. Na verdade, foi a única vez que isso aconteceu durante o tempo em que viveram juntos, e não chegou a ser um soco forte, apenas um movimento brusco e desajeitado do braço dele que a atingiu na base do pescoço, mas no momento Jean não sabia disso. Saiu correndo do quarto e as palavras pareciam descer sobre ela, vindas de todos os lados. *Cadela*, ouviu pela primeira vez, e *imbecil*, e *mulher*, esta última sovada e afiada até adquirir o fio de uma faca.

As palavras continuaram a ser atiradas mesmo depois de Jean fechar a porta. Mas aquela barreira esvaziava o sentido delas. A madeira com 5 centímetros de espessura transformava a anatomia violenta das palavras em mero ruído. Era como se Michael estivesse atirando objetos, todos produzindo o mesmo som ao bater na porta. Um prato, um tinteiro, um livro, uma faca ou um tacape pendurado na parede, enfeitado de penas e ainda afiado, apesar de todas as suas vítimas anteriores? Jean não podia dizer.

Nos dias seguintes, pensando no incidente, aceitando as desculpas de Michael e declinando suas carícias, Jean sentiu que estava agradecida. Paus e pedras podem quebrar meus ossos, mas palavras não podem me ferir. Por que inventavam provérbios como esse a não ser pelo medo de que o oposto fosse a verdade? As dores passavam, ela sabia (aquela dor de estômago tinha passado em uma hora), mas as palavras inflamam. *Mulher*, Michael gritou, enrolando o som como uma bola para poder atirá-lo mais longe e com maior exatidão. *Mulher*, uma palavra sem maldade, mas dita num tom carregado de veneno. *Mulher*, duas sílabas anódinas que Michael redefiniu para ela. *Tudo que me exaspera*, era esse o novo sentido.

Depois disso, não falaram mais em filhos. Continuaram a fazer amor durante os anos, mais ou menos uma vez por mês, ou quando Michael tinha vontade. Mas Jean respondia passivamente. Quando pensava em Michael e em sexo, via um tanque transbordando que precisava ser esvaziado uma vez ou outra, não era exatamente algo desagradável, apenas parte do trabalho de casa. Quanto a ela e sexo, preferia não pensar no assunto. Às vezes fingia um prazer maior do que realmente sentia, apenas por delicadeza. O sexo não era mais engraçado para ela, apenas uma coisa comum. E todas aquelas frases que havia aprendido – frases tolas, excitantes que antes pareciam flertar com ela – vinham agora de um passado muito distante, da ilha da infância. A ilha que não se pode abandonar sem ficar molhado. Pensava nas ondas entrecruzadas com um sentimento de culpa. Quanto aos slogans – sobre a curva do desejo normal e a outra, frágil e transitória, das mulheres fatigadas e que trabalhavam demais – eram como grafite desbotado na parede de uma parada de ônibus rural.

Ela não precisava de ar alpino e sua fadiga não era de origem física. Cuidava da casa para Michael, do jardim, tiveram sucessivos animais de estimação, sabendo que o povo da cidade os considerava substitutos para filhos. Teve um porco que fugiu e foi encontrado comendo olho-de-gato no meio da rua. Havia também os animais secretos que só apareciam quando ela não estava por perto. Quando, já na cama, ouvia o porco-espinho chacoalhando a tampa de vidro de geleia que ela deixava cheia de leite, como para agradecer a lembrança, Jean sorria.

Durante vinte anos fez parte da vida normal da cidadezinha... Tomava chá, ajudava, fazia doações, tornando-se, a seu ver, completamente anônima. Não era infeliz, mas não era feliz. Todos gostavam dela sem que precisasse tomar parte nas conspirações centrais da cidade. Ela era, Jean concluiu depois de algum tempo, bastante comum. Michael evidentemente pensava assim. Mas podia ser pior. Quando era menina, pensava às vezes em ser especial, ou pelo menos a mulher de alguém especial, mas afinal todas as crianças pensam nisso, não pensam? A idade suavizou os ângulos do seu rosto. O céu baixo e cinzento, onde mal se podia perceber nuvens isoladas, sempre anuncia chuva.

Às vezes, durante aqueles anos, ela imaginava se Michael teria outra mulher. Nunca houve batom no colarinho nem fotografias escondidas, ele nunca desligava o telefone apressadamente quando Jean aparecia, mas, dada a profissão de Michael, isso não deveria acontecer, mesmo. A única prova estava no modo como às vezes olhava para Jean, como se estivesse examinando um navio mercante de uma altura de 5.500 metros. Ela jamais perguntou, ele jamais comentou. Quem podia saber a vida de outra pessoa?

Seus pais morreram. Quando estava com 38 anos sua menstruação parou, o que não era motivo para surpresa nem para pena. Sua existência, ela pensava, há muito deixara de se definir. Às vezes tinha vontade de gritar no meio da noite. E quem não tinha? Bastava ver as vidas de outras mulheres para saber que podia ser muito pior. Apareceram os primeiros cabelos brancos e Jean não se importou.

Quase um ano depois da parada da menstruação Jean ficou grávida. Só depois do segundo teste acreditou nas palavras do médico. Ele disse que isso não era incomum e murmurou com vaga delicadeza alguma coisa sobre trens para Londres. Jean agradeceu secamente e voltou para casa para contar a Michael.

Na verdade não se dava conta de que estava testando o marido, embora mais tarde tenha admitido para si mesma que devia estar. A princípio ele ficou zangado, de modo diferente, como que zangado com ele mesmo. Talvez quisesse acusá-la de infidelidade mas não podia, fosse pela improbabilidade da ideia, fosse por sua consciência pesada. Então ele disse decididamente que era tarde demais para terem filhos e que Jean devia se livrar daquele. Então comentou a estranheza do fato depois de quase vinte anos. Depois, pensando melhor, disse que era muito esquisito e com uma risada abafada imaginou a surpresa dos amigos. Então, com uma expressão relaxada e bovina, ficou calado, talvez imaginando cenas de paternidade. Finalmente, voltou-se para Jean e perguntou o que ela achava de tudo aquilo.

– Bem, vou ter a criança e deixar você.

Não pretendia dizer nada disso, mas, de certa forma, as palavras nascidas do instinto e não da coragem consciente não a surpreenderam. Aparentemente também não surpreenderam Michael; ele apenas riu.

– Essa é a minha garota – disse ele com um sotaque engraçado que, normalmente, Jean teria achado embaraçoso, mas que agora apenas a intrigava. Evidentemente Michael não sabia nada de nada.

– Mas eu pretendo deixar você e ter o filho. Pretendo fazer isso nessa ordem.

Mais uma vez as palavras não a surpreenderam. Agora que ela as dizia, pareciam não apenas irrefutáveis, mas quase banais. Também não sentiu medo, mesmo na expectativa da fúria de Michael.

Ele, porém, apenas deu uma palmadinha leve no seu braço e disse:

– Falaremos sobre isso de manhã.

E começou a contar como haviam resolvido a série de roubos de roupas numa loja de departamentos. Instalaram um espelho de duas faces na cabine de prova da seção feminina, e um sargento-detetive escondido num armário havia surpreendido e detido o ladrão, um travesti, quando este enfiava blusas dentro do sutiã.

Jean queria dizer: escute, esta decisão nada tem a ver com você. Quero uma vida mais difícil, é só isso. O que eu desejo realmente é uma vida de primeira classe. Posso não conseguir, mas minha única chance é sair de uma vida de segunda classe. Posso fracassar completamente, mas quero tentar. Trata-se de mim, não de você, portanto, não se preocupe.

    Contudo, não seria capaz de dizer nada disso. Era preciso observar certo decoro, como o decoro sobre o fato de Michael ter ou não outras mulheres. Certas normas deviam ser observadas, certas zangas permitidas, certas mentiras respeitadas. O certo era apelar para sentimentos supostamente existentes na outra pessoa, mesmo suspeitando que não existiam. Isso, evidentemente, era uma parte do que ela definia como vida de segunda classe.

    Compreendia que Michael podia ficar magoado com sua partida, mas isso, em vez de convencê-la a ficar, fazia com que o desprezasse um pouco. Embora não sentisse orgulho por essa reação, não podia negá-la. Pela primeira vez no seu casamento reconhecia que tinha algum poder sobre ele. Talvez o poder sempre provocasse desprezo – talvez por isso ele a achasse incrivelmente estúpida. Nesse caso, era mais uma razão para deixá-lo.

    Jean queria partir imediatamente, mas não partiu. Era melhor para a criança dormir durante os primeiros meses sem os ecos ruidosos da vida que a esperava, da vida exterior, melhor não começar a impor problemas à criança enquanto não fosse necessário. E havia também a questão de consideração para com Michael. Se ela desaparecesse agora, grávida de poucos meses, todos iam dizer que tinha fugido com o amante, um gigolô de salões de chá-dançante ou o homem forte do circo. Mas, se partisse com o filho, ou no final da gravidez, todos saberiam no que pensar. Talvez achassem que ela estava louca. Dizem que certas mulheres ficam loucas depois de um parto e sem dúvida a probabilidade era maior na sua idade.

    As vizinhas disseram que um filho temporão era abençoado. O médico a advertiu calmamente sobre mongolismo e outra vez mencionou os trens para Londres. Michael a observava desconfiado, com um misto de autocongratulação infantil e medo não definido. Jean sentia esse medo e não fez nada para acalmá-lo. Ao contrário, fez uso dele. Sabia que mulheres grávidas geralmente voltam-se para si mesmas, que a mãe e o filho por nascer criam uma república autônoma e que a antiga mágica das tribos ensinava os homens a agir de modo diferente à medida que a gravidez se adiantava – ensinava um respeito temeroso que muitas vezes se traduzia em exagerado sentimentalismo.

Assim, Jean procurou parecer mais ensimesmada do que estava realmente. Começou a ter caprichos também, outra coisa esperada. Às vezes realmente sentia vontades extravagantes – o cheiro forte e adocicado da ração das galinhas despertava seu desejo e ela levava a bacia aos lábios tomando um gole. Mas não mencionava essas estranhezas normais da sua condição. Nas longas caminhadas durante a tarde, sob o céu cinzento e sem brilho, Jean experimentava um novo capricho. Deliberadamente, agia contra seu caráter e contra seus sentimentos. Agora podia demonstrar zanga e tédio com Michael, mas não quando realmente sentia essas emoções, apenas quando achava que era o momento certo.

A gravidez parecia encorajá-la a novas expectativas e a facilidade dos caprichos murmurava como uma brisa secreta que o caráter não precisa ser uma coisa fixa. Jean não gostava muito dessa fase de desonestidade, mas achava que era importante. Não tinha ainda coragem suficiente para ser completamente franca. Talvez isso viesse com a nova vida, com sua segunda vida. Lembrava-se dos jacintos enganadores do tio Leslie. Bem, talvez um suporte de bola de golfe pudesse brotar. Afinal, era feito de madeira.

Sob o céu plano e indefinido daquele outono, com o vento brando abrindo a capa de chuva e mostrando sua barriga, às vezes ela pensava no sargento-piloto Prosser. Sua licença terminara algumas semanas antes do casamento de Jean. Ele ficou ao lado do portão pintado de zarcão com o desenho do sol nascente, apoiando o peso do corpo ora num pé, ora no outro, ocasionalmente virando a cabeça para verificar se a mala estava segura sob o braço. Finalmente ele sorriu sem olhar para ela e partiu. Jean pensou em convidá-lo para o casamento, mas Michael foi contra. O que teria acontecido com Prosser? Jean olhou para o céu, como se esperasse uma resposta.

Prosser era corajoso. Ele dizia que era um covarde, que estava queimado, mas isso não era importante. Não existia coragem sem medo e sem a admissão do medo. A coragem dos homens era diferente da coragem das mulheres. A deles consistia em sair e se arriscar a ser morto. A coragem das mulheres – pelo menos era o que diziam – consistia na resistência. Os homens demonstravam sua coragem em episódios violentos, as mulheres em longas fases de paciência. Isso condizia com suas naturezas, os homens eram mais irritáveis, mais temperamentais do que as mulheres. Talvez fosse preciso ficar zangado para ter coragem. Os homens saíam para o mundo e eram corajosos, as mulheres ficavam em casa e demonstravam coragem suportando a ausência deles. Então, pensava Jean com ironia, os homens voltam para casa com todo seu mau humor e as mulheres demonstram coragem suportando sua presença.

Estava de sete meses quando deixou Michael e na manhã da sua partida fez as compras para ele. Haveria dificuldades, sem dúvida, coisas como... bem, imposto de renda; mas, enquanto antes o temeroso e vago conhecimento dessas dificuldades talvez tivesse adiado sua partida durante anos, agora pareciam sem importância. Não se sentia mais sábia com a gravidez, apenas mudara o ponto de vista, embora isso talvez fosse uma espécie de sabedoria. Com alívio verificava que seu casamento não fora pior do que a maioria dos casamentos na cidade. A Sra. Lester, que às vezes passava dias sem sair de casa quando as marcas do espancamento eram muito sérias, havia dito certa vez: "Sei que ele é difícil de controlar, mas quem iria lavar a roupa dele se eu fosse embora?" Para a Sra. Lester, a lógica tinha uma perfeição melancólica. E naquela época Jean havia concordado, pensando que a Sra. Lester era um pouco simplória, mas não tanto assim.

As mulheres da cidade (entre as quais Jean se incluía) manipulavam os maridos. Elas os aumentavam, os serviam, limpavam e lavavam para eles, obedeciam – aceitavam sua interpretação do mundo. Em troca, tinham dinheiro, um teto, segurança, filhos e uma promoção irreversível na hierarquia da comunidade. Parecia um bom negócio, e, uma vez estabilizado, eram condescendentes para com os maridos na ausência deles, chamando-os de crianças, comentando suas esquisitices. Os maridos, por sua vez, pensavam que manejavam as mulheres. É preciso ser firme, mas justo, diziam eles, mas se fazemos com que elas saibam quem manda, damos a elas dinheiro para as despesas da casa, nunca revelando quanto guardamos para a cerveja, tudo vai bem.

Quem saía de casa era sempre culpado. "Ela resolveu e deu no pé", "ele a abandonou sem mais nem menos". Ir embora era trair, era desistir dos seus direitos. Abandonar demonstrava fraqueza de caráter. Aguente firme, amacie as coisas, não se importe, altos e baixos não podem durar para sempre. Quantas vezes ouvira essas frases, alegremente ditas, alegremente aceitas? Fugir, diziam, demonstrava falta de coragem. Jean imaginava se o oposto não seria verdadeiro.

Incrivelmente estúpida, dissera Michael. Se eu sou incrivelmente estúpida você não pode ser muito brilhante, pois se casou comigo. Era o que devia ter dito. Ou melhor, sim, sou incrivelmente estúpida por aguentá-lo durante tanto tempo. Só que não fora tão ruim – o casamento da Sra. Lester era muito pior. Mas, quando Michael gritou *mulher* pra ela e a palavra ecoou como uma explosão de granada entre as paredes, ela devia ter respondido tranquilamente *homem*. Significando: é claro que deve ser duro para você agir desse modo, tenho pena de você. Devemos ter piedade dos homens, pensava Jean. Ter piedade e deixá-los. As mulheres aprendiam que os homens eram a resposta. Não eram. Não eram sequer uma das perguntas.

Eu disse que faria, foi o que ela escreveu no bilhete. Precisava deixar um bilhete, do contrário Michael podia ter a ideia errada e começar a dragar os fundos pedregosos dos lagos. Mas não precisava dar explicações, e acima de tudo não precisava se desculpar. *Eu disse que faria*. As palavras na folha de papel de carta com bordas azuis deixada na mesa da cozinha eram confirmadas pelo peso dos dois anéis, o de noivado, de prata com uma simples granada (presente da mãe de Michael), e a aliança de platina do casamento. No trem ela repetia mentalmente: *Eu disse que faria*. Durante muito tempo ela ouvira, concordara e pronunciara um *nós* no qual não acreditava. Agora era *eu*. Porém muito em breve haveria outro *nós*, mas diferente. Mãe e filho, que espécie de *nós* seria esse? Tirou do fundo da bolsa a fina tira de lata. JEAN SERJEANT XXX, as palavras gravadas tranquilizavam.

Jean ficou inconsciente durante o parto de Gregory. Era melhor assim, disseram, uma mulher da sua idade, possíveis complicações. Ela concordou. Quando acordou disseram que tinha um belo menino.

– Ele é... – Jean parecia procurar naquela parte do cérebro ainda adormecido. – Ele é... defeituoso?

– Nem pense nisso, Sra. Serjeant – foi a resposta, e o tom era de censura, como se crianças imperfeitas prejudicassem a fama do hospital. – Que vergonha pensar isso. Ele tem todas as partes importantes em perfeito funcionamento.

Ele parecia com todos os outros bebês; e Jean, como todas as outras mães, via no filho uma perfeição além da descrição dos poetas. Era um milagre comum, um misto de vulnerabilidade e realização que a fazia oscilar entre o orgulho e o medo. Quando aquela cabeça pesada caiu para trás no pescoço inadequado, que parecia um talo de repolho, ela se assustou. Quando os dedinhos frágeis agarraram seu polegar como um atleta segurando as barras fixas, ela sentiu um fluxo de prazer. A princípio parecia que não fazia outra coisa além de limpar a sujeira dele. Os orifícios do corpo do bebê competiam para ver qual produzia maior quantidade de secreção, apenas as orelhas comportavam-se razoavelmente. Mas ela logo se acostumou com isso e com todos os novos odores do bebê. Ela estava começando de novo, essa a coisa importante a ser lembrada. Gregory dava-lhe a chance de começar outra vez. Por causa disso, ela o amava mais ainda.

Aprendeu os ruídos que o acalmavam, alguns emprestados dos dias em que cuidava de animais. Ela estalava a língua e tagarelava. Às vezes, para variar, imitava o zumbido de um inseto ou de um avião distante. Apareceu o primeiro dente que para Jean foi um acontecimento mundial, muito mais importante do que o primeiro Sputnik.

Até Gregory entrar para a escola, Jean o levava a toda parte. Ela trabalhou em bares, restaurantes baratos e lanchonetes. Lembrava-se do cheiro de cebola nas fraldas dele, lembrava-se de escondê-lo num quarto dos fundos do Duke de Clarence, como se fosse um beberrão de 2 anos, lembrava-se do olhar paciente e alerta do menino observando um cozinheiro suado, um garçom atrapalhado, um carroceiro dizendo palavrões. Seus empregadores quase sempre davam alguma coisa para alimentar o menino. Ela o vestia com a ajuda irregular do tio Leslie, que voltara da América para Luton e que agora enviava roupas em vez de comida. Algumas delas precisavam ser reformadas. Quando Gregory fez 5 anos, o presente de aniversário foi um terno jaquetão, tamanho 42, uma camisa de crepe e uma faixa de smoking roxa.

Gregory não era exigente. Era um menino quieto e passivo, sua curiosidade reprimida pelo medo. Preferia ver outras crianças brincarem a tomar parte nos brinquedos. Moraram numa sucessão de cidades comerciais – do tipo com uma estação de ônibus e nenhuma catedral. Jean desconfiava da vida nas pequenas cidades e temia a das grandes. Alugavam quartos, levavam uma vida isolada, ela procurava esquecer Michael. Gregory nunca se queixava dessa vida nômade e quando perguntava como era seu pai recebia respostas bastante exatas, que faziam lembrar os professores severos das escolas pelas quais tinha passado.

No começo estavam sempre mudando de casa. Raramente Jean passava por um policial sem pensar em Michael e nervosamente imaginava que toda a força do país estava passando mensagens para ele. Quando um policial abaixava um pouco a cabeça para falar no seu rádio transistor na rua, Jean via Michael num posto de escuta subterrâneo como Winston Churchill. Imaginava o próprio rosto em cartazes iluminados por uma fraca lâmpada azul. Michael sabia exatamente onde estavam e logo os levaria de volta para casa. Seriam transportados numa carroça aberta com cartazes dependurados no pescoço e todos na cidade iam apupar a mulher fugitiva. Jean lembrava a frase do seu manual do casamento: *esteja sempre em fuga.*

Ou ele tiraria Gregory dela. Era o que Jean mais temia. Michael diria que ela não era competente para ser mãe por ter fugido de casa. Era isso, finalmente ele a qualificaria de defeituosa. Diria que ela era irresponsável, que tinha casos com outros homens. Gregory seria tirado dela, iria morar com o pai, Michael instalaria sua amante na casa dizendo que era governanta. Todos na cidade iam elogiá-lo por livrar o filho de uma vida de vagabundagem e prostituição. Diriam que Jean tinha sangue de cigano.

Por isso estavam sempre fugindo. Tinham de fugir e Jean não podia ter nenhum caso amoroso. Não que quisesse, e talvez até tivesse um pouco de medo – o que Prosser havia dito a respeito de se queimar duas vezes? Sem dúvida temia que tirassem Gregory dela se tivesse algum caso. Lia histórias como essa nos jornais. Assim, quando os homens se aproximavam dela, ou ameaçavam se aproximar, especialmente quando ela de certa forma desejava que se aproximassem, discretamente se tornava inacessível, girava no dedo a aliança de cobre comprada numa barraca do mercado e chamava Gregory para perto dela. Começou a descuidar um pouco da própria aparência. O cabelo estava cada vez mais grisalho e uma parte dela esperava ansiosa o tempo em que não precisaria mais se preocupar com essas coisas.

Michael não foi atrás dela. Muitos anos depois ela descobriu que ele telefonava uma vez ou outra para o tio Leslie, pedindo segredo, para saber notícias. Onde estavam morando, como Gregory ia na escola. Nunca pediu que voltassem. Não instalou uma amante em casa, nem uma governanta. Morreu de ataque cardíaco com 55 anos e Jean, ao receber a herança, considerou-a como pensão retroativa.

Quando tinha 10 anos, Gregory ganhou do tio Leslie um modelo de avião para armar, no Natal. Depois da guerra, Leslie voltara para a Inglaterra com histórias – para quem quisesse ouvir – de façanhas extravagantes e perigosas, invenções que ele começava a contar batendo com o dedo no lado do nariz para indicar que o assunto era ainda muito secreto. Mas Jean estava farta de aventuras masculinas. Ou talvez tivesse superado o tio Leslie. Era uma norma cruel, mas ninguém permanece o mesmo tipo de tio para sempre. Ela gostava de Leslie, mas não havia mais motivo para brinquedos de criança. Com cada vez maior frequência, Jean surpreendia-se dizendo: "Ora, Leslie, cale a boca", quando ele começava a contar para Gregory que em 43 havia atravessado o Canal pilotando um submarino-anão, garroteado um guarda alemão perto de Dieppe, escalado um penhasco, dinamitado a usina local de água pesada, descido o penhasco e voltado no submarino. Quando Leslie começava a descrever a noite sem estrelas e as ondas circulares na superfície no momento em que o submarino de bolso mergulhava nas águas escuras, Jean murmurava: "Oh, Leslie, cale a boca" – embora se sentindo injusta ante o desapontamento dos dois. Por que privava Gregory das coisas que ela havia desfrutado com o tio Leslie? Porque não eram verdade, pensava Jean. Leslie devia ter agora uns 70 anos, embora só admitisse que não veria nunca mais os 25. Ele não dava mais pulinhos até o Velho Refúgio Verde, a não ser para lavar atrás das orelhas. Talvez a frequência dessa prática tivesse afetado seu senso da verdade.

O modelo de avião era um Lysander e Gregory trabalhou nele durante vários dias antes de descobrir que faltava o trem de pouso e uma parte da cauda. Talvez fosse produto de um dos negócios de trocas de Leslie. Aparentemente ele considerava o dinheiro como uma forma muito primitiva de troca. Jean foi à loja de modelos para comprar as partes que faltavam, mas aquela linha para armar há muitos anos saíra do mercado.

Como consolo, comprou para Gregory o kit de um Hurricane e com orgulho o observou cortando as primeiras longarinas de balsa. Gregory trabalhava em silêncio, a luz ocasionalmente refletindo-se na pequena faca de latão com lâmina curva. Jean gostava mais dos aviões quando estavam sobre a folha de jornal, puro esqueleto, elegantes e não ameaçadores. Depois, com o revestimento externo, sugeriam algo mais sério. Havia plástico transparente para a capota da cabine e papel fino para a fuselagem e as asas, hélice e rodas de plástico amarelo. Durante alguns dias toda a casa cheirava a essência de pera, enquanto Gregory estava aplicando o verniz. A cobertura do avião amoleceu com o líquido e esticou-se rigidamente depois de seca. As instruções sugeriam pintar o Hurricane com cores de camuflagem, espirais verdes e marrons na parte de cima para confundir-se com os campos ingleses, cinza-azulado na parte de baixo, para imitar o céu inconstante da Inglaterra. Gregory pintou o avião de vermelho-vivo. Jean ficou aliviada. Aquele contorno ágil e flexível que conhecera no passado a agradava e ao mesmo tempo assustava. Agora, com o vermelho impossível ao lado das rodas amarelas, não passava de um brinquedo de criança.

– Quando vamos fazê-lo voar?

Entretanto Gregory balançou a cabeça. Era agora um menino estudioso de rosto redondo e óculos recentemente receitados. Havia armado o Hurricane para ver, não para voar. Se o fizesse voar podia cair. Se caísse, seria prova de que não fora bem construído. Isso não valia o risco.

Gregory fez um Hurricane vermelho, um Spitfire roxo, um Messerschmidt cor de laranja e um Zero verde-esmeralda. Nenhum deles voou. Talvez percebendo a surpresa da mãe, ou talvez a interpretando como desapontamento, certa noite anunciou que acabava de comprar um Vampire com propulsão a jato e que pretendia fazê-lo voar. Mais uma vez Jean observou a concentração, a terna precisão da faca com reflexos de luz cortando a balsa na direção certa. Viu a cola endurecida na ponta dos dedos de Gregory como uma segunda pele que ele retirava no fim do dia. Sentiu o cheiro de essência de pera e observou novamente o modo curioso pelo qual uma estrutura frágil adquiria força e solidez. O Vampire parecia um avião desajeitado, com a fuselagem curta em forma de vagem e a cauda parecendo unida às asas por compridas longarinas. Era como um enorme feijão dentro da fava – até Gregory pintá-lo de dourado.

Estavam morando em quartos alugados nos arredores de Towcester, numa casa com escada de incêndio em zigue-zague na parede dos fundos. Gregory não confiava naquela escada de ferro com a pintura descascada e temia até as plataformas sólidas entre os lances de degraus, onde ela fazia a volta. Agora não demonstrou nenhum medo. Estavam a 4 metros do solo, a 20 metros de distância dois pinheiros demarcavam o fim do jardim e, além da cerca viva de abeto avermelhado, ficava o campo aberto. No céu azul de outono, nuvens altas e finas pareciam faixas de vapor, o vento estava fraco. Perfeito para voar.

Gregory abriu a tampa do pequeno motor de alumínio na barriga do Vampire e inseriu um cilindro marrom de combustível sólido. Enfiou 2 centímetros de pavio num pequeno orifício, ergueu o avião à altura dos ombros, segurando a fuselagem em forma de feijão, e pediu à mãe para acender o pavio. Quando a chama surgiu com um estalo, Gregory gentilmente soltou o Vampire no ar convidativo.

O avião planou suavemente, como que ansioso para confirmar a meticulosidade do artesanato de Gregory. O problema foi que não parou de planar. Levemente desceu para o gramado e pousou sem problemas. Talvez o pavio tivesse queimado depressa demais não chegando a atingir o combustível do jato, ou talvez o combustível estivesse muito molhado, ou muito seco, ou qualquer coisa assim. Os dois desceram a escada e apanharam o Vampire dourado.

O avião estava sem motor. Havia uma marca de queimado no papel e um buraco na barriga da fuselagem. Jean viu Gregory franzir as sobrancelhas. O motor devia ter caído na hora do lançamento. Procuraram primeiro perto da escada, continuaram pelo gramado até o lugar do pouso. Depois procuraram partindo de ângulos diferentes seguindo a rota de voo, até começarem a procurar em lugares que sugeriam uma ofensa à habilidade construtora de Gregory. Em silêncio ele voltou para casa. No fim da tarde, sob o céu desaprovador, Jean descobriu o pequeno cilindro de alumínio na cerca viva além dos pinheiros. Não havia nada de errado com o motor. Sem dúvida ele havia voado. Apenas deixara o Vampire para trás, isso era tudo.

Gregory desistiu de fazer aviões. Logo depois, pelo menos pareceu a Jean, ele começou a se barbear. Deixou de usar os óculos infantis com hastes de metal elástico e comprou outros com aros de chifre através de cujas lentes começou a olhar para as mulheres. Nem todas retribuíam seu olhar.

Continuaram a fugir, mesmo depois da morte de Michael. Na adolescência, Gregory passou por uma dúzia de escolas. Em todas logo se juntava ao grupo seguro e anônimo de meninos que evitam provocações e que nunca chegam a ser populares. Ninguém podia opor objeções a ele, mas ninguém tinha motivos para gostar dele. Do canto de uma dúzia de pátios de recreio ele observava a fúria barulhenta dos outros. Jean lembrava-se dele com 14 anos, sentado no restaurante de estrada onde ela era assistente do gerente. O restaurante ficava numa ponte sobre a estrada. Gregory estava sentado a uma mesa ao lado de uma janela de vidros opacos, jogando com o conjunto de xadrez por computador comprado por Jean. O aparelho – ao qual faltavam dois peões – com pequenos apitos e assobios anunciava suas jogadas e atormentava o oponente. Gregory sorria tranquilo para o instrumento quadriculado, como que aplaudindo sua humanidade. Ocasionalmente, enquanto esperava que o computador decidisse sua jogada, olhava para o tráfego lá embaixo, para a corrente humana que se dirigia apressada para outros lugares. Olhava para eles sem inveja.

Todavia Jean não os via assim. Mantinha os olhos no que estava fazendo porque era forte a tentação de olhar do alto da ponte e se deixar envolver na corrente, vendo uma caminhonete com equipamento de camping na capota ou um carro esporte com cabelos e risos voando no ar, ou até mesmo um caminhão sujo que transportava ferro-velho de uma região para outra. Como Gregory podia ficar ali sentado tão fleugmático, balançando a cabeça para os apitos do amigo sem ser afetado pelo movimento turbilhonante do tráfego? O emprego no restaurante de estrada era bom, mas Jean não o manteve por muito tempo.

Finalmente, quando Gregory tinha idade suficiente para ficar sozinho, Jean começou a viajar. Tinha algum dinheiro deixado por seus pais e mais um pouco de Michael. Gregory insistiu para que Jean gastasse só com ela mesma. Agora, com cinquenta e poucos anos, teve vontade de estar num lugar diferente, qualquer lugar.

Havia percorrido boa parte da Inglaterra com Gregory, mas fugir não conta como viagem. Uma amiga explicou que esse novo desejo talvez fosse um substituto para o sexo. "Abra as asas, Jean", aconselhou a jovem de 25 anos, cujas asas, de tão abertas, tinham as membranas finas como lenços de papel. Jean pensou que nem tudo era substituto para outras coisas, era apenas o que era. "Eu quero viajar", respondeu, simplesmente.

Não queria explorar e não tinha espírito aventureiro, apenas desejava estar em algum outro lugar. A princípio viajou em excursões pelas cidades da Europa. Três dias de ônibus, as visitas obrigatórias aos museus, três dias pedindo pratos desconhecidos nos restaurantes, esperando surpresas que raramente aconteciam. Viajou sozinha e embora sentisse falta de Gregory nunca tinha a sensação de estar só. As coisas mais simples eram companhia. Um jornal numa língua que não conhecia, um canal úmido com manchas de óleo cheias de arco-íris, a vitrine de uma antiga farmácia ou de uma brutal *corsetière*, o cheiro de café, de desinfetante e das latas de lixo das esquinas.

No outono Leslie disse que havia ganho nas corridas e pagou para ela uma viagem de Concorde às Pirâmides do Egito. Uma combinação de extravagância e banalidade. No seu entusiasmo, Jean esqueceu de perguntar a Leslie os nomes dos cavalos ganhadores. Tomou o café da manhã perto do céu, acima dos trigais ingleses, e almoçou no Cairo Holiday Inn. Foi arrastada às pressas para um bazar, enfiaram um turbante Lawrence da Arábia na sua cabeça para uma fotografia de grupo e a içaram para as costas de um camelo. Finalmente mostraram as Pirâmides e a Esfinge. Como ficavam perto do Cairo! Jean sempre pensou que a Esfinge escondia-se sorrateira atrás das dunas e que a Grande Pirâmide erguia-se distante como a miragem de uma perigosa paisagem lunar no deserto. Mas bastou atravessar de ônibus os subúrbios do Cairo para encontrá-las. Uma das Sete Maravilhas do Mundo era agora alcançável numa viagem de um dia.

Em algum ponto escuro acima do Mediterrâneo, quando o avião libertava-se das amarras da terra, Jean lembrou-se de uma estrofe, ensinada há décadas pelo professor de religião da escola:

Primeiro a *Pirâmide,* que no Egito foi erguida;
Então os *Jardins da Babilônia* por Amytes construídos;
Terceiro, o *Túmulo de Mausolo* com afeição e culpa...

Não conseguia lembrar o resto. "Terceiro, o *Túmulo de Mausolo* com afeição e culpa..." Culpa, culpa... *construído*, era isso. "Em Éfeso erguido." O que fora construído em Éfeso – ou seria por Éfeso? "Quinto, o *Colosso de Rodes*, moldado em bronze, em honra ao sol" – lembrou de repente o verso completo, mas não foi muito adiante. Alguma coisa de Júpiter, era isso, e mais alguma coisa no Egito?

De volta a casa, foi à biblioteca e procurou as Sete Maravilhas do Mundo, mas não encontrou nenhuma das que constavam da poesia. Nem as Pirâmides? Ou os Jardins Suspensos da Babilônia? A enciclopédia dizia: o Coliseu de Roma, as Catacumbas de Alexandria, a Grande Muralha da China, Stonehenge, a Torre Inclinada de Pisa, a Torre de Porcelana de Nanquim, a Mesquita de Santa Sofia, em Constantinopla.

Bem, talvez houvesse duas listas diferentes. Ou talvez precisassem atualizar a lista uma vez ou outra, à medida que novas maravilhas eram construídas e as outras desmoronavam. Talvez cada pessoa pudesse fazer a própria lista. Por que não? Para ela, as Catacumbas de Alexandria não pareciam grande coisa. Talvez nem existissem mais. Quanto à Torre de Porcelana de Nanquim, parecia extremamente improvável que qualquer coisa feita de porcelana tivesse sobrevivido. E em caso afirmativo os soldados da Guarda Vermelha a teriam destruído.

Pensou em visitar aquelas sete maravilhas. Stonehenge ela já conhecia, bem como a Torre Inclinada de Pisa. Se substituísse as Catacumbas pelas Pirâmides, eram quatro. Restava a Grande Muralha, a Torre de Porcelana e Santa Sofia. As duas primeiras podia conhecer numa só viagem e, se a Torre de Porcelana não existisse mais, podia substituir por Chartres, que já conhecia. Faltava Santa Sofia, mas o tio Leslie havia dito certa vez que na Turquia comiam porco-espinho, assim, ela a trocou pelo Grande Canyon. Sabia que era como roubar um pouco no jogo, uma vez que o Grande Canyon não fora exatamente feito pelo homem, mas deu de ombros. Quem ia conferir o que ela fazia agora?

Em junho foi à China numa excursão. Primeiro Cantão, Xangai e Nanjing (como chamavam agora), onde perguntou sobre a Torre de Porcelana para os guias regionais. Havia a Torre do Tambor e a Torre do Sino, mas ninguém ouvira falar da Torre de Porcelana. Exatamente como Jean suspeitava. O livro-guia de viagens também não dizia nada sobre a torre, dizia que Nanjing orgulhava-se de Zu Chong Zhi, o matemático que havia feito cálculos aproximadamente exatos de *pi*, e de Fan Zhen, o filósofo famoso por seu ensaio *A destrutibilidade da alma*. Que estranho, pensou Jean. A alma não era considerada como uma coisa absoluta? Ou ela existia ou não existia. Como podia ser destruída? Talvez fosse um erro de tradução. Quanto ao *pi* – não era também um absoluto? Qual a utilidade de tornar famoso o cálculo aproximadamente correto, e não era isso, afinal, uma contradição em termos? Jean esperava que os chineses fossem um pouco diferentes, mas tudo parecia estar de trás para diante.

Ficaram três dias em Beijing, como aparentemente chamavam Pequim agora. No primeiro dia visitaram a Grande Muralha, percorrendo cuidadosamente um pequeno trecho dela, enquanto que, a distância, a Muralha propriamente dita enrolava-se nas montanhas. Era a única coisa feita pelo homem visível da Lua. Jean tentou se lembrar disso enquanto se abaixava para entrar na torre da guarda, que fedia como um lavatório público. Notou também um grande número de grafitos nas pedras superiores da Muralha. Grafitos chineses, portanto elegantes e adequados. Um dos membros da excursão, jovial, de barba vermelha, vendo o interesse de Jean, sugeriu que um deles dizia: "Não atire antes de ver o amarelo dos olhos deles." Jean sorriu delicadamente, mas com o pensamento distante. Por que os chineses grafitavam sua Muralha? Seria o grafite um instinto universal? Como o instinto universal de tentar fazer o cálculo de *pi*, por mais aproximado que fosse?

No segundo dia visitaram palácios e museus. No terceiro, templos e lojas de antiguidades. No Templo do Céu, prometeram, teriam uma agradável surpresa, o Muro do Eco. Jean tinha a impressão de ter ido certa vez a uma galeria murmurante – talvez houvesse uma no domo da Catedral de São Paulo – mas não sabia se era uma lembrança falsa ou não.

O Muro do Eco ficava na ala sul dos edifícios principais do Templo. Era circular, com uns 30 metros de diâmetro e um único portão num dos lados. Quando o grupo de Jean chegou, alguns chineses já estavam testando o eco. O guia explicou que duas pessoas podiam ficar cada uma em pontos opostos da circunferência, falar em tom normal, com o rosto formando um certo ângulo com os tijolos, e conversar naturalmente. Ninguém sabia se era um efeito planejado ou fortuito.

Jean caminhou até a parte mais próxima do muro. Estava cansada. O ar de Beijing era extremamente seco, e a poeira fina que pairava por toda a parte vinha, disseram, do deserto de Gobi. Não deixe cair a cabeça do taco, tio Leslie costumava dizer, ou vamos ter mais areia voando do que num dia de vento no deserto de Gobi. Michael achava que ela era estéril como o deserto de Gobi. Com poeira nos olhos, Jean foi invadida por uma súbita tristeza. Um muro de eco não devia ser visitado sem companhia, assim como não se entra sozinho no Túnel do Amor. Sentia falta... de alguém, não sabia quem. Não de Michael, talvez uma versão de Michael, alguém que estivesse perto e fosse companheiro, que caminhasse até o outro lado do muro, que tossisse na sua direção e voltasse para o centro resmungando que a coisa não funcionava muito bem e perguntando se nunca tinham ouvido falar em chá indiano na China. Alguém um pouco ranzinza, mas nunca levando a sério a própria rabugice. Alguém que talvez a entediasse, mas que nunca a assustasse.

Vã esperança. Encostou na parede com a orelha perto da curva de tijolos. Ouviu um vozerio indistinto, e então, com repentina clareza, duas vozes ocidentais.

– Vá em frente.
– Não, você primeiro.
– Não.
– Sou tímida.
– *Você* não é tímida.

As vozes provavelmente pertenciam a um casal do grupo, mas Jean não conseguiu identificá-las. O muro parecia absorver a individualidade das vozes, reduzindo-as a vozes ocidentais, uma de homem, outra de mulher.

– Acha que este lugar está "grampeado"?
– Por que pensa isso?
– Acho que há um cara escutando. Veja, aquele com boné Mao.

Jean ergueu os olhos. Poucos metros à sua frente um chinês velho com túnica verde-oliva e boné Mao girava a cabeça, como uma tartaruga, na direção do muro. As vozes ocidentais começavam a ter individualidade. Pertenciam a um jovem casal recém-casado bastante inconveniente para conforto geral do grupo.
– Mao Tsé-tung tinha um peru enorme.
– Vincent! Pelo amor de Deus!
– Só estou tentando verificar se o velho boné Mao compreende inglês.
– Vincent! Diga outra coisa qualquer. Alguma coisa limpa!
– Tudo bem.
– Diga, então.
– Está pronta?
– Estou. Diga.
– Você tem umas pernas fantásticas.
– Oh, Vincent, tenho mesmo?

Jean os deixou com suas brincadeiras e com o velho chinês ainda atento aos seus carinhos vaidosos. O que seria melhor, não compreender nada, como ele, ou tudo, como a mulher?

A não ser pelo *pi* e pela questão da alma, Jean achou a China menos estranha e mais compreensível do que havia imaginado. É verdade que grande parte dela era como ouvir uma voz minúscula e murmurante que saía da grande curva de um muro empoeirado. Porém, a maioria das vezes era em como ouvir sua própria língua em tom confiante mas com ênfase diferente. "Nos tempos asiáticos..." Os guias geralmente começavam todas as sentenças com essa frase e a princípio Jean acreditou no que ouvia – que os chineses referiam-se aos tempos antigos como os tempos asiáticos, porque foi a época do apogeu e do domínio da sua civilização. Mesmo sabendo que eles queriam dizer *antigos*, Jean preferia ouvir *asiáticos*. Nos tempos asiáticos...

"Nos campos cultivamos tligo e aloz." Alguns membros do grupo riram, especialmente o jovem casal atrevido, mas Jean preferia essa linguagem alternativa. "Nos campos temos açúcar, betelabas, batatas e labanetes." "Em 1974 o templo foi 'lepintado'." "Agora estamos no *sobbing center.*" Até Jean riu deste último, ouvido em Cantão, mas gostou da propriedade do termo. Os ocidentais desciam dos ônibus para gastar dinheiro em objetos que a maioria dos chineses jamais poderiam comprar. Era certo chamar de centro de soluços, o muro das lamentações de Cantão.

Não, aquela terra não era na verdade tão estranha. Havia muita pobreza e simplicidade no campo, mas para Jean pareciam imagens quase extraídas da sua infância. Um porco amarrado com cordas no bagageiro da bicicleta, a caminho do mercado, comprar dois ovos numa barraca, erguê-los contra a luz para um exame atento, o conjunto sonoro das discussões entre freguês e vendedor, o ritual úmido da charrua e remendar roupas. Esta atividade, quase desaparecida no Ocidente depois do fim da guerra, estava intensamente viva na China. Num pequeno povoado em Szechuan, onde o ônibus parou para que fossem ao banheiro e tirassem fotografias, Jean viu uma toalha de mesa remendada dependurada para secar. O varal era um pedaço de bambu entre os galhos de uma figueira-brava e a toalha tinha mais remendos do que o tecido original.

A velha pobreza parecia familiar e as imagens do novo dinheiro eram mais familiares ainda. Os grandes rádios, as máquinas fotográficas japonesas, as roupas de cores vivas que evitavam o azul e o verde, aquelas tristonhas imposições do passado recente. Óculos escuros também. Os jovens com os rádios a todo volume mesmo quando entravam na fila para visitar o memorial de Sun Yat-sen, em Nanjing, não eram completos sem os óculos escuros, embora naquele dia o céu estivesse baixo e carregado de nuvens. Jean notou que era elegante não tirar a pequena etiqueta com o nome do fabricante da haste dos óculos.

No zoológico de Nanjing havia dois gatos persas numa jaula, com a placa dizendo "Gatos persas". Numa comuna nos arredores de Chengdu viram uma pequena oficina que fazia casacos de pele de cachorro. Os recém-casados usaram casacos de alsaciano para as fotografias. Num circo ao ar livre, em Beijing, viram um homem fazendo mágicas com peixinhos de aquário, orgulhosamente os fazendo aparecer das mangas largas da túnica de seda – um truque que não pareceu muito difícil para Jean. Em Cantão, na Feira Comercial, viram *bonsai* de plástico.

Entre os guias da excursão, o uso de um megafone de pilha significava status. Em Yangzhou um deles entrou no microônibus e deu as boas-vindas à cidade enquanto os membros do grupo – nenhum a mais de um metro da voz retumbante e amplificada – remexiam-se nos bancos, tentando conter o riso. Numa fábrica de jade a palestra introdutória feita por uma chefe de seção foi traduzida por um guia cujo megafone acabava de enguiçar. Em vez de abandonar o aparelho, o guia o manteve junto aos lábios e gritou toda a tradução através dele. Na hora das perguntas, alguém quis saber como se distingue o jade verdadeiro do falso. A resposta veio gritada através do instrumento impotente: "Você olha para ele e olhando percebe suas qualidades."

Jean pensava que as viagens aéreas na China teriam caráter levemente internacional, mas eram, na verdade, discretamente orientalizadas. As comissárias de bordo pareciam meninas de escola sem nenhuma experiência. Quando pousaram em Beijing, notou que uma delas ficou de pé o tempo todo, dando risadinhas nervosas e embaraçadas quando o avião desceu na pista. Não serviam bebida alcoólica nas companhias aéreas chinesas, apenas barras de chocolate com amendoim, pedaços de chocolate puro, saquinhos de doces, xícaras de chá e uma lembrança. Numa das viagens deram um chaveiro; em outra, um livro de endereços com capa de plástico cujo tamanho sugeria que o usuário típico das companhias aéreas chinesas era um misantropo.

Em Chengdu, Jean perguntou a um dos guias locais – um homem alto e educado de idade indefinida, entre vinte e sessenta – como era a vida dele. O homem respondeu com um misto de precisão e evasiva. Ele acabava de voltar de uma estada de dez anos no campo. As dificuldades eram muitas. Aprendera inglês sozinho com discos e fitas. Todas as manhãs, antes do café, ele leva o trabalho noturno para o depósito de lixo próximo. Ele tem um filho. Muitas vezes o filho fica com os avós. Sua mulher é mecânica numa garagem. Trabalham em turnos diferentes, o que é bom porque ele gosta de praticar seu inglês com os discos e fitas. Ele não bebe no banquete para não desgraçar a si mesmo e não arriscar que não o convidem para entrar para o partido. Deseja muito ser convidado para entrar no partido. Teve algumas dificuldades mas agora elas terminaram. Todos têm um dia de folga por semana, mais cinco dias separados durante o ano, mais duas semanas quando se casam. Nessas duas semanas podem viajar. Talvez muitas pesssoas se divorciem para casar outra vez e conseguir mais férias.

Duas perguntas o guia não soube responder. Quando Jean perguntou quanto ele ganhava, aparentemente – embora seu inglês fosse perfeito – não compreendeu. Ela repetiu a pergunta com maiores detalhes, sabendo que talvez estivesse cometendo um *faux pas*. Finalmente, ele respondeu:

– A senhora quer trocar dinheiro?

Sim, respondeu ela delicadamente, era isso que estava tentando perguntar. Talvez pudesse trocar o dinheiro no hotel naquela noite. Talvez fosse melhor no dia seguinte, respondeu ele. É claro.

A outra pergunta parecia menos belicosa.

– Você quer ir para Xangai?

A expressão dele não mudou, mas não respondeu. Talvez ela não tivesse pronunciado direito o nome da cidade.

– Você quer ir para Xangai? Xangai! O grande porto?

Outra vez um ataque de surdez temporária. Jean repetiu a pergunta, ele limitou-se a sorrir, olhou em volta e não respondeu. Mais tarde, pensando naquela conversa, Jean compreendeu que não havia sido inconveniente como quando perguntou quanto ele ganhava, mas apenas desatenta. Na verdade já tivera a resposta. Ele só tinha um dia de folga de cada vez. Era casado e portanto já havia tirado as maiores férias possíveis. Não se pode ir a Xangai e voltar no mesmo dia. O uso do verbo *querer* tirava todo o significado da sua pergunta. Não era uma pergunta real.

Em Nanjing, quente e úmido, Jean teve seu ataque de surdez. Apanhou um resfriado e um dos seus ouvidos recusou-se a funcionar. O hotel, construído por uma companhia australiana, tinha folhas de eucalipto espalhafatosas desenhadas na coberta da cama e bandos de ursos coalas subiam pelas cortinas, aumentando o calor do quarto. Semiadormecida, no escuro, Jean pensou ter ouvido o zumbido fino e ávido de um mosquito. Por que os mosquitos não desistiam das suas vítimas depois de certa idade e não procuravam carne nova, como fazem os homens? Cobriu a cabeça com o lençol. Depois de algum tempo o calor tornou-se insuportável, mas assim que descobria a cabeça para respirar, o mosquito voltava ao ataque. Irritada, Jean repetiu o jogo sonolento de esconde-esconde, até compreender o que estava acontecendo. Sua respiração filtrada através do ouvido tapado saía pelo nariz como o zumbido de um mosquito. Completamente acordada, verificou o silêncio genuíno do quarto e riu desse pequeno eco do passado. Exatamente como Prosser Nascer do Sol disparando suas metralhadoras e dando voltas no céu para evitar o ataque. Ela também estava produzindo sua própria fonte de medo, e ela também estava completamente sozinha.

Aviões – em homenagem a Prosser ela continuou chamando-os de aviões mesmo depois que muita gente já dizia aparelho – nunca assustaram Jean. Ela não precisava encher de música seus ouvidos com o tubo de plástico, nem pedir garrafinhas de bebida, nem procurar com o calcanhar o colete salva-vidas sob a poltrona. Certa vez praticamente despencou vários metros sobre o Mediterrâneo. Outra vez o avião voltou para Madri e voou em círculos durante duas horas para gastar combustível. Outra vez ainda, em Hong Kong, num pouso vindo do mar, o avião saltou na pista como uma pedra em ricochete – como se tivessem na verdade pousado na água. Mas em todas essas ocasiões Jean apenas mergulhou nos seus pensamentos.

Gregory – estudioso, melancólico Gregory – encarregava-se da preocupação por ela. Quando levava Jean ao aeroporto, sentia cheiro de querosene e imaginava carne queimada, ouvia os motores na decolagem escutando somente a pura voz da histeria. Nos velhos tempos era o inferno, não a morte que todos temiam, e os artistas representavam esse temor em visões de sofrimento. Agora não existia inferno, sabiam que o medo era finito, e os engenheiros estavam no poder. Não houve nenhum plano deliberado, mas aperfeiçoando o avião e fazendo tudo que podiam para tranquilizar os que voavam nele, haviam criado, na opinião de Gregory, as mais infernais condições de morte.

Ignorância, esse era o primeiro aspecto da moderna forma de morte criada pelos engenheiros. Todos sabiam que, quando havia alguma coisa errada com o avião, os passageiros eram informados apenas do mínimo necessário. Se caísse uma asa, a voz calma do capitão escocês diria que a máquina de refrigerantes não estava funcionando e por isso haviam resolvido perder altura num parafuso, sem avisar os passageiros para colocarem os cintos de segurança. Mentiam para os passageiros que iam morrer.

Ignorância, mas também certeza. Quando baixamos 9 mil metros, seja na direção da terra ou na direção do mar (e a água, daquela altura, torna-se dura como concreto), você sabe que ao bater no solo vai morrer, na verdade, vai morrer centenas de vezes. Mesmo antes da bomba atômica, o avião havia introduzido o conceito de morte múltipla. Quando o avião bate no solo, o impacto do cinto de segurança provoca um ataque cardíaco; depois o fogo queima até a morte, outra vez; depois uma explosão espalha seus pedaços por alguma encosta solitária; e depois, enquanto as equipes de resgate o procuram chapinhando na lama, sob o céu zombeteiro, os milhões de pedaços queimados, explodidos, com parada cardíaca que restaram, morrem outra vez pela exposição ao tempo. Isso é normal, é certo. A certeza deveria cancelar a ignorância, mas não cancelava. Na verdade, o avião invertia a relação estabelecida entre os dois conceitos. Na morte tradicional, o médico ao lado da sua cama podia dizer o que está errado, mas raramente anunciava o resultado final. Agora você ignora as causas mas tem certeza do resultado. Para Gregory isso não era progresso.

Em seguida vinha o confinamento. Nós todos não temos a claustrofobia do caixão? O avião reconhecia e ampliava essa imagem.

Gregory pensava nos pilotos da primeira guerra, com o vento assobiando canções nas longarinas. Pensava nos pilotos da segunda guerra, fazendo o *loop* da vitória e abraçando com ele o céu e a terra. Aqueles aviadores tocavam a natureza quando se moviam, e quando o biplano de madeira compensada partia-se com a pressão repentina do ar, quando o Hurricane, excretando a fumaça negra do próprio obituário, caía num lamento estridente sobre um milharal, havia uma chance – apenas uma chance – de que fosse um fim até certo ponto adequado. O aviador havia deixado a terra e agora era chamado de volta. Mas num avião de passageiros com aquelas horríveis janelinhas? Como sentir o doce consolo do ciclo da natureza ali sentado, sem sapatos, sem poder ver lá fora, com os olhos assustados agredidos por toda a parte pelas cores vivas das poltronas? O ambiente não é nada apropriado.

E o ambiente incluía o quarto fator, a companhia. Como a maioria de nós gostaria de morrer? Não é uma pergunta fácil, mas para Gregory havia várias possibilidades. Rodeado pela família, com ou sem um padre – essa era a atitude tradicional, a morte como uma espécie de suprema ceia de Natal. Ou rodeado por uma equipe médica delicada, quieta, atenciosa, um substituto da família que sabe como aliviar a dor e que não faz nenhum escândalo. Terceiro, talvez se a família falhasse e se você não merecesse um hospital, talvez preferisse morrer em casa, na cadeira favorita, com um animal por companhia, ou o fogo da lareira, ou uma coleção de fotografias, ou uma bebida forte. Mas quem escolheria morrer na companhia de 350 estranhos, dos quais poucos comportam-se adequadamente? O soldado pode avançar para a morte certa – na lama, na campina – mas vai morrer entre conhecidos, 350 homens cuja presença conduz ao estoicismo quando ele é partido ao meio por uma metralhadora. Mas aqueles estranhos? Vai haver gritos, pode estar certo. Morrer ouvindo os próprios gritos já é terrível. Morrer ouvindo os gritos dos outros é parte desse inferno dos engenheiros. Gregory imaginava-se num campo com um pontinho zumbindo lá em cima. Talvez estivessem todos gritando dentro dele, os 350 passageiros, porém a história normal dos engenheiros abafaria tudo.

Gritando, confinado, ignorante e certo. Além disso, era tudo tão doméstico. Esse o quinto e triunfal elemento no final dos engenheiros. Você morre com um lugar para apoiar a cabeça forrado com uma toalha bordada. Você morre com uma pequena mesa dobrável de plástico cuja superfície tem uma reentrância circular para firmar seu copo de café. Você morre com bagageiros acima da cabeça e pequenas cortinas de plástico nas janelinhas horríveis. Você morre servido por jovens super-super. Você morre com decoração suave destinada a alegrá-lo. Você morre apagando o cigarro no cinzeiro embutido no braço da poltrona.

Você morre assistindo a um filme do qual quase todo o conteúdo sexual foi cortado. Você morre com a toalha de rosto roubada ainda na sacola de mão. Você morre depois de ter sido informado de que fizera um bom tempo graças aos ventos favoráveis e que chegariam antes do horário previsto. Chega mesmo, muito antes da hora. Você morre com a bebida do seu vizinho derramada na sua roupa. Você morre domesticamente, não na sua casa, mas na casa de outra pessoa, de alguém que você nunca viu antes e que convidou uma porção de estranhos para a festa. Nessas circunstâncias, como é possível ver a própria extinção como algo trágico, ou mesmo importante, ou relevante? É uma morte que zomba de você.

Jean visitou o Grande Canyon em novembro. A margem norte estava fechada, e os removedores de neve varriam a estrada de Williams até a margem sul. No começo da noite chegou ao hotel perto do Canyon. Não se apressou em desfazer as malas e até foi à loja de presentes do hotel antes de visitar o Canyon. Não para adiar o prazer, mas justo ao contrário, porque Jean esperava desapontamento. No último momento havia pensado até em alterar sua lista e visitar a Ponte Golden Gate em vez do Canyon.

Uma camada de 30 centímetros de neve cobria o solo e o sol, agora quase no nível do horizonte, lançava uma pincelada cor de laranja nas montanhas à sua frente. O reino do sol começava exatamente na linha de neve. Acima, os picos cor de laranja das montanhas com neve cor de laranja sob indolentes nuvens alaranjadas. Abaixo da linha tudo era diferente, com marrons e amarelos secos e sombras longas, enquanto que lá embaixo, bem embaixo, algum verde desbotado rodeava um fio de prata – como um fio de plástico transparente num terno opaco de lã. Jean segurou com força a grade coberta de geada, feliz por estar sozinha, feliz por não precisar traduzir em palavras o que via, nem contar, nem discutir, nem tomar notas. A extravagante vista desassombrada era maior, mais profunda, mais ampla, mais grandiosa, mais selvagem, mais bela e mais assustadora do que podia ter imaginado, mas nem essa fileira de adjetivos lhe ocorriam. Rachel, a mais combativa das namoradas de Gregory, disse, antes da viagem de Jean: "É, é como um orgasmo constante." Sem dúvida a intenção era chocar e essas palavras lembradas agora eram chocantes, mas apenas porque eram inadequadas. O sexo – mesmo o sexo retumbante que Jean imaginava mas nunca havia experimentado – não era mais do que um brinquedo de cordões de sapatos, cócegas nas solas dos pés quando os cordões são puxados para fora, comparado ao que via agora. Alguém havia prometido: "É como olhar para a Criação" – mas isso era também um punhado de palavras. O Canyon transformava os homens na sua margem em miniaturas e os ruídos que faziam – as vozes, os gritos, o clique das câmaras – num mero zumbido de inseto. Não era um lugar para piadas de falsa modéstia, para ajustar o medidor de exposição, nem para jogar bolas de neve. Era um lugar além das palavras, além dos ruídos humanos, além da interpretação.

Diziam que as grandes catedrais da Europa tinham o poder de converter as pessoas apenas com sua presença. Não se tratava somente de impressionar os camponeses. Mentes sofisticadas haviam admitido: se algo belo como isto existe, como pode não ser verdadeira a ideia que o produziu? Uma catedral vale por centenas de teólogos capazes de provar pela lógica a existência de Deus. A mente deseja a certeza e talvez deseje mais a certeza que se impõe. O que a mente pode compreender, o que ela pode com esforço provar e aprovar talvez seja o que mais despreza. Deseja ser atacada pelas costas, numa rua escura, com a certeza de uma faca no pescoço.

Talvez o Canyon tivesse o efeito de uma catedral para turistas com inclinação religiosa, argumentando decididamente sem palavras sobre o poder de Deus e a majestade das suas obras. A reação de Jean foi oposta. O Canyon criava nela uma incerteza atônita. Durante o jantar tentou pensar em fazer uso de palavras, ou pelo menos usando-as cuidadosamente. *Logo* foi a palavra que teve permissão para se fixar solidamente. O Canyon, *logo*... Se o Canyon é a pergunta, qual é a resposta? Se o Canyon é a resposta, qual é a pergunta? O Canyon, *logo*...? Até mesmo a resposta cética, o Canyon, *logo nada*, parecia uma imensa resposta. Diziam que uma das maiores tragédias da mente é nascer com o senso da religião num mundo onde a crença não é mais possível. Seria uma tragédia igual nascer sem o senso de religião num mundo onde a crença *era* possível?

Na manhã seguinte, antes de partir, mais uma vez Jean apoiou o corpo contra a grade e olhou longamente o Canyon. Agora o sol descia por dentro dele, caminhando na direção do rio. A centenas, talvez milhares de metros abaixo estendiam-se planaltos verdes. Os picos das montanhas, passada sua noite cor de laranja, estavam agora sombrios e distantes, envoltos em suas roupas matinais. A neve cintilava muito branca. Seguindo o próprio zumbido, um avião leve apareceu no céu. O primeiro voo turístico do dia, um inseto pairando sobre uma ferida enorme. Durante algum tempo voou no nível onde Jean estava, depois desceu para examinar a fissura errante que confinava o rio. Que estranho, pensou Jean, estar no chão e acima de um avião. Ver as asas e a fuselagem de cima era como examinar o lado raro de uma folha ou de um inseto. Era contrário à natureza a ideia de um avião abaixo da superfície da terra, o mesmo que ver um submarino erguer-se da água saltando no ar como um monstruoso peixe voador.

Contrário à natureza. Seria certo? Dizemos "contrário à natureza" quando queremos dizer "contrário à razão". É a natureza que faz os milagres, as alucinações, a mágica maravilhosa. Há 40 anos a natureza havia mostrado ao piloto de um Catalina o homem na motocicleta calmamente passeando sobre a superfície do Atlântico a 700 quilômetros da costa da Irlanda. Obra da natureza. Em seguida, a razão negou a imagem. Era contrária à razão, não à natureza. A razão e a engenhosidade do homem haviam erguido as Seis Maravilhas do Mundo que Jean visitara. A natureza fez a sétima e foi essa que suscitou o questionamento.

Por intermédio do Fundo Beneficente da RAF Jean localizou a viúva de Prosser Nascer do Sol. Não mais Prosser, mas Redpath, num endereço perto de Whitby. Jean escreveu e alguns dias depois recebeu um cartão-postal de um porto pesqueiro sob o céu azul e brilhante. "Apareça quando estiver por perto. Derek e eu gostamos de conversar sobre os velhos tempos. Imagine, alguém lembrar de Prosser depois de tantos anos! P.S. O tempo não é sempre tal como aparece no cartão."

Era uma casa bonitinha semigeminada num pequeno loteamento ainda não terminado na encosta da colina. As árvores eram postes sem folhas protegidas por cilindros de arame e os abrigos de concreto das paradas de ônibus não estavam ainda marcados pela umidade nem pelos grafitos. Jean passou por perto bem antes do que Olive Redpath esperara.

– Muito bem, o que pode ser tão urgente depois de ter esperado todos esses anos? – Um misto de pergunta e afirmação.

Com a xícara de café na mão, Jean sentou-se na poltrona na frente da televisão. Olive e Derek sentaram-se no sofá.

Derek atrás da cortina de fumaça do cigarro. O tecido do sofá, Jean notou, era um xadrez de cores vivas muito usado nas poltronas dos aviões.

– Oh, a verdade é que eu estou de passagem. Vou a Manchester.

– Manchester. Chama a isso estar de passagem. – A Sra. Redpath riu dos caprichos dispendiosos e impenetráveis do povo do sul da Inglaterra. Ela era gorducha, com seios generosos e agressivamente hospitaleira. – Ouviu isso, Derek? Manchester!

– É de admirar que tenha chegado até aqui a salvo – disse Derek, dando uma longa tragada no cigarro. – Dizem que há canibais por aí.

– Bem, não é nada urgente; eu acho. Só que achei melhor fazer isso enquanto me lembro.

– Malhe o ferro enquanto está quente – disse Olive.

– Seu... falecido marido...

– Tommy.

– Tommy... esteve alojado em nossa casa durante a guerra. Comigo e meus pais. Depois de West Malling. Quando ele estava conosco conversávamos muito... – Jean não sabia como chegar ao assunto.

– Uma das suas namoradinhas, certo? – perguntou Olive com uma risada genial.

– Não, nada disso...

– Tudo bem comigo, querida. Gosto de pensar que o velho Tommy teve uma ou duas aventuras. Ele sempre foi encantador.

Foi mesmo? Jean não se lembrava de Prosser como encantador. Um pouco desajeitado, zangado, até mesmo rude às vezes, capaz de ser gentil, de vez em quando. Não, encanto não parecia ser uma de suas qualidades.

– Não, quero dizer, compreendo que tenha pensado...

– A primeira coisa que eu disse, não foi, Derek? Imagine só, eu disse, uma das antigas namoradinhas de Tommy aparecendo do nada depois de todos esses anos. Eu não o teria jogado fora, se soubesse.

– Jogado fora?

– Quando nos mudamos, sim, eu o joguei fora. Bem, de que adianta falar nisso agora? Quando foi, Derek, há nove ou dez anos?

Derek tentou lembrar, dando várias tragadas no cigarro, e então disse:

– É, sempre há mais tempo do que a gente pensa.

– Bem, seja como for, há dez ou doze anos eu me desfiz de Tommy. Estávamos nos mudando e alguma coisa tinha de ser jogada fora e havia anos eu não examinava as coisas dele, como se diz, apetrechos de voo ou coisas assim. Não sei por que ainda estavam guardadas, todas roídas por traças. Então joguei tudo fora. Cartas, fotografias, umas bobagens que nem examinei para não me aborrecer. Derek concordou comigo.

– Não, está exagerando, querida.

– Seja como for, Derek não foi contra. Mas o caso foi que pensei, Tommy já tem um lugar no meu coração, para que precisa um lugar no sótão também? – Olive, que parecia prestes a chorar, deu uma gargalhada e seu movimento derrubou a cinza do cigarro de Derek. – Ele era um garoto encantador, que me lembre. Mas a vida deve continuar, não é mesmo?

– Sim – disse Jean.

– Mais depressa do que imaginamos – elaborou Derek.

– Não que você me pareça o tipo dele – disse Olive um tanto intrigada.

– Oh, não sou – disse Jean. Uma pausa. – Só que gostaria de saber... Perdemos contato com ele quando terminou a licença. Eu gostaria de saber... bem, quando estava conosco queria tanto voltar a voar.

– Queria mesmo? – disse Olive. – Eu sempre achei que ele era um pouco covarde. – Notou a mudança na expressão de Jean. – Tem certeza de que não foi uma das namoradinhas dele? Está agindo como se fosse. Não, só estou dizendo o que eu achava. Não adianta esconder as coisas, não é?

– Não – respondeu Jean. – Não estou chocada. Só que eu o achava corajoso. Achava que todos eles eram corajosos.

– Bem, Tommy P. estava sempre de olho na porta dos fundos, se entende o que quero dizer. Não que eu o censurasse por isso. Mas fiquei surpresa quando soube que tinha voltado a voar.
– Ele sempre me pareceu tão ansioso por voltar.
– Se é o que pensa. Para mim é uma surpresa. E não podemos verificar agora porque joguei fora todas as suas cartas.
– Olive deu uma risadinha. – De qualquer modo, fiquei mais surpresa do que você. Além disso, deixe-me ver... Fez uma pausa, embora tivesse contado a história muitas vezes antes. – Alguns dias depois de ele ter voltado, uma semana talvez, recebi uma carta do chefe do seu esquadrão...
– Do líder – corrigiu Derek.
– ... do líder, obrigada, dizendo que ele estava desaparecido, ao que tudo indicava morto em ação. Fiquei arrasada, tenho de admitir. Quero dizer, eu gostava muito de Tommy, estávamos casados havia pouco mais de um ano e pretendíamos ter filhos logo que a guerra acabasse... Assim escrevi para o chefe do esquadrão perguntando: "Que ação? Morto em qual ação?" E ele escreveu dizendo outra vez que sentia muito, que Tommy era um homem maravilhoso, mas como é que ele podia saber disso quando Tommy havia entrado para o grupo havia poucos dias, e disse qualquer coisa sobre motivos de segurança e coisas assim. Escrevi novamente dizendo: "Isso não basta, quero saber e vou falar com o senhor pessoalmente." E, antes que ele pudesse responder dizendo que *isso* era contra aquele tal negócio de segurança, parti para a base. Mais café, querida?
– Não, obrigada.
– A cafeteira está ligada, portanto é só pedir. Muito bem, cheguei lá, o que não foi fácil, e vi o cara do esquadrão e disse: "Escute aqui, que ação? Morto em que ação? Onde?" Ele foi muito delicado, mas disse que não podia me contar. Eu disse: "Quem você pensa que eu sou, Lord HawHaw? Meu Tommy foi morto e quero saber onde." Finalmente ele disse na França, e eu

disse, pelo menos limita as possibilidades, eu pensei que tivesse sido na Islândia. De qualquer modo, o que quer dizer com desaparecido e morto? Se está desaparecido talvez não esteja morto, e se foi morto não está desaparecido, certo? Então o cara do esquadrão disse que Tommy tinha como se diz, se separado dos outros, eu disse que era bem próprio dele querer fazer tudo sozinho, e que um pouco depois um dos pilotos viu um Hurricane caindo descontrolado, foi verificar e viu que era Tommy e o piloto ficou olhando e viu o avião cair.

"Então eu disse, quero falar com esse cara. Ele disse que era contra o regulamento mas usei meus truques femininos, disse que ia ficar sentada no seu escritório até conseguir o que queria e coisa assim, chorei rios de lágrimas – bem, isso não foi difícil, e sabe o que ele disse?"

– Disse que você tinha de assinar a Lei do Segredo Oficial – ajudou Derek.

– Sei que *você* sabe, seu bobo. Então eu disse, tudo bem. Traga os papéis. Assinei sem ler, podia estar assinando um requerimento para dentaduras ou qualquer coisa, eles me levaram ao piloto, Mac qualquer-coisa, não me lembro. Mas o cara do esquadrão devia ter falado com ele antes. Ele só disse: "Sobre a França, caindo." Eu disse: "Como sabe que era Tommy?" Ele disse que pelos números no lado do avião. Passou por você bem devagar para que pudesse ver os números, foi isso, eu perguntei. Ele disse que os números eram bem grandes para serem lidos de longe, mas ele viu que eu estava arrasada, comecei a chorar outra vez e só podia pensar no tamanho dos números. Então aquele Mac não-sei-o-quê levantou-se, apertou minha mão e disse que era tudo que sabia, mas que se eu aparecesse no Três Navios, lá pelas oito horas, talvez ele pudesse lembrar mais alguma coisa.

"Tenho de dizer que cheguei na hora em que o bar abriu. Acho que até estava um pouco chumbada quando ele apareceu, mas me lembro de tudo que ele disse. Estavam sobre a França, eram uns oito, e notaram que Tommy começou a se afastar. Procurando a porta dos fundos, o que não me surpreendia. Então o encarregado o chamou no, como se chama..."

– Rádio – murmurou Derek, ajudando, não respondendo.

– ... rádio e o mandou voltar para a formação. Não teve resposta. Tentou várias vezes mas aparentemente o rádio de Tommy não estava funcionando. Então notaram que ele estava subindo, afastando-se mais deles e o encarregado mandou esse Mac atrás dele para levá-lo de volta. Disse que não foi fácil porque Tommy parecia estar subindo diretamente para o sol e não se enxergava quase nada. Mas depois de se acostumar, conseguiu ver que Tommy ainda estava lá, não tinha desmaiado nem nada parecido. Estava com a mão na frente do rosto. Acho que para evitar que o sol o cegasse. Era o que faziam, explicou o tal Mac, quando subiam para o sol. Então tentou falar com Tommy pelo rádio, mas não teve resposta. Deu alguns tiros mas também não adiantou.

"Então o encarregado mandou Mac voltar e deixar Tommy fazer o que bem entendesse. Quero dizer, parece que seu avião estava com algum defeito, não acha, e ele não podia evitar que continuasse subindo, não acha? Então Mac voltou para os outros e no meio do caminho viu o Hurricane caindo num mergulho. Eu disse: 'Foi quando avistou os números.' Meio encabulado ele disse que o avião estava descontrolado e que não viu os números, mas, quando passou por ele, viu o piloto. Bem, viu o vulto do piloto. Evidentemente não podia dizer que era Tommy, mas, fosse quem fosse, estava com a mão na frente do rosto, como Tommy quando estava subindo. Então Mac o seguiu na descida por algum tempo, mas não havia nenhuma chance. Nem viu nenhum paraquedas. E assim se foi o meu Tommy."

Derek abraçou Olive consolando-a, a fumaça do seu cigarro espiralando sobre o ombro dela e entrando no seu cabelo.

Jean não sabia o que dizer, apenas esperou.

– Lembra-se bem dele? – perguntou finalmente Olive.
– Sim – disse Jean. – Lembro-me muito bem. Eu era muito jovem, então. Ele costumava me fazer sanduíches de Perigo Passado.

Olive não deu atenção aos sanduíches.

– Notou que o primeiro botão da túnica dele estava sempre desabotoado?

– Não, acho que nunca notei.

– Notou que ele estava sempre olhando em volta, nunca parava de virar a cabeça?

– Sim, lembro-me disso. – Michael havia comentado a respeito, para provar que Tommy não era sincero. – Pensei que fosse um tique nervoso ou coisa assim.

– Tique nervoso? – disse Olive ofendida. – Coisa nenhuma. Escute, meu bem, quando você voa num daqueles Hurricanes tem de virar a cabeça a cada três segundos, do contrário está morto. – No refúgio do ombro acolhedor de Derek, Olive girou a cabeça de um lado para outro, os olhos semicerrados contra o sol, à procura de um Messerschmidt. – Acaba-se acostumando, você entende.

– Compreendo.

– Por isso ele deixava sempre desabotoado o primeiro botão da túnica. Era permitido porque tinham de virar tanto a cabeça. Era um privilégio. Eles permitiam. – Olive continuou a virar a cabeça de um lado para o outro, só parando para dar uma tragada no cigarro de Derek.

– Compreendo.

– Ninguém compreendia Tommy mais do que eu – disse Olive com certa agressividade e Derek a embalou em silêncio.

No trem, de volta a casa, Jean olhou pela janela e pensou no último voo de Prosser Nascer do Sol. É claro que podia ter sido uma falha técnica, podia ter enguiçado na subida, podia não ter respondido à chamada do R/T, nem aos tiros do outro piloto por estar ocupado com o controle do avião. Mas Jean duvidava. Tudo parecia demais com o que Prosser havia dito certa vez, há quarenta anos. Subir para o sol, espiando entre os dedos levemente separados. O ar cada vez mais fino, o avião derrapando e subindo mais devagar. A camada de gelo dentro da viseira protetora. O frio cada vez mais intenso. O oxigênio cada vez mais rarefeito. A invasão gradual da sensação de euforia, depois de prazer. A lentidão, a feliz lentidão de tudo...

Quando Jean teve Gregory, quando o amamentou, quando o mandou para a escola, quando ficou na escada de incêndio em ziguezague vendo seu Vampire planar gentilmente enquanto o motor se desprendia numa aceleração inútil, teve todos os sonhos normais para o filho. Que vença na vida, que seja feliz, que tenha saúde, que seja inteligente, que seja amado, que me ame. Vendo-o inclinado sobre a rede de longarinas dos modelos de aviões, umedecendo o papel fino e esperando que secasse e ficasse rígido, enchendo a sala com o cheiro de essência de pera, Jean preguiçosamente construía suas próprias imagens, todos os padrões aceitáveis nos quais uma geração percebe seu relacionamento com a geração seguinte. Eles ficam de pé nos nossos ombros, pensava ela, e assim mais altos podem ver mais longe. Também, lá de cima, podem ver a trilha que seguimos para não cometer os erros que cometemos. Estamos entregando alguma coisa a eles – uma tocha, um bastão de revezamento, uma carga. À medida que enfraquecemos eles ficam mais fortes, o jovem carrega seu antepassado nas costas e conduz seu filho pela mão.

Contudo viveu também o bastante para duvidar de tudo isso. Essas imagens pareciam cheias de força mas eram feitas de madeira-balsa e papel fino. Muitas e muitas vezes os pais sobem aos ombros dos filhos, amassando-os no solo macio. O filho vê perfeitamente os erros dos pais, mas tudo que aprende é como cometer novos erros. Os pais sem dúvida passam alguma coisa para os filhos: hemofilia, sífilis, alergia. O ancestral, obedientemente carregado nas costas, provoca um deslocamento de disco, a criança que leva pela mão, uma distensão do ombro. Assim, Jean tinha também sonhos negativos para o filho, as coisas a serem evitadas. Que possa evitar o sofrimento, a pobreza, a doença. Que seja uma pessoa comum. Que seja o melhor possível sem perseguir o impossível. Que esteja seguro dentro de você mesmo. Que nunca se queime, nem uma vez.

Mais tarde, perguntava a si mesma se não teria transferido para Gregory essas pálidas ambições. Se a criança no útero pode sentir os pensamentos da mãe e ser prejudicada por eles, é sem dúvida possível que depois de nascida possa absorver as esperanças silenciosas – esperanças que pairam no ar tão intensas quanto a essência de pera. Seria por culpa de Jean que Gregory tornara-se um adolescente cínico e rebelde e, mais tarde, um jovem adulto introvertido? Ele era atencioso e apresentável, ninguém se opunha ao rosto redondo e corado, à aparência professoral dada pelos óculos de aros grossos. Porém, uma vez ou outra Jean surpreendia-se pensando: você poderia ser uma pessoa diferente. Poderia. Alguém que não meu filho. Mas a realidade, afinal, era mais ou menos uma resposta aos seus desejos para ele. Que seja um homem comum. Que não persiga o impossível.

Seus desejos não silenciosos para Gregory eram mais ou menos os seguintes. Não acerte sua vida cedo demais. Não faça, aos 20 anos, algo que possa prendê-lo pelo resto da vida. Não faça o que eu fiz. Viaje. Divirta-se. Descubra quem e o quê você é. Explore.

Gregory compreendia os conselhos da mãe, mas, como todas as crianças, achava que eram do tipo antiquado que favorecia mais os pais do que os filhos. Certo, ele não queria se prender, mas não tinha muita vontade de viajar. Certo, queria descobrir quem era, fosse qual fosse o significado disso, mas sem precisar fazer grandes explorações. Divertir-se? Sim, queria se divertir. Ou melhor, queria querer se divertir. Para Gregory, o resto do mundo entendia muito mais de prazer do que ele. Todos sabiam o que era, faziam o que era preciso para conseguir, e conseguiam. Como podiam saber com antecedência onde estava o prazer? Provavelmente, observavam as outras pessoas, notavam o que lhes dava prazer, faziam o mesmo e se divertiam. Para Gregory, as coisas não eram tão simples. Quando observava os grupos à procura do prazer – os que bebiam nos bares, os fãs de esportes, os banhistas nas praias – sentia uma inveja aguda, mas também um furtivo constrangimento. Talvez houvesse alguma coisa fora de lugar dentro dele. O prazer, ele sabia, só pode ser obtido quando se acredita nele. O piloto, no fim da pista, acredita no voo. Não é só uma questão de conhecimento, de compreender a aerodinâmica, é também uma questão de acreditar. Gregory parava tremendo na pista, a torre dava ordem de voo, mas no meio do caminho ele sempre puxava os freios. Não acreditava que aquele pássaro pudesse voar.

Tinha namoradas, mas descobriu que nunca sentia o que devia sentir quando estava com elas. A inacessibilidade do prazer em grupo, ele percebeu, podia estender-se a um grupo de dois. O sexo não o fazia sentir-se solitário, nem tampouco o fazia sentir-se especialmente acompanhado. Quanto à camaradagem com outros homens, sempre parecia um tanto falsa. Homens formam grupos para evitar complicações. Querem simplificar as coisas, querem certeza, querem normas definidas. Vejam os mosteiros. Vejam os bares.

Gregory não viajou nem se casou. Durante a maior parte da sua vida morou com Jean, que, a princípio, tentou convencê-lo a morar sozinho. Mais tarde, porém, concluiu que tanto fazia. Todos os empregos eram tediosos, mas necessários, porque o objetivo era sempre valorizar o tempo que se passava longe deles. Quando Gregory dizia isso, diziam que estava sendo cínico, mas não estava. Era óbvio. A vida depende de contrastes e continua assim até chegarmos ao contraste final.

    Gregory trabalhava numa companhia de seguros. Gostava do emprego porque ninguém fazia muitas perguntas sobre ele. Diziam que sem dúvida era um trabalho interessante, ele assentia com a cabeça e perguntavam se ele aceitaria um seguro contra chuva nos feriados, e ele dizia que sim e riam e diziam "imagine só" e aí terminava o interesse. Isso agradava a Gregory.

    Gostava também de trabalhar com seguros de vida. Quando entrou para a companhia não havia chegado à conclusão de que a vida é absurda – estava ainda estudando o caso – mas tinha certeza de que o trabalho era absurdo. O conceito de "trabalho útil", muito citado pelos políticos, não tinha sentido para Gregory. Para ele, o trabalho só era útil na medida em que era inútil, na medida em que era um arremedo de si mesmo. Pintar a Ponte Forth parecia um trabalho excelente, porque nem bem terminavam a pintura tinham de começar outra vez. O seguro de vida não podia aspirar a essa perfeição de ironia, mas chegava perto. Gregory tinha um prazer especial em dizer às pessoas quanto receberiam se morressem. Gostava de ver a cobiça calculista nos seus olhos. Teriam todo aquele dinheiro em troca de algo tão simples quanto morrer. Certa vez estava explicando o seguro a um homem de vinte e poucos anos – pagamentos mensais de tanto, tanto em caso de morte, tanto pelo vencimento da apólice – quando foi interrompido.

    – Então, se eu assinar isto hoje e morrer amanhã recebo 25 mil libras?

    A princípio, Gregory ficou profissionalmente desconfiado do entusiasmo do homem. Explicou sobre o pagamento do prêmio inicial, sobre a invalidação da apólice em caso de suicídio ou de não revelar doença grave...

– Sim, sim, sim – disse o homem, impaciente. – Mas se eu pagar tudo e *por acidente* – enfatizou com entusiasmo – ficar debaixo de um ônibus amanhã, receberei 25 mil libras?

– Isso mesmo. – Gregory não quis explicar que na verdade quem iria receber o dinheiro seria sua viúva, seus pais ou quem fosse o beneficiário. Seria de mau gosto.

No entanto era por isso que gostava de seguro de vida. É claro que havia muito eufemismo no assunto, muito disfarce para que a apólice parecesse uma pensão, mas na realidade estavam tentando fazer da morte o melhor negócio possível. As pessoas – o tipo de pessoas com quem fazia negócio – haviam sido educadas com noções de economia, aprenderam a pesquisar os preços e aplicavam essas normas a negócios mais amplos também. Mesmo aqueles que reconheciam que não iam receber o dinheiro encantavam-se com a transação. A morte pode me tirar de circulação, mas, puxa vida, que erro ela vai cometer, porque vai deixar minha mulher nadando em dinheiro. Se ao menos a morte compreendesse *isso*, não seria tão gananciosa.

Seguro de vida. A própria frase era um cintilante paradoxo. A vida. Não se podia segurar a vida, garantir, assegurar a vida, mas as pessoas pensavam que podiam. Sentavam-se na frente da mesa de Gregory pesando as vantagens da própria extinção. Às vezes ele achava que não entendia as pessoas. Conviviam intimamente com tudo; em termos pegajosamente familiares com o prazer, ombro a ombro com a morte e negociando com ela. Para começar, não pareciam surpresas por estarem vivas. Uma vez vivas, procuravam tirar a maior vantagem possível e, quando partiam, procuravam o melhor negócio oferecido. Estranho. Admirável, talvez, mas estranho.

A vida de outras pessoas, sua morte e seus prazeres pareciam cada vez mais misteriosos para Gregory. Observava-os através das lentes dos seus óculos de tartaruga e imaginava por que faziam tudo aquilo. Talvez fizessem – essas coisas comuns

– porque não se importavam muito com o porquê ou o como. Talvez Gregory fosse prejudicado por pensar demais. Sua mãe, por exemplo, que de repente começou a viajar pelo mundo todo. Se perguntavam o porquê, ela sorria e dizia qualquer coisa sobre enganar as Sete Maravilhas. Mas isso não era o *porquê*. E o *porquê* aparentemente não a interessava.

Gregory jamais quis viajar, talvez por ter sido carregado por toda a Inglaterra quando pequeno. Fazia uma ou outra pequena viagem, nada além de uns 200 quilômetros de onde morava, para ver como era a vida em outros lugares. Aparentemente não havia muitas diferenças. Viagens eram cansativas, enervantes, enganosas. Todos diziam que viajar ampliava os horizontes da mente. Para Gregory, o que ampliava a mente era ficar em casa.

Quando pensava em viagens se lembrava de Cadman, o Aviador. Em Shrewsbury, na igreja de Saint Mary, havia uma placa comemorativa. As circunstâncias do voo de Cadman não eram explicadas com detalhes, mas aparentemente, em 1739, esse Ícaro moderno construiu um par de asas, subiu no topo da igreja e saltou. Morreu, é claro. O erro deveu-se ao orgulho do piloto, mas também, tal como Ícaro, a uma falha técnica.

> Não foi por falta de habilidade
> Nem de coragem para realizar a tarefa, que ele caiu;
> Não, não – uma corda defeituosa, muito retesada,
> Apressou o voo de sua alma para as alturas,
> Depois de dar ao corpo, aqui embaixo, boa-noite.

Às vezes, quando levava Jean a algum aeroporto, Gregory pensava em Cadman. Um dos primeiros desastres aéreos. Para fatalidades a porcentagem comum era 100%. Não faltou coragem a Cadman (a placa tinha razão), só cérebro. Gregory procurava pensar nas chances de sobrevivência do Aviador. Não, decididamente não lhe permitiriam comprar uma apólice de seguro.

Contudo, havia algo mais a respeito de Cadman. Além da forma como morrera, Gregory lembrava-se do argumento poético do epitáfio. O Aviador tentou voar e falhou, mas, enquanto seu corpo caía e se esfacelava, a alma ergueu-se e voou. Era, sem dúvida, uma lição de moral sobre a ambição e a vaidade humanas. Se Deus quisesse que os homens voassem, Ele lhes teria dado asas. Mas será que a história não dizia também que Deus recompensava os corajosos, dando-lhes a vida eterna? Nesse caso – se o céu só era alcançado pela coragem – Gregory nem queria calcular suas chances.

Lembrava-se de um episódio da infância. Lançando um avião de... não da torre de uma igreja, mas de um telhado plano ou coisa parecida. Evidentemente não havia colocado bem o motor na fuselagem, porque o jato separou-se do avião. O avião caiu, como o corpo de Cadman, enquanto o motor a jato subia barulhento no jardim, como a alma de Cadman a caminho do céu.

Seria assim que aquelas pessoas – que sorriam timidamente no outro lado da sua mesa, quando ele mencionava milhares de libras – pensavam na morte? Gregory imaginava uma versão mais pública da sua experiência no quintal, o lançamento de uma nave espacial. O enorme e pesado foguete como o corpo e a pequena cápsula em cima dele, como a alma. O corpo com combustível suficiente para que a alma sobrevoasse além da gravidade da Terra. Olhando para a gorda cenoura na rampa de lançamento, podíamos pensar que aquela era a parte mais importante, mas não era. O foguete é descartável, como o corpo de Cadman. Está ali somente para lançar a alma.

Gregory pensou nessas imagens por algum tempo antes de lembrar o fim do voo do seu Vampire. Jean encontrou o motor na cerca viva no fim do quintal. Argumento? Talvez a alma paire acima do corpo, mas só por algum tempo, a alguma distância. A alma pode ser superior ao corpo sem ser tão diferente como todos imaginam. A alma pode ser feita de material mais durável – alumínio, em contraste com madeira-balsa, por exemplo – mas uma matéria que no fim é tão sujeita aos efeitos do tempo, do espaço e da gravidade quanto o corpo do pobre Cadman, ou do seu Vampire dourado.

Rachel sempre foi a menos provável das namoradas de Gregory. Ele era passivo por natureza, e deixava poucos traços de sua passagem pelo mundo. Jean pensava às vezes que, se cobrisse as pontas dos dedos dele com cola de avião, poderia conseguir impressões digitais quase invisíveis. Com sua fraca personalidade, normalmente procurava mulheres mais fracas, mais passivas, mulheres de pele transparente e ar de perdedoras. Rachel era pequena e cheia de vida, olhos castanhos inquisidores e cabelo curto, louro e crespo, do tipo que Jean imaginava só existir em certa raça de carneiros das montanhas. Rachel não só sabia o que pensava como também o que os outros pensavam, especialmente Gregory. Jean ouvira falar sobre a atração dos opostos, mas mesmo assim não acreditava que o relacionamento durasse muito tempo.

A primeira vez que Gregory levou Rachel à casa de Jean houve uma discussão sobre tampas de privada. Pelo menos era assim que Jean lembrava a ocasião, embora Rachel, que havia discutido como se a Batalha da Grã-Bretanha estivesse em jogo, dissesse mais tarde que não se lembrava da conversa. Foi uma dessas discussões que surgem do nada – a fonte natural das discussões, segundo Jean. Depois de ter vivido com Michael, achava que tivera o suficiente para a vida toda. Hoje em dia, porém, as mulheres pareciam estar sempre começando discussões; muito mais do que antigamente. E Rachel trabalhava numa daquelas associações de bairro. O objetivo delas não era manter a paz?

– Muito bem, o que me diz de tampas de privada? – gritou ela de repente para Gregory, os olhos castanhos arregalados, o cabelo parecendo carregado de eletricidade. Jean podia estar enganada, mas achava que ninguém havia falado no assunto antes. – Para quem pensa que são feitas?

– Ora, para gente – respondeu Gregory, com um meio sorriso pedante e, na opinião da mãe, encantador.

– Para os homens – explicou Rachel, arrastando a voz com paciência condescendente –, hooomens.

– Eu não sabia que você teve... problemas – disse Gregory, talvez pensando que uma resposta pacífica provocasse mais irritação. – Quero dizer, teve de ser desentalada de alguma?

– Quando sento numa delas – disse a surpreendente criatura – eu penso, isto foi feito por homens, para outros homens. O que você acha? – perguntou para Jean.

– Francamente, não penso nada. – Seu tom era mais vago do que afetado.

– Muito bem, aí está – comentou Gregory com perigosa complacência.

– Aí está, aí não está – gritou Rachel, preferindo o vigor do argumento à lógica imediata. – Degraus – disse ela –, escadas também. Para descer dos trens. Os pedais dos automóveis. A Bolsa de Valores.

Gregory riu.

– Não vai querer...

– Por que não? Por que não? Por que *vocês* não podem aprender? Por que somos sempre nós? Que tal trocar um pneu? Por que os malditos parafusos são tão apertados que uma mulher não consegue soltá-los?

– Porque, se não fossem, sua maldita roda cairia do eixo. – Mas Rachel não se deixava vencer.

– Descansos para a cabeça – continuou ela. – Juízes. Tipógrafos. Motoristas de táxi. Caminhões misturadores de cimento. *Linguagem*.

Jean começou a rir baixinho.

– Do que está rindo? Para você é muito pior.
– Por que é pior para mim?
– Porque cresceu sem saber dessas coisas.
– Acho que não me conhece o bastante para dizer isso. – Jean gostava da naturalidade de Rachel e da sua confiança.
– Não, eu não estava rindo de você, querida. Estava pensando na Bolsa de Valores.
– Pensando o quê?
– Bem, quando eu era pequena alguém me advertiu contra a Bolsa de Valores. Foi comparada a jogo, trapaça e greve.
– Você não leva as coisas a sério – disse Rachel ofendida. – Devia levar as coisas a sério.
– Bem – disse Jean, tentando levar as coisas a sério –, talvez seja uma boa ideia para as mulheres... tentar se adaptar. Talvez isso faça sua mente mais flexível. Talvez o correto seja termos pena dos homens. Por não serem capazes de se adaptar.
– Esse é um argumento masculino.
– É mesmo? Não será apenas um argumento?
– Não, é um argumento masculino. Um dos que eles nos deram porque sabiam que não funciona. Como se nos dessem um jogo de chaves que não servem nas porcas.
– Talvez por isso vocês não possam trocar um pneu – disse Gregory com um sorriso.
– Ora, foda-se, Gregory.
Sim, pensou Jean, não dou mais de algumas semanas para os dois. Por outro lado, gosto dela.
Eles visitavam Jean com frequência e cada vez Gregory parecia mais ausente. A presença daquela jovem cheia de vida o tornava quase transparente. Rachel cada vez mais se dirigia a Jean. Certa tarde, depois de fazer uma piada sem graça sobre tampas de privada, Gregory desapareceu e Rachel disse em voz baixa:
– Vamos ao cinema amanhã.
– Eu gostaria muito.

– E... não conte ao Gregory.

– Está bem.

Que coisa estranha, pensou Jean na manhã seguinte, um encontro com a namorada do filho. Bem, talvez "um encontro" não fosse a expressão correta para um cinema e jantar no restaurante chinês. Mesmo assim, ficou nervosa e escolheu tanto a roupa que começou a se sentir constrangida. "Eu a apanho às sete", dissera Rachel naturalmente e as palavras soaram estranhas a Jean. Era o que deviam dizer os jovens em Austin Sevens, os namorados com motocicletas e *sidecar*. Os namorados que ela jamais teve, quarenta anos atrás. Agora, eram ditas finalmente por uma jovem, uma mulher com a metade da sua idade.

O filme escolhido por Rachel era agressivo, germânico e político. Mesmo os momentos de ternura eram rapidamente revelados como ilusórios e manipulativos. Jean detestou, mas também achou bastante interessante. Esse tipo de reação era algo que parecia se repetir cada vez com maior frequência. Antigamente – uma palavra que abrangia quase toda a sua vida – interessava-se pelas coisas que a agradavam, e não se interessava por aquilo que a desagradava sequer mais ou menos, para ser franca. Sempre pensou que todos eram assim. Mas parecia ter adquirido uma nova área de reação e agora as coisas que aprovava a entediavam e conseguia simpatizar com as que não gostava. Não tinha certeza das vantagens dessa mudança, mas o fato de que estava se processando era inegável e surpreendente.

Rachel pagou o cinema para as duas e avisou que ia pagar também o jantar.

– Mas eu tenho dinheiro. – Jean começou a procurar na bolsa, antes de o garçom anotar os pedidos. Tirou algumas notas de cinco libras amassadas em forma de bolas. Era assim que sempre levava o dinheiro, para diminuir a vergonha de mostrá-lo aos outros. Notas amassadas podem ser usadas, ou discutidas, sem muito constrangimento.

Rachel inclinou-se sobre a mesa, fechou a mão de Jean sobre o dinheiro e a empurrou para a bolsa. Entre a desordem e os artigos de maquiagem, uma tira opaca dizia: JEAN SERJEANT XXX.

– Você não está com um homem agora – disse Rachel. Jean sorriu. É claro que não estava. Contudo, de certo modo muito curioso, estava. Ou, para ser mais exata, comportava-se como se estivesse. A preocupação com a roupa, o fato de não ter dito sinceramente o que achava do filme, sua atitude de subordinação a Rachel quando chegaram ao restaurante. Talvez fosse a defesa da idade contra a juventude, talvez não.

– Mas você me fez guardar o dinheiro – disse ela. – É o que os homens fazem.

– Não fazem mais.

– Não?

– Não. Hoje, eles aceitam metade do seu dinheiro e depois agem como agiam antes, quando pagavam tudo.

– E como é?

– Fale-me sobre a China.

Na parede do restaurante o mural era uma paisagem oriental de fantasia, um rio cascateante, árvores cor de esmeralda, um céu de Hollywood. Por algum processo primitivo de animação, o rio cintilava e brilhava, enquanto as nuvens se moviam lentamente.

– Bem, não é assim – disse Jean. Notando a atitude imperiosa de Rachel, começou, como diria sua mãe, a cantar para pagar o jantar.

Falaram sobre a China e sobre viagens, depois sobre amizade e casamento. Jean não achou difícil falar da sua vida com Michael, notando as centelhas de raiva retrospectiva na jovem companheira, mas continuando com a maior calma possível. No fim, Rachel disse:

– Não entendo por que você ficou. Por que o casamento durou tanto.

– Ora, os motivos de sempre. Medo. Medo da solidão. Dinheiro. Não admitir que falhei.

– Não, *você* não falhou. Se *você* foi embora, *ele* falhou. É isso que eles não compreendem.

– Talvez. E havia outros motivos. Quando me casei perdi grande parte da minha confiança. Eu não compreendia as coisas. Estava sempre errada. Não sabia as respostas. Nem sabia as perguntas. Mas depois de algum tempo, uns cinco anos, mais ou menos, as coisas começaram a mudar. Sentia-me infeliz e entediada também, eu acho, mas cada vez parecia compreender melhor as coisas. O mundo. Quanto mais infeliz eu estava, mais inteligente me sentia.

– Será que não está invertendo a ordem, quanto mais inteligente ficava, mais infeliz se sentia por ter sido enganada?

– Pode ser, eu não sei. Mas comecei a ficar supersticiosa. Não posso ir embora, eu pensava, porque se ficar menos infeliz vou ficar menos inteligente também.

– E ficou, quando foi embora?

– Não. Mas a questão não é essa. E havia outro motivo que, tenho certeza, vai achar tolo. Provavelmente não vou conseguir explicar muito bem, mas lembro-me de quando aconteceu. Michael e eu não conversávamos muito. Ele zangado, eu entediada, às vezes ele bebia e eu uma vez ou outra desaparecia para deixá-lo preocupado, ou para tentar fazer com que se preocupasse comigo. Quando fazia calor, eu às vezes passava parte da noite no jardim, só para não ficar com ele.

"Bem, esse tipo de coisa. Não muito divertido. Uma noite eu estava sentada no jardim. A casa estava às escuras, como durante o *blackout* da guerra. Nem uma nuvem no céu, uma daquelas luas especiais, clara como o sol do Ártico. Lua de bombardeiro, como chamávamos... E de repente pensei, para que serve este casamento? Para que ficar? Por que não desaparecer simplesmente na noite morna? E, talvez por falta de sono, minha cabeça parecia vazia, mas a resposta era óbvia. Fico porque tudo me diz para ir embora, porque não faz sentido, porque é absurdo. Como não sei quem disse que acreditava em Deus porque era absurdo. Eu compreendia isso perfeitamente.

– Pois eu não compreendo – disse Rachel. – E espero nunca compreender.

– Não conte com isso. Pode se tornar muito cansativo ser racional o tempo todo.

– Mas é por isso que gosto de você – disse Rachel. Nunca é tola.

Jean sorriu, sem erguer os olhos. Sentia um prazer cauteloso.

– Muita bondade sua. Todos supõem que quando as pessoas chegam à minha idade não precisam mais de elogios. Os velhos precisam deles tanto quanto os jovens.

– Você não é velha – disse Rachel enfaticamente.

– Ora, outro elogio. Meu Deus!

Jean gostava de Rachel mas a moça a atemorizava um pouco. A segurança, a zanga. Anos atrás só os homens tinham essa segurança, essa irritabilidade.

Esse o motivo principal de querer morar sozinha. O casamento tinha dois polos magnéticos, raiva e medo. Mas agora as mulheres igualavam-se aos homens na raiva. Intrigava-a o fato de que ultimamente eram as mulheres que rejeitavam os homens, que iam morar com uma amiga, que anunciavam sua liberação da soberania do sexo oposto, que pareciam mais revoltadas. Não deviam estar mais calmas agora que tinham o que queriam? Ou isso seria parte de uma revolta mais ampla contra o mundo criado que só oferecia duas opções, uma delas extremamente inadequada? Jean achava que não devia perguntar isso a Rachel para não irritá-la mais ainda. Essa era outra coisa importante, hoje em dia as mulheres irritavam-se umas com as outras. Nos tempos asiáticos, naquele outro mundo onde os homens mandavam e as mulheres enganavam a si mesmas, onde a hipocrisia era usada como chá de camomila, pelo menos havia uma certa cumplicidade disfarçada entre as mulheres, entre todas as mulheres. Agora havia pensamento aceitável, lealdade e traição. Era como Jean via as coisas. Mas talvez houvesse limites ao que se pode aprender durante a vida. Nossos tanques aceitam apenas uma certa quantidade de combustível e ela estava perdendo altura. Quanto mais baixo estamos, menos vemos.

– Importa-se se eu perguntar sobre sexo? Quero dizer... – Pela primeira vez Rachel hesitou.

– Não, é claro que não, meu bem. Continuou durante todos, todos aqueles anos. por incrível que pareça.

– Era... Era... – Mais uma vez Rachel pareceu incerta. – Era bom?

Jean riu. Apanhou uma xícara de chá de um material desconhecido entre porcelana e plástico, hesitou, tomou um pequeno gole e ouviu o ruído estranho e seco do fundo da xícara tocando o pires.

– Quando estive na China entrou em vigor uma nova Lei Matrimonial. Lembro-me de ter lido a tradução. Era muito completa, cobrindo quase todas as possibilidades. Dizia que não se podia casar com um leproso e dizia que o infanticídio por afogamento era estritamente proibido. Lembro-me de ter lido todas as disposições, imaginando o que o Partido determinava sobre o sexo. Quero dizer, a lei cobre todos os assuntos, de um modo geral. Sobre o sexo havia apenas o artigo 12 – Jean fez uma pausa completamente desnecessária.

– Não vai querer que eu adivinhe.

– Não. O artigo 12 diz: "Marido e mulher têm a obrigação de fazer o planejamento familiar." – Outra pausa, esta mais significava.

– E daí?

– Bem, acho que podemos dizer que Michael e eu tivemos um casamento chinês. Era mais uma questão de praticar o planejamento familiar do que, como vocês dizem hoje, fazer sexo.
– Acho isso muito triste.
– Há coisas piores. Não éramos os únicos. Naquele tempo havia inúmeros casamentos chineses. Acredito que existam ainda. Não parecia tão... importante. Tivemos a guerra e depois veio a paz, e coisas como... – teve dificuldade para encontrar um exemplo – ... coisas como o Festival da Grã-Bretanha...
– Ora, pelo amor de Deus.
– Desculpe. Mas é exatamente o que quero dizer. Não achávamos que outras coisas fossem importantes. Nós não...
– Quer ir para a cama comigo? – perguntou Rachel rapidamente, cabeça baixa, o cabelo crespo apontado para Jean.
– Ora, meu bem, é muita bondade sua, mas sou uma velha...
– Não seja condescendente comigo. Nem com você. – Rachel franzia a testa, furiosa.

Jean recusou-se a levá-la a sério.
– Só porque me pagou o jantar...
– Falo sério.

De repente Jean sentiu-se muito mais velha do que aquela jovem e um pouco farta dela.
– Venha. Vamos embora – disse ela. – Pague a conta.

Todavia no carro pôs a mão no ombro de Rachel. Seguiram em silêncio por algum tempo, Rachel ocasionalmente xingando outros motoristas. Então, sem olhar para Jean, ela disse:
– Não sou tão grosseira quanto pensa.
– Eu não disse que era.
– Com Gregory, quero dizer. Só que há alguma coisa nele que me irrita.
– Nesse caso, ficará melhor sem ele.
– Gregory nunca pensa em ser homem. Não quero dizer *ser homem* no sentido de escalar montanhas e coisas assim. Ape-

nas ser homem. Ele não pensa nisso. A maioria deles não pensa e Gregory não é melhor do que o resto. Só pensa que ele é *o* normal.

– Acho que Gregory é um homem muito sensível.

– Não é disso que estou falando. Não estou falando *disso*. O caso é que ele pensa que ser homem é ser normal, que nós, as mulheres, somos um desvio da espécie.

– Está dizendo isso por causa do modo como eu o criei?

– Não, quero dizer, Cristo, se tivesse sido educado com outro homem em casa talvez fosse pior.

– Obrigada pelo elogio – disse Jean ironicamente.

Seguiram, com a umidade das nuvens descendo sobre o carro.

– O problema com a pílula – disse Rachel de repente – é que podemos trepar com quem não gostamos.

– E por que alguém faria uma coisa dessas?

Silêncio. Oh, meu Deus. Errada outra vez. Acabava de fazer uma pergunta que não era uma pergunta. Quanto você ganha? Quer ir para Xangai?

– Quando Michael morreu – disse Jean, sem saber por que tinha pensado no assutlto –, me deixou todo o dinheiro que tinha. A casa. Tudo.

– É claro – disse Rachel zangada. – O merda. O grande pai. Para que você fosse grata a ele.

Jean não achou que era o bastante.

– Mas o que você diria se ele não me deixasse nada?

Na semiobscuridade do carro, Jean viu o sorriso de Rachel.

– Teria dito, o merda, o grande pai. Tirou os melhores vinte anos da sua vida e ainda quer castigá-la e fazer com que se sinta culpada, no fim.

– Na verdade – disse Jean –, ele não deixou testamento. Pelo menos não foi encontrado nenhum. Morreu intestado. Assim, Gregory e eu herdamos tudo. O que você acha disso?

Rachel estava quase rindo de tanta irritação.

– O merda. O grande pai. Não resolveu se era melhor fazer com que se sentisse culpada ou agradecida. Queria as duas coisas, mesmo morto. Queria ter certeza de que você ia passar o resto da vida tentando resolver. Típico.

– Então, ele não podia ganhar?

– Não, na minha opinião. Na opinião dele, venceu completamente.

– Eu costumava pensar que sabia todas as respostas – disse Jean. – Por isso o deixei. Sei o que devo fazer, eu pensava. Talvez seja preciso nos convencermos de que sabemos as respostas para fazer alguma coisa. Pensei que sabia as respostas quando me casei, ou pelo menos pensei que ia saber. Pensei que sabia as respostas quando o deixei. Agora não tenho certeza. Ou melhor, agora sei as respostas para coisas diferentes. Talvez seja isso, só podemos saber as respostas de um determinado número de coisas num dado tempo.

– Está vendo – disse Rachel –, Michael ainda consegue fazer com que pense nele. O merda.

Quando chegaram perto da casa de Jean, Rachel começou a falar outra vez.

– Uma vez saí com um homem. Boa companhia, inteligente, delicado, nada mau para um homem. Tudo estava bem. Até que o surpreendi observando-me quando me satisfazia.

– Quer dizer... espiando na janela?

– Não, Jean, não da janela. – Oh meu Deus, pensou. Jean, ainda estamos falando disso. – Não da janela. Na cama. Sexo. Trepada.

– Sim.

– Ele costumava me observar. Como se eu fosse um animal de circo. Como vão as coisas aí embaixo? Com o rabo dos olhos. Era arrepiante. Resolvi me vingar. Percebi que o relacionamento estava no fim, mas queria realmente me vingar. Fazer com que se lembrasse de mim.

"Comecei a fingir que não conseguia o orgasmo. Fica chocada com isso?"

Jean balançou a cabeça. Nossa, como as coisas tinham mudado. Rachel continuou em tom agressivo, mas Jean percebia uma ponta de insegurança.

– A princípio foi muito difícil e às vezes eu não conseguia, mas em muitas outras tinha sucesso. E eu o peguei. Primeiro me satisfazia, mas sem demonstrar, depois fazia com que ele continuasse, fingindo que eu estava acima do horizonte, não muito longe, apenas próximo da primeira curva, você entende. E então eu o deixava satisfazer-se como um menino de escola. Não, tudo bem, não tem importância. Então, quando ele estava quase dormindo, eu fingia que me masturbava um pouco. Nada dramático, só para que ele visse o que eu estava fazendo, fingindo que não queria que ele visse para não ficar ofendido. Ele não aguentou. Foi demais. O merda.

Para que tanto trabalho, pensou Jean, descendo do carro. Primeiro o trabalho de fazer aquilo, depois me contar. A não ser que... ela não estava falando de Gregory, estava? Tentou se lembrar dos seus piores momentos com Michael. Dias escuros, sob um céu raivoso, noites solitárias sob a lua de bombardeiro. Lembrava-se da tristeza, do desapontamento, da zanga, mas nada parecido com o desprezo demonstrado por Rachel. Seria uma questão de caráter ou de geração? Todos diziam que as mulheres tinham mais liberdade, mais dinheiro, mais escolha agora. Talvez não fosse possível obter tudo isso sem enrijecer o caráter. Isso explicava por que as coisas quase sempre pareciam piores, não melhores, e por que gostavam tanto de chamar agressão de honestidade. Ou talvez, pensou Jean, talvez haja uma explicação mais simples. Eu esqueci o que sentia naquele tempo. Nossa mente tem o hábito de depositar as lembranças desagradáveis no fundo da sua lata de lixo. O esquecimento do medo de ontem garante a sobrevivência de hoje. Quando eu vivia com Michael talvez sentisse essa raiva e esse desprezo, mas os sufoquei com um travesseiro, como se fossem dois gatinhos barulhentos, e agora não me lembro mais onde enterrei os corpos.

Rachel disse: "Adoro ver o medo nos olhos de um homem quando encontra uma mulher inteligente." Rachel disse: "Se há uma coisa que desprezo é um homem que explora uma mulher." Rachel disse: "Só uma mulher pode compreender uma mulher." Rachel saiu de casa com 16 anos, morou em várias cidades grandes, muito tempo em casas que não aceitavam homens. Rachel disse: "Os homens estão espancando as mulheres muito mais do que antes. Os homens estão matando crianças." Rachel disse: "Qual a diferença entre um homem e um pedaço de cocô? É que você não precisa abraçar o cocô depois de satisfazer suas necessidades." Rachel disse: "Tudo se resume em dinheiro e política, pode crer." Rachel disse: "Não estou criticando, apenas penso que você está ainda esperando um homem para responder a todas as suas perguntas."

Jean imaginou uma gangorra pintada de verde oficial num parque municipal. Um· homem gordo de terno completo sentado numa das pontas, quase encostando no chão. Com dificuldade, Jean subia no outro lado, mas seu pouco peso muito perto do centro não produzia nenhum resultado. Rachel chegou, subiu como um macaco para a ponta da gangorra e ali, sem pensar em segurança e nem no asfalto lá embaixo, começou a dar grandes pulos no ar. O homem gordo de terno pareceu incomodado por um momento, mas depois acomodou as nádegas e tornou a sentar, sem tirar os calcanhares do chão. Depois de algum tempo Rachel desceu da gangorra, zangada. Mais tarde, cautelosamente Jean desceu também e se afastou, O homem gordo não parecia aborrecido, Logo apareceria alguém. Além disso, o parque era dele.

Rachel disse: "*Três* sábios – fala sério?" Rachel disse: "Se podem pôr um homem na lua, por que não levam todos para lá?" Rachel disse: "A mulher precisa do homem como a árvore precisa de um cão com a perna traseira levantada." Certa vez, quando lhe deram os sapatos do pai para engraxar, Rachel os untou com pasta de dentes. Tinha visto a inteligência da mãe desgastar-se nos cálculos dos preços das comidas enlatadas. Vira o pai segurar a mãe, na macia gaiola das suas mãos. Rachel disse: "Um homem num cavalo branco, está tudo bem, mas quem vai limpar a sujeira do animal?" Rachel disse: "Nascer mulher é nascer canhota e ser obrigada a escrever com a mão direita. Não é de admirar que sejamos todas gagas." Rachel disse: "Acha que estou gritando? Pois não sabe o quanto são surdos."

Jean imaginou se por acaso o pai de Rachel a maltratava, se seu primeiro envolvimento com um homem fora traumatizante, mas Rachel adivinhou esse pensamento antes mesmo de Jean começar.

– Jean – disse ela –, esse é um argumento masculino. A chave de parafuso não serve na porca.

– Eu só estava pensando... – disse Jean.

– Pois pare de pensar. Não é preciso ser estuprada para ser feminista. Não precisamos ter a aparência de um mecânico de automóveis. Basta ser normal. Basta ver as coisas como elas são. Tudo é tão óbvio. Tudo é tão cretinamente óbvio.

Rachel disse: "Para um homem, mulher pode significar vida. Mas o que pode significar *marido*? Nada, ou talvez *latido*." Jean disse: "Acho que vocês não estão dando muitas chances aos homens." Rachel disse: "Agora eles sabem o que sentimos."

Começaram a sair uma vez por semana. Cinema, jantar, conversas nas quais uma parodiava afetuosamente a outra. Na terceira noite, Jean insistiu em pagar o jantar e depois, no carro, na frente da sua casa, Rachel inclinou-se e beijou-a no rosto.

– É melhor entrar antes que o Papai fique zangado.

Na quarta noite, no restaurante indiano onde Jean pensou que o cozinheiro tinha enlouquecido com corante de tangerina,

Rachel sugeriu que Jean fosse à casa dela. Jean riu, dessa vez o convite era menos do que uma surpresa.

– Mas o que elas fazem? – perguntou ousadamente.

– Elas?

– Elas – repetiu Jean, sem coragem para dizer *as lésbicas*.

– Bem... – disse Rachel com voz firme, e Jean imediatamente ergueu a mão.

– Não, eu não quis dizer isso. Não – de repente, para ela *elas* eram *nós*, uma imagem ridícula e embaraçosa. Além disso...

– Além disso o quê? Além do Festival da Grã-Bretanha?

– Além disso, não acho que você seja... *lésbica*. – Dessa vez conseguiu dizer, a pausa desinfetando a palavra, fazendo-a parecer distante e teórica, de modo nenhum aplicável a Rachel.

Sua pequena companheira loura segurou-a pelos pulsos e seu olhar intenso e firme impediu que Jean desviasse os olhos.

– Eu trepo com mulheres – disse em voz lenta e firme. – Isso é lésbica o bastante para você?

– Gosto muito de você para que aceite que seja lésbica.

– Jean, essa é a observação menos inteligente que já fez.

– Quero dizer que não se trata tanto de se vingar dos homens. O que sua geração chama de motivos políticos. São outras coisas, não é só... sexo.

– E desde quando sexo é só sexo?

Sempre, Jean teve vontade de dizer, mas estava claro que era a resposta errada. Talvez não tivesse experiência suficiente para discutir com Rachel. Por que ela sempre irritava as pessoas?

– Além disso, você compreende, eu não quero.

– Ah. Tudo bem, isso é outra coisa completamente diferente.

Jean olhou para Rachel, para o queixo saliente e os olhos castanhos agressivos. Como alguém podia parecer tão furiosa não por desapontamento, mas furiosa de desejo? As frases inundaram a mente de Jean – *ela é uma coisinha muito bonita; cheia de personalidade, gosto muito dela*, mas compreendeu que eram os chavões com que a idade amacia a juventude. Tinha pena de Rachel, suficientemente jovem ainda para que as coisas saíssem certas ou erradas. O orgulho ou a culpa ainda eram coisas futuras. E então, distante desse orgulho ou dessa culpa, uma idade que Jean quase temia desejar, a idade do desligamento, um estado tanto visceral quanto cerebral. Ultimamente, quando ouvia uma história ou via um filme, não se importava tanto com a felicidade ou infelicidade do final, só queria que fosse certo, correto, de acordo com sua própria lógica. Era assim com o filme da sua vida. Suas ambições não eram mais especificamente de felicidade ou segurança financeira ou saúde perfeita (embora incluíssem os três), porém mais generalizada, a continuidade da certeza de certas coisas. Precisava estar certa de que continuaria a ser ela mesma.

Não podia explicar tudo isso para Rachel, por isso tinha dito: *Além disso, você compreende, eu não quero...* Porém, mais tarde, acordada na cama, na noite morna, não tinha certeza de que queria dizer isso. Pensou em Prosser na sala de descanso, fazendo tilintar as moedas no bolso. Pensou nos homens de uniforme azul passando o sal mais delicadamente do que antes, e isolando-se silenciosos nos cantos.

Não ficou muito surpresa quando concordou em dormir com Rachel. Os velhos precisam de elogios tanto quanto os jovens, tinha dito, e o desejo é uma forma de elogio.

– Meu corpo já não é tão bonito quanto antes – disse, quando chegaram ao apartamento de Rachel. Pensou nos seus seios, nos braços, na barriga. – Será que podia me emprestar uma camisola?

Rachel disse, rindo, que não tinha nenhuma camisola, mas arranjou alguma coisa que servia. Jean foi ao banheiro, escovou os dentes, lavou-se, subiu na cama e apagou a luz. Deitou de costas para o centro da cama. Ouviu os passos de Rachel, depois o peso do corpo no outro lado. Um baque surdo. Tum. Como

o tio Leslie na rampa do campo atrás do caminho para o 14.
Jean murmurou:
– Acho que tenho de voltar para casa ainda esta noite.
Rachel encaixou o corpo nas costas dela. Colheres, pensou Jean, como na sua infância. Ela e Michael eram como uma colher e uma faca. Talvez essa fosse a resposta.
– Não precisa fazer nada que não queira fazer – disse Rachel.
Jean respirou fundo num murmúrio. Mas e se não quisesse fazer absolutamente nada? Ficou tensa enquanto Rachel a acariciava, atenta para não demonstrar nenhum sinal de prazer. Depois de algum tempo Rachel parou. As duas adormeceram.
Tentaram mais duas vezes, se é que tentar é a palavra certa. Jean ficava deitada de lado com a roupa emprestada, prendendo a respiração. Queria querer – mas a conquista dessa vontade parecia inacessível. Quando percebia que Rachel estava dormindo, relaxava e dormia como nunca em sua vida. Imaginou se seria possível continuar assim. Era pouco provável. Mas só pensar em alguma coisa a mais a fazia entrar em pânico, lembrando aridez, idade.
– Acho que não tenho coragem para dormir com você, querida – disse quando se encontraram outra vez.
– Não é coragem nenhuma dormir com alguém. Geralmente é o contrário.
– Pois eu acho que é. E muita. Tem de desistir de mim.
– Sabe, na verdade não tentamos muito.
– Eu gosto do sono depois. – Jean arrependeu-se imediatamente dessas palavras.
Rachel franziu a testa. Por que o sexo sempre deixava as pessoas zangadas? Ocorreu-lhe então uma ideia inquietante.
– Lembra-se da história que me contou... sobre não ter prazer com alguém... um homem, na cama?
– Lembro.
– Foi com Gregory?

Rachel riu.

– Não, é claro que não. Se fosse eu não teria contado.

Jean ficou aliviada, pelo menos não havia nenhuma maldição sexual na família, inevitavelmente visitada por Rachel. Mais tarde, porém, começou a se preocupar. Se Rachel era capaz de um ato sexual difícil com o corpo, sem dúvida podia realizar algo fácil com as palavras.

Talvez, a despeito do que Rachel dizia, fosse um ato de coragem ir para a cama com outra pessoa. Ou pelo menos podia ser um ato de bravura. E talvez ela tivesse esgotado seu estoque de coragem. Como Prosser Nascer do Sol, conversa fiada, é só conversa fiada, covarde, queimado duas vezes. Rachel disse que era um ato corajoso ter deixado Michael e um ato de bravura criar Gregory sozinha. Para Jean, nada disso era bravura, apenas o óbvio. Talvez a bravura consistisse em fazer o óbvio quando as outras pessoas o consideravam nada óbvio. Como ir para a cama parecia óbvio, logo, sem bravura, para Rachel. Para Jean não era óbvio e esgotava toda a sua coragem. As pessoas acabam se esgotando, suas baterias não podem ser recarregadas e nada se pode fazer a respeito. Oh, meu Deus.

Ou talvez não tivesse nada a ver com coragem. Talvez existisse uma palavra diferente em tempo de paz. Não devia ser permitido o uso da palavra *corajoso* a não ser para bombeiros ou especialistas em desarmar bombas ou coisa assim. A gente fazia uma coisa ou não fazia, isso era tudo.

A notícia da doença do tio Leslie chegou num telefonema gritado da sua senhoria, a Sra. Brooks. O tio Leslie vivia de diversos empregos secretos, um pouco de jogo e algum parasitismo astuto para não chamar atenção desde a sua volta da América, um bom tempo depois do fim da guerra. Sempre morou em lugares pobres, às vezes mudando-se às pressas, mas, de um modo geral, comportando-se bem. Com a idade, aperfeiçoou seu sistema de trocas. "Não se incomodaria de trocar esta tomada para mim, Sr. Newby?" "Não se importa se eu compartilhar do seu almoço, Sr. Ferris?" Essas foram as primeiras frases que Gregory ouvira do seu tio-avô Leslie. Nos últimos anos Leslie levara Gregory ao bar várias vezes, mas nunca Gregory viu dinheiro mudar de mãos, exceto quando era sua vez de pagar. Talvez no fim da vida Leslie tivesse se transformado num desses beberrões que percorrem os bares recolhendo copos das mesas, em troca de algumas doses no fim da noite, e que parodiam com as vogais muito longas a frase do dono do bar, "Hora de fechar, cavalheiros, por favor!"

– Como vai, pequena Jeanie? – Há anos ele não a chamava assim. Jean estava com mais de 60 anos, mas não se importou.

– Como vai você?
– Estou afundando, é assim que estou. Estou afundando.
– É isso que os médicos dizem?
– Não dizem porque eu não pergunto.

O tio Leslie estava amarelo e magro, o bigode maltratado, o cabelo ralo e preto num redemoinho de brilhantina.

– Então, estou com aquela coisa de que ninguém fala. Apanhei uma dose de se-ele-não-perguntar-nós-não-dizemos.

Jean sentou na cama e segurou a mão fria e seca.

– Você sempre foi uma pessoa tão corajosa – disse ela. – Acho que eu nem pensaria em sair do país se você não tivesse saído antes. E você me mandou para as Pirâmides.

– Bem, não a aconselho a me seguir para onde estou indo agora.

Jean não respondeu. Não havia muito para dizer.

– Além disso, eu sempre fui um garganta. Provavelmente você me achava um cara ousado quando era pequena. Pois eu era tão fanfarrão quanto sou agora. Sempre fugindo. Sempre fugindo. Nunca fui corajoso.

– Não existe coragem sem medo – disse Jean com firmeza. Não queria que o tio Leslie começasse a sentir autopiedade. Além disso, era verdade.

– Talvez não – disse tio Leslie. Fechou os olhos e continuou com um fraco sorriso. – Mas uma coisa eu digo. Pode se ter medo sem ter coragem.

Jean não sabia o que dizer, até lembrar uma pequena cabana rústica que parecia uma imensa casa de passarinho.

– Leslie, quando nós íamos ao Velho Refúgio Verde...

– Ah, acha que é para lá que vão os velhos golfistas quando morrem? – Mais uma vez ela não sabia o que dizer. – Não, tudo bem, pequena Jeanie. Velhos golfistas nunca morrem, só perdem as bolas.

– Quando íamos ao Velho Refúgio Verde você costumava fazer o truque do cigarro.

– Que truque era esse?

– Você fumava o cigarro inteiro sem deixar cair a cinza. Ia inclinando o corpo para trás lentamente até a cinza ficar equilibrada na vertical.

– Eu fazia isso – Leslie sorriu. Pelo menos tinha algum conhecimento, alguns segredos ainda. De um modo geral, a única coisa que as pessoas queriam saber, no seu caso, era como é o ato de morrer. – E você quer saber o truque?

– Sim, por favor.

– O truque é enfiar uma agulha no sentido do comprimento do cigarro. Todo aquele negócio de inclinar a cabeça para trás era para parecer mais real. Por isso a gente não faz quando há um pouco de vento, nem ao ar livre, quando é possível, e sempre se manda todo mundo conter a respiração. Pensam que podem estragar tudo se não obedecerem. Isso sempre ajuda. Provavelmente você pode fazer o truque no meio de um furacão que a cinza não cai. Não que eu tenha tentado. Mas também não é o melhor cigarro do mundo. A gente sente o tempo todo um gosto de metal.

– Leslie, você é um velho esperto.

– Bem, a gente precisa ter sempre um truque na manga, certo?

Na segunda visita de Jean, Leslie parecia mais fraco e pediu para ver Gregory. Desde os 5 anos – quando Leslie começou a reconhecer sua existência oficialmente – o sobrinho-neto recebia uma série de presentes de Natal. Aos 6 ganhou um suporte para soltar fogos; aos 7, uma coleção de cartões estereoscópicos, sem o aparelho para vê-los; aos 10, o kit do Lysander sem o trem de pouso; aos 11, uma bomba de bicicleta; aos 12, três lenços de linho com a inicial H. Só faltava uma letra, pensou ele. Quando tinha 14 anos, recebeu algumas notas de dinheiro francês há anos retiradas de circulação, que criaram complicação para Gregory quando tentou trocá-las no banco. E, quando tinha 21, recebeu uma fotografia autografada do tio Leslie, tirada muitos anos antes, provavelmente na América. Depois do desapontamento inicial, Gregory começou a se orgulhar dos presentes. Para ele, não indicavam pouco caso do tio, mas ao contrário o cuidado de dar ao sobrinho-neto alguma coisa inteiramente característica do tio Leslie. Nesse sentido os presentes nunca falhavam. Gregory chegou a passar alguns anos com medo de que o aparelho estereoscópico aparecesse algum dia, ou que sua mãe comprasse um. Isso teria arruinado tudo.

A Sra. Brooks, em cuja casa Leslie havia morado durante mais de cinco anos, era uma mulher magra e desligada que por algum motivo sempre falava gritando. Não tinha nada a ver com surdez, como o tio Leslie havia provado, diminuindo o volume do rádio às escondidas e observando a reação dela. Era simplesmente um hábito não corrigido durante tanto tempo que ninguém mais sabia sua origem, e ninguém se importava.

– ELE ESTÁ MUITO MAL – gritou ela para a rua quando abriu a porta para Gregory. – NÃO ACHO QUE POSSA MELHORAR – gritou ela para o térreo e o primeiro andar da pensão, enquanto ajudava Gregory a tirar o sobretudo.

Felizmente o quarto do tio Leslie ficava no último andar, um sótão espaçoso cuja tendência para aquecer demais no verão e cuja proximidade das caixas de água gorgolejantes eram fortes motivos a favor dele nas negociações sobre o aluguel suposto.

Estendendo os dois braços com as mãos espalmadas, Gregory manteve a Sra. Brooks no andar térreo. Bateu levemente na porta e entrou. Nunca havia visitado o tio Leslie em casa, e ao entrar sentiu imediatamente uma estranha nostalgia. É claro, pensou ele, daqui saíram todos os meus presentes de Natal. O lugar parecia uma loja de caridade com pouco movimento. Havia uma arara com roupas dos mais diversos tamanhos, três Hoovers e algumas peças sobressalentes, um vaso de vidro bisotado com uma marca amarela de espuma no meio, uma porção de livros em brochura com o canto superior direito cortado e os preços em shillings e pence, um velho barbeador Electrolux rosa-pérola, ainda na caixa, de desenho tão antiquado que parecia outra coisa qualquer, talvez um aparelho de estimulação sexual de função pouco conhecida, uma pilha de pratos desparelhados, várias malas, cujo volume conjunto excedia de muito o conteúdo do quarto, e uma lâmpada tipo standard acesa mesmo às onze horas daquela manhã de primavera.

– Caro rapaz – murmurou Leslie, de certo modo enfatizando a palavra rapaz, fazendo com que Gregory sentisse que era um termo concedido somente às pessoas definitivamente adultas –, caro rapaz.

Gregory ignorou a caixa coberta com pano xadrez com o tampo curvo que talvez servisse de cadeira. Não sabia o que dizer em ocasiões como aquela – supunha que fosse uma "daquelas ocasiões", mas não importava, uma vez que Leslie, mesmo ficando em silêncio por alguns minutos, conduzia a conversa. Pensava na Sra. Brooks.

– Ela contou como a convenci a me deixar morrer aqui? Gregory estava cansado de saber que com o tio não devia começar com ora, não diga isso.

– Não.

– Eu disse que ia contar tudo ao Imposto de Renda.

– Leslie, seu velho vilão. – Gregory achou que era o elogio mais apropriado.

Leslie o aceitou como tal, levando a ponta do dedo ao lado do nariz. Parecia fraco demais para dar pancadinhas.

– A velha tola teve de fingir que era a minha cunhada havia muito tempo desaparecida, ou coisa assim. Foi o único jeito do hospital me deixar sair. Tome um comprimido, meu rapaz. – Fez um gesto na direção da fileira de cilindros de plástico na mesa de cabeceira. Gregory balançou a cabeça. – Tem razão, também não gosto deles.

Ficaram em silêncio por algum tempo, Leslie com os olhos fechados. Seu cabelo estava negro como sempre – talvez ele tivesse uma loção barata na sacola de banho, pensou Gregory –, mas as sobrancelhas estavam completamente brancas e o bigode meio a meio. A pele amarelada pendia flácida dos ossos da face, quando em repouso, porém havia algum encanto na expressão do rosto. Parecia o homem do parque de diversões que convida as pessoas para ver a Mulher Barbada. Você entra e sabe que a barba está grudada no rosto dela, e ele sabe que você sabe, e você sabe que ele sabe que você sabe, mas de certo modo é impossível acusá-lo de má-fé por isso. "Não deixe de ver a Mulher Barbada", você diz quando sai e passa pela multidão lá fora. "A melhor Mulher Barbada ao sul."

Ocasionalmente Leslie dizia alguma coisa, os olhos tentando se abrir quando a boca se abria. Não falou mais na morte, e Gregory achou que o assunto estava encerrado. Falou um pouco sobre Jean, confidenciando para Gregory:

– Sua mãe era uma grande gritadora. – E fechou os olhos outra vez.

Gregory perguntou a si mesmo o que ele queria dizer. Talvez "gritadora" fosse uma pessoa "dissoluta", como eles costumavam dizer então. Mas isso não parecia combinar com sua mãe. Devia ser alguma gíria de antes da guerra. Ia procurar saber se não esquecesse.

Depois de algum tempo, Gregory pensou em dizer a Leslie o quanto sempre gostou dele e como gostava daquelas histórias de guerra que Jean desaprovava tanto. Mas podia parecer indelicado, quase cruel. Murmurou apenas:

– Lembra-se daqueles cartões estereoscópicos que me mandou? Eu estava pensando neles outro dia.

– Aqueles o quê?

– Aqueles cartões. Uma espécie de transparências coloridas, só dois lado a lado. Então, você os coloca no aparelho próprio, vira contra a luz e vê desenhos de campos de caça na África ou do Grande Canyon. Só... que você nunca mandou o aparelho para ver. – Por mais que tentasse, Gregory não conseguiu manter o tom de reclamação na voz, mesmo porque não era o que sentia.

– Huh – disse Leslie com os olhos firmemente fechados –, huh. – Estaria refletindo sobre a própria maldade ou sobre a ingratidão do sobrinho? Lentamente os olhos se abriram fixando-se num ponto além do ombro de Gregory. – Se procurar ali, vai encontrar o pedaço que falta.

– Não. Não, tio, francamente, eu... Eu não quero o outro pedaço.

Um dos olhos ficou aberto por algum tempo examinando Gregory, julgando-o idiota demais para ser descrito em palavras, e fechou-se. Alguns minutos depois, tio Leslie disse:

– Leve o barbeador, então.
– O quê?
– Eu disse, leve o barbeador, então.
Gregory olhou para a cômoda. O Electrolux cintilava, rosado.
– Muito obrigado. – Compreendeu que era o presente perfeito.
– Porque, se você não levar, ela vai usar para raspar as pernas.
Gregory deu uma risadinha abafada erguendo os lábios num leve sorriso. Olhou para o rosto de parque de diversões do tio. Finalmente, sem abrir os olhos, Leslie pronunciou as últimas palavras que Gregory ouviu dele.
– Isto não tem nada a ver com o Mercado Comum, você sabe.
É evidente que não tinha. Gregory levantou-se e pôs a mão aberta no ombro do tio, sacudindo-o o mais levemente possível, apanhou o barbeador em cima da cômoda e o enfiou no bolso para a Sra. Brooks não pensar que o havia roubado (exatamente o que ela pensou quando deu por falta do aparelho), e saiu.
Depois da morte de Leslie, Gregory ajudou a Sra. Brooks a limpar o sótão.
– É MELHOR MANDAR TUDO PARA OXFAM – gritou ela, informando o segundo e terceiro andares do seu estabelecimento. Quando empurraram a cama, Gregory pisou em alguma coisa que estalou sob seus pés. Um saquinho com peixe e batatas fritas, atirado ali há meses e já sem óleo. Gregory o apanhou, procurando o cesto de papéis. Não havia. Todo este lixo, pensou ele, e nenhum recipiente para colocá-lo. No escritório, enquanto negociava com aqueles que trocavam a morte por dinheiro, Gregory pensou na vida e morte do tio Leslie. O comportamento de Leslie naquela última visita não só o havia comovido como também impressionado. Mencionou sua morte iminente embutida numa piada logo que Gregory chegou, e depois falou sobre outras coisas. Não fez da ocasião um adeus, embora fosse

exatamente isso, não se entregou à autopiedade, nem procurou provocar as lágrimas do visitante. O que fazia a sua morte menos terrível do que poderia ter sido. Para Gregory, Leslie fora, na falta de outra palavra, corajoso.

Aquela morte parecia dizer alguma coisa. Leslie, que fugira da guerra, que havia trapaceado e vivido de expedientes, que seria chamado de malandro até por Jean se não fosse da família, morreu corajosamente, até com certa graça. Ou seria isso. Uma moralidade exagerada? Afinal, ninguém tinha certeza de que Leslie havia fugido da guerra – era apenas o que o pai de Jean dizia. Leslie referia-se àquele tempo como "quando eu estava nos Estados Unidos". Não sabiam se fora obrigado àquele modo de vida pela pobreza, e Gregory não sabia realmente como Leslie havia morrido, como fora o fim. Talvez os comprimidos tivessem evitado a dor, nesse caso podia ser considerado corajoso? Claro que sim, considerando o fato de que teve de enfrentar o conhecimento da própria morte. Mas talvez existissem remédios para anular esse conhecimento, para purgar e adoçar a morte. Gregory esperava que existissem.

Então o que seria uma boa morte? Seria possível ainda ter uma boa morte, ou seria uma ilusão acreditar que jamais houve alguma – mortes corajosas, estoicas, consoladoras, afetuosas – no passado? Seria "boa morte" uma daquelas frases que na verdade nada tinham a ver com a coisa a que se referiam, como o nome de um animal que nunca existiu – um crocodilo alado, por exemplo? Ou talvez uma boa morte fosse apenas a melhor morte que se pode ter nas circunstâncias, independente da ajuda médica. Ou ainda, mais simples, a boa morte seria qualquer morte não envolta em agonia, medo ou protesto. Sob esse ponto de vista – aliás, sob qualquer ponto de vista – tio Leslie teve uma boa morte.

* * *

Jean lembrava-se da China. Talvez por isso não se sentira tão estranha como esperava naquele país, porque estar na China era como estar com um homem. Os homens fazem mágicas com peixinhos dourados e esperam que as mulheres fiquem impressionadas. Os homens dão de presente casacos de pele de cachorro. Os homens inventam o *bonsai* de plástico. Os homens dão minúsculos livros de endereço de plástico pensando que você não precisa de mais espaço para anotar. Os homens em certos lugares são muito primitivos, vão para o mercado com porcos amarrados no bagageiro da bicicleta. Acima de tudo, havia o modo como os homens falam com você. Nos tempos asiáticos. O templo estava lepintado. Cultivamos aloz. Aqui é o *sobbing center*. Falam através de um megafone mesmo quando você está a poucos metros deles. E, quando as pilhas acabam, ainda preferem gritar através do instrumento em vez de adotar a frágil igualdade de viva voz. Ou então falam do outro lado de um muro circular, e você, com o pescoço esticado, mal consegue distinguir uma voz de muitas outras. E quando fazemos perguntas simples – "Você quer ir para Xangai?" – não respondem. Fingem que há alguma coisa errada com a pergunta. Que não é uma pergunta verdadeira. Por que pergunta isso? Não há resposta porque não há pergunta. Aqui é o *sobbing center*. Ponha o dedo no meio do nó e ajude-me a amarrar o porco. O templo foi lepintado. Nos tempos asiáticos. Não esqueça que vivemos nos tempos asiáticos, sempre vivemos nos tempos asiáticos.

TRÊS

"A imortalidade não é um tema erudito."

Kierkegaard

Como diferenciar uma boa vida de uma vida má, uma vida desperdiçada? Jean lembrou-se da chefe na fábrica de jade, na China, a quem perguntaram como se pode distinguir o jade bom do que não é bom. Através do intérprete e de um megafone sem pilhas, veio a resposta: "Você olha para ele e olhando reconhece suas qualidades." Hoje essa resposta não parecia tão evasiva.

Muitas vezes Jean tentara imaginar como seria envelhecer. Com 50 anos, sentindo-se ainda como se tivesse 30, ouviu no rádio a palestra de um gerontólogo. "Coloque pedaços de algodão nos ouvidos", disse ele, "e pedrinhas nos seus sapatos. Calce luvas de borracha. Passe vaselina nas lentes dos óculos e pronto, envelhecimento instantâneo."

Um bom teste mas evidentemente com uma falha. Ninguém envelhece instantaneamente, nunca, se tem memória bastante para a comparação. Quando olhava para trás, para os últimos quarenta anos dos quase cem que tinha agora, também não parecia ter sido, inicialmente, nem uma questão de privação sensorial. Envelhecemos primeiro não aos nossos próprios olhos, mas aos olhos dos outros. Depois, lentamente concordamos com a opinião deles. Não significa que não podemos caminhar tanto quanto antes, e sim que as outras pessoas não esperam que possamos, e se elas não esperam será vã teimosia insistir.

Aos 60 anos Jean sentia-se ainda jovem. Aos 80, sentia-se como uma mulher de meia-idade com alguma coisa errada, com quase 100 não se preocupava mais em pensar se sentia-se ou não mais jovem do que era – não tinha sentido. Ficava satisfeita por não estar presa a uma cama, como talvez estivesse no passado, mas de um modo geral aceitava o avanço da ciência médica como um fato. Cada vez mais vivia dentro da própria mente e contente por estar ali. Lembranças, eram tantas as lembranças passando céleres pelo seu céu como o tempo inconstante da Irlanda. A cada ano seus pés pareciam mais distantes das suas mãos, deixava cair as coisas, cambaleava um pouco, tinha medo. Porém, o que mais notava era o zombeteiro paradoxo da idade avançada. Como tudo parecia demorar muito mais do que antes, mas, apesar disso, o tempo passava muito mais depressa.

Aos 87 anos Jean começou a fumar. Os cigarros finalmente foram declarados inócuos e depois do jantar ela acendia um, fechava os olhos e tragava alguma lembrança viva do século anterior. Sua marca favorita era Numbers, um cigarro que quando foi lançado era dividido por linhas pontilhadas em dezoito minúsculas partes, numeradas de um a dezoito – uma benevolente artimanha do fabricante para a pessoa saber quanto fumava de cada cigarro. Depois de uns dois anos, porém, num verão em que tiveram dificuldade para o lobby computadorizado, houve uma discussão (que, na opinião do fabricante, foi além do seu controle) sobre a atitude paternalista e opressora de numerar os Numbers. Finalmente, depois de uma pesquisa com 8% da população do país e alguns incidentes desagradáveis (o carro do diretor de marketing foi dividido em dezoito partes com linhas pontilhadas pintadas em todo seu comprimento), os fabricantes concordaram em tirar os números do cigarro Numbers.

No entanto Jean continuou a pensar no seu cigarro como dividido em dezoito tragadas. Seis, seis, e seis. Ela o deixava no cinzeiro entre um grupo de seis e o seguinte. As seis primeiras tragadas a enchiam de súbito prazer, como uma nova explosão de vida. As seis seguintes eram menos ativas, apenas mantendo-a no platô que havia alcançado inconscientemente, sem dificuldade. As últimas seis continham um vestígio de pânico. Às vezes, vendo o fogo chegar muito perto dos seus dedos, tentava transformar seis em sete. Mas isso jamais fazia diferença.

Jean gostava também de tomar sol. Talvez, pensava ela, tivesse algo a ver com a pele. À medida que ela ficava ressecada, manchada como a de um réptil, a pessoa começava a agir como um lagarto. Às vezes calçava luvas brancas para não ver as mãos.

– Está com coceira? – perguntava Gregory.

– Só escondendo minhas salsichas de ervas.

Gregory, quase com 60 anos, tinha ainda o rosto bondoso e redondo que Jean lembrava dos dias em que viajavam juntos, e uma vez ou outra uma expressão repentina e intensa nos olhos dele a fazia se lembrar das coisas que ele havia visto em sua vida. Sua esquadrilha de aviões de combate com as cores do arco-íris, o conjunto de xadrez com computador, suas pálidas namoradas. Mas agora só as lembranças podiam fazê-lo jovem. Jean compreendia que era mãe de um velho. O cabelo dele estava grisalho, os óculos de aros redondos pareciam antiguidades, e seus modos cuidadosos e curiosos adquiriam um ar de pedantismo idoso cada vez mais acentuado. Gregory trabalhava duas vezes por semana, distraía-se com um computador, ouvia jazz no quarto. Às vezes Jean tinha a impressão de que a neblina da manhã havia descido sobre sua vida e nunca se levantara inteiramente.

Jean não mais se examinava no espelho. Não por vaidade, mas por falta de interesse. Podemos ficar intrigados ou alarmados até um certo grau de flacidez da pele, depois disso, não há mais novidade. Usava os cabelos num coque frouxo, há alguns anos não os lavava e a brancura transformava-se agora em camadas amareladas. Estranho, pensava ela. Quando criança eu era quase loura, agora na segunda infância adquiri uma segunda cor amarela falsa. Perdera uns 5 centímetros da sua altura, andava um pouco curvada, apoiando-se nos móveis. Há muito tempo desistira de acompanhar os eventos públicos, seu caráter lhe parecia menos importante do que antes, os olhos haviam perdido um pouco do azul e tinham agora a cor cinza-leitosa do céu matinal que ainda não resolveu se transformar em dia. Era como se o suprimento de oxigênio tivesse um pequeno vazamento. As coisas ficavam mais lentas e mais difusas. A diferença era que ela sabia e portanto não podia compartilhar o prazer da ignorância daqueles pilotos mortos há tanto tempo, que parodiavam a idade avançada quando voavam para o sol.

Uma vez ou outra Gregory tentava apresentá-la a outras pessoas idosas e ficava desapontado com sua falta de entusiasmo.

– Mas nunca me interessei muito por velhos – explicava ela. – Por que vou começar agora?

– Mas não podiam... não sei... falar sobre os velhos tempos?

– Gregory – respondia ela com uma certeza que parecia severidade –, *eu* não estou interessada nos velhos tempos *deles* e, quanto aos meus guardo para mim mesma. Você pode se interessar por pessoas idosas quando ficar velho.

Gregory sorria. Velhice? Ele não tinha nem uma apólice de seguro. A companhia ofereceu a um preço especial, é claro, mas ele declinou a oferta. Diziam que um corretor de seguros sem seguro era como um açougueiro vegetariano. A piada não mudou sua opinião. Assentia com a cabeça, pensando que havia lógica num açougueiro vegetariano. Quem passa o dia todo cortando animais pode não querer ir para casa e comer animais. Mesmo que tenha um bom desconto no preço da carne.

Estava perto dos 60 quando começou a pensar em suicídio. Uma divagação tranquila, quase amistosa, não um melodrama com relâmpagos riscando o céu de papel carbono, mas uma linha de pensamento discreta e determinada. Talvez tivesse algo a ver com o fato de não ter uma apólice de seguro cujos termos proibiam qualquer ação melancólica, e talvez desencorajassem também pensamentos melancólicos. Ou talvez porque o suicídio estava sempre nas manchetes na primeira década do século. Diziam que algumas pessoas se apaixonavam só porque ouviam falar tanto de amor, o mesmo podia acontecer com o suicídio.

Todos aqueles velhos cometendo suicídio. Gregory lembrava-se ainda de alguns nomes: Freddy Page, David Salisbury, Sheila Abley. Além do nome que todos conheciam, Don Johnson. Como era de esperar, os jornais e a televisão haviam interpretado mais os primeiros Suicídios de Velhos. Os editoriais lembravam que a eutanásia era legal há oito anos, que na Europa o Estado fornecia as melhores facilidades para essa decisão. Por que essas pessoas cometeriam suicídio de modo tão público e com tanto estardalhaço, senão por estarem mentalmente perturbadas? Nesse caso, deviam intensificar o Serviço de Monitoria Geriátrica em certas áreas, com maior distribuição dos folhetos sobre o assunto.

Contudo, só serviu para ativar mais a campanha. De primeiro de março a setembro de 2006, tiveram um Mártir Idoso por mês. O comitê coordenador do Atendimento a Idosos anunciava sua existência e os jornais verificaram que as notícias sobre pessoas idosas quando tratadas com bastante dramaticidade não diminuía necessariamente a circulação. Até o grampeamento do seu telefone foi vantajoso para o comitê, foi declarado publicamente que não era certo grampear telefones de pessoas idosas.

No dia primeiro de outubro, Mervyn Danbury, o popular comentador de críquete, cometeu suicídio no Museu da Catedral de São Paulo segurando um cartão no qual o primeiro-ministro lhe dava parabéns pelo seu aniversário. Logo em seguida, o comitê apresentou suas primeiras exigências, definidas – pelo menos era o que diziam – depois de uma pesquisa por telefone com 37% das pessoas com mais de 60. As exigências foram: 1) Acabar a publicidade das facilidades existentes para uma morte indolor. 2) Fechar todos os asilos para velhos. 3) Eliminar do uso oficial a palavra geriatria e todos os seus cognatos. 4) No futuro as pessoas idosas seriam apenas pessoas idosas. 5) Os idosos deviam ser mais amados. 6) Seriam criados prêmios especiais para a sabedoria e as realizações das pessoas idosas. 7) Seria instituído o Dia do Idoso, comemorado uma vez por ano. 8) Discriminação positiva em empregos e moradia a favor dos idosos. 9) Distribuição gratuita de drogas estimulantes para pessoas com mais de 80 anos.

A princípio o governo recusou-se a negociar sob pressão, mas então Don Johnson imolou-se com fogo entre as guaritas dos guardas do Palácio de Buckingham. Fotografias da cadeira de rodas com a triste massa de carne queimada saíram na primeira página de todos os jornais. A campanha difamadora feita pelo governo com o intuito de apresentar Johnson como uma pessoa instável e desagradável, provavelmente morto numa briga, não teve êxito. A maioria das exigências do comitê foram atendidas em poucas semanas. Como prova de arrependimento pelo ceticismo inicial, o governo chegou a sugerir que o Dia dos Idosos fosse chamado de Dia Don Johnson. A televisão contribuía para fazer as pessoas não apenas aceitáveis, mas também atualizadas. Houve uma série de casamentos entre idosos e jovens, foram emitidos selos com efígies de Velhos Famosos, foram instituídos os Jogos para Idosos e Gregory convidou a mãe para morar num pequeno quarto nos fundos da sua casa.

Fizeram as brincadeiras de praxe: ele espera que você se torne uma estrela da televisão e o convide para seu programa. Ele só quer as drogas que você recebe de graça e assim por diante. Uma vez ou outra Jean preocupava-se com os motivos de Gregory, mas, quando perguntava a si mesma se era direito obrigar as pessoas à bondade, respondia imediatamente: claro que é, porque era o único modo de levar a maioria delas a ser boa. Na verdade, ela e Gregory jamais discutiram os motivos que o levaram a convidá-la, nem os motivos que a levaram a aceitar.

* * *

O Computador para Todos os Fins (CTF) começou a ser desenvolvido em 1998 depois de uma série de investigações do governo. No fim dos anos 1980, foram elaborados vários planos piloto para colocar todo o conhecimento humano num registro acessível. O Projeto Funlearn de 1991-2, com prêmios e bolsas de estudos oficialmente patrocinados, foi o mais conhecido desses planos, mas a pureza do seu princípio foi impugnada quando se aliou a uma campanha do governo para diminuir a porcentagem de usuários de menor idade nos fliperamas oficiais. Chegaram a acusar o Funlearn de didatismo.

Como não podia deixar de ser, os primeiros planos eram de orientação didática. Tentavam criar a mais perfeita biblioteca onde os "leitores" (como eram ainda arcaicamente chamados) pudessem ter acesso ao conhecimento acumulado do mundo todo. Entretanto, surgiram objeções no sentido de que todos aqueles planos eram demasiadamente parciais quanto à erudição dos dados acumulados. Os que estavam acostumados ao uso de livros poderiam agora usá-los de modo mais eficiente, ao passo que quem não tinha esse hábito ficava mais prejudicado ainda. Três relatórios do governo, em meados dos anos 1990, sugeriam a necessidade de um uso básico mais democrático para que esses planos piloto pudessem ser qualificados como apoio didático completo.

Assim, o Computador para Todos os Fins foi construído como centro de informações. O usuário procurava não títulos de livros mas categorias de assuntos. As fontes, importantes no estágio da avaliação dos dados processados, eram consideradas irrelevantes no estágio de fornecimento de informação, portanto suprimidas. Os estudiosos afirmavam que essa ausência de bibliografia de apoio invalidava todo o programa do CTF, mas os democratas qualificaram essas objeções de melodramáticas, argumentando que essa ausência eliminava a vaidade dos escritores – ou fornecedores de fontes, como eram chamados. Fornecer informação anonimamente era como ordenhar o veneno de uma serpente, diziam eles. Só agora o conhecimento seria verdadeiramente democrático.

O CTF, inaugurado finalmente em 2003, armazenava tudo até então contido nos livros publicados em todos os idiomas. Os pesquisadores haviam esvaziado arquivos de rádio e de televisão, bibliotecas, discotecas e fitas, jornais, revistas, a memória regional. TODAS AS COISAS CONHECIDAS PELO POVO, dizia o slogan gravado na pedra da tela de vídeo acima dos portões do QGCTF municipal. Os estudiosos reclamavam de fornecimento falho de dados em muitas áreas, dizendo que o conceito de "Conhecimento Total" era oposto ao que eles consideravam "Conhecimento Correto". Os cínicos observavam que as únicas coisas que não se podia perguntar ao CTF era seu próprio input, fontes, princípios e equipes de controle. Mas os democratas estavam satisfeitos e, quando foram convidados para o debate sobre conhecimento total *versus* conhecimento correto, falaram sobre anjos dançando na cabeça de um alfinete. E claro que o CTF podia ser usado para fazer apostas e saber os resultados do futebol, mas não havia nenhum mal nisso. O importante é que permitiu a criação de um curso noturno personalizado e com horário flexível. Acima de tudo, os democratas gostavam do que o CTF simbolizava, a ideia de um repositório final de informação, um oráculo de fatos.

O CTF não era democrata só na recepção de dados, como também no fornecimento dos mesmos. Você digitava seu número de seguro social e a informação era modificada de acordo com seu nível de compreensão. Esse aspecto inicialmente discutido do CTF foi imediatamente aceito como necessário. Diziam que o CTF analisava as perguntas digitadas fazendo uma avaliação imediata da compreensão do usuário, aproveitando então, quando necessário, para atualizar o registro de seguro social do indivíduo, mas isso nunca foi comprovado. O povo, especialmente os democratas, logo aprendeu a confiar no CTF e a gostar dele. Alguns gostavam até demais e foram relatados casos de vício de CTF citados em processos de divórcio.

Gradualmente a lenda começou a crescer como hera em volta daquele armazém de fatos. Diziam que, além do modificador democrático de output, havia também um dispositivo que permitia a entrada de operadores secretos no circuito para alterar as respostas. Diziam que o melhor modo para conseguir respostas perfeitas do CTF era mentir nas perguntas. Diziam que havia uma conexão entre o CTF e a Nova Scotland Yard III, e que as pessoas que faziam perguntas duvidosas (onde está a mais valiosa prataria de um dono de casa ausente no momento?) eram detidas ao sair do prédio.

Entretanto, a maior parte das lendas dizia respeito à função do CTF chamada VA. Fora adicionada como categoria de informação em 2008, depois de um breve período de *lobbying* intenso: e de fonte desconhecida. VA significava Verdade Absoluta. Nos velhos tempos das bibliotecas, havia estantes particulares para certas obras (obscenas, blasfemas ou politicamente perigosas) que só podiam ser usadas mediante requerimento pessoal especial. Agora o CTF possuía uma categoria de informação cujo acesso exigia uma permissão especial. Os cínicos, fazendo uma comparação histórica, diziam que a Verdade era agora uma obscenidade blasfema sujeita à manipulação política, mas os democratas garantiam que era direito inalienável do cidadão o acesso aos questionamentos e conclusões mais sérias que se conhecia no momento.

Uma vez que a VA era um adendo recente ao CTF, sua presença não era citada no manifesto oficial. Muitos nem acreditavam que ela existisse. Outros acreditavam na sua existência, mas não se interessavam. A maioria das pessoas conhecia alguém que conhecia alguém que havia feito ou pensado em fazer a requisição para o acesso à VA, mas aparentemente ninguém conhecia pessoalmente alguém que a tivesse feito. Os cínicos afirmavam que exigiam um atestado médico, um testamento e uma permissão escrita assinada por três membros da família, os democratas respondiam que formulários para testamento e autotestemunho podiam ser adquiridos na sala de espera da VA, mas que não deviam tirar conclusões precipitadas.

Muitos garantiam que algumas pessoas que consultaram a VA haviam enlouquecido, que havia uma caixa de medicamentos embutida no console e que os usuários recebiam, além de fatos e opiniões, drogas estimulantes, comprimidos para dormir e até drágeas para morte indolor, que pessoas em perfeita saúde que procuraram informações sobre a VA no CTF nunca mais foram vistas.

Ninguém sabia ao certo o que a VA conhecia ou fazia. Uns pensavam que apresentava escolhas para a vida, como um sofisticado orientador profissional; outros, que era especializada em decisões existenciais; outros ainda que, de certa forma, permitia que se praticasse o livre-arbítrio puro. Era como aquelas cabines simuladas onde treinavam os pilotos. Ensinava a levantar voo e aterrissar, ou, se a pessoa preferisse, provocar um acidente. Começaram a circular boatos de que o dinheiro para a VA vinha da mesma fonte que patrocinava o Lobby da Morte Suave nos anos 1990, mas ninguém tinha certeza. A maioria das pessoas gostava de saber que a VA estava lá, caso viesse a precisar dela, mas poucas experimentávamos. Era como uma longa parada no jogo de críquete, mais para a paz de espírito do quíper do que para uso constante.

Durante algum tempo, "Falou como a VA" tornou-se um provérbio muito usado, embora, curiosamente, ninguém soubesse como a VA falava. Todos concordavam que suas respostas deviam ter construção diferente das respostas do CTF, ou seja, seriam claras, porém poeticamente expressas. Diziam que haviam recrutado escritores para criar uma língua especial para a VA, ressoante e ambígua. Outros diziam que a VA falava em versos, outros ainda, em linguagem infantil.

– Quando eu era criança – Jean disse para Gregory depois de terminar seu cigarro da noite –, eu costumava fazer perguntas para mim mesma quando estava na cama. Provavelmente no lugar da reza. Não me encorajavam a rezar. Não sei por quanto tempo fiz isso, acho que durante toda a minha infância, mas talvez tenha sido apenas um ou dois anos.

– Que tipo de perguntas?

– Oh, não me lembro de todas. Lembro-me de querer saber se existia um museu de sanduíches e, se existia, onde ficava. E por que os judeus não gostam de golfe. E como Mussolini sabia de que lado o papel se dobrava. Se o céu ficava no topo da chaminé. E por que o visom agarra-se tenazmente à vida.

– E conseguiu alguma resposta?

– Não estou bem certa. Não me lembro se consegui as respostas ou se deixei de me interessar por elas. Acho que quando fiquei mais velha compreendi que o museu que havia imaginado, com o sanduíche de ovos e alface da rainha Vitória, era uma ideia tola e que os judeus gostavam de golfe mas o golfe não gostava dos judeus e, quanto ao céu ficar no topo da chaminé, acho que aprendi que certas perguntas devem ser expressas com outras palavras para ter uma resposta. – Fez uma pausa e olhou para Gregory. – E nunca descobri por que o visom agarra-se tenazmente à vida. Isso me preocupava muito. Eu pensava que talvez por isso os casacos de visom eram tão caros, porque a pele vem de um animal que entrega a vida com extrema relutância. Como os minerais que são valiosos por serem de difícil extração. Lembra-se dos viveiros de visom?

Gregory franziu a testa. Não conseguia lembrar. Tantas coisas tinham acontecido antes da volta dos animais selvagens para seu antigo ambiente.

– Sempre tive curiosidade sobre os viveiros de visom. Quero dizer, como faziam para matá-los. Não podiam estragar a pele. Não tentariam estrangulá-los. Talvez matassem com gás, como aos texugos.

Gregory não sabia. Nem sequer se lembrava dos texugos mortos com gás. Como o passado era bárbaro. Nenhuma morte era suave, nem para os texugos.

No dia seguinte, ele procurou no CTF o banco de História Natural.

"Visom", digitou.

Pronto.

"Por que o visom agarra-se tenazmente à vida?"

Uma pausa, uma centelha verde de Aguarde e, depois de alguns segundos, a resposta: Não é uma pergunta real.

"Por que o visom é excessivamente agarrado à vida?"

Não é uma pergunta real.

Ora, tudo bem, voltemos às perguntas básicas.

"É difícil matar um visom?"

Matar animais selvagens proibido por lei...

"Quando foram proibidos os viveiros de visom?"

1998.

"Solicito informação sobre direção de viveiros de visom."

Esperou uns dez segundos.

Pronto.

"Como os que trabalhavam nos viveiros de visom matavam os visons?"

Várias formas. Especialmente veneno, gás, às vezes mecânica, também eletrocução.

Gregory estremeceu. Aquele passado brutal!

"O visom demorava muito para morrer?"

Eletrocução, 2-3 segundos...

Interrupção.

"O visom luta muito contra a morte?"

Sim. Quer exemplos?

Gregory não queria exemplos. Esse era um dos problemas do CTF, estava tão carregado de informações que sempre tentava fornecer o máximo possível, como o convidado inconveniente numa festa, que procura desviar os outros dos assuntos que os interessam para alardear o próprio conhecimento.

"Por quê?"

POR QUE O QUÊ? COMPLETE.

"Por que o visom luta muito contra a morte?"

NÃO É UMA PERGUNTA REAL.

Filho da mãe, pensou Gregory. Filho da mãe. Mas continuou, tão tenaz quanto o visom.

"Por que o visom luta mais contra a morte do que outros animais?"

DISCUTÍVEL. SUGIRO C37.

Gregory digitou C37 sem muita esperança. DISCUTÍVEL significava que a informação pedida estava ainda sendo discutida pelos especialistas mundiais. C37 apresentou um resumo sobre o estado atual da teoria evolucionária. Porém, tudo que disse foi que a luta instintiva do visom contra a morte era um dos motivos pelos quais ele havia sobrevivido por tanto tempo e tão bem como espécie. O que, na verdade, não esclareceu muita coisa.

Resolveu não contar a Jean os vários modos usados para matar o visom. Não temeu perturbá-la, apenas não queria repetir aquela conversa toda.

– Perguntei ao CTF por que o visom agarra-se tão tenazmente à vida.

– Perguntou, querido? Quanta bondade sua.

– Bem, achei que você queria saber.

– E o que ela disse, essa sua máquina com engrenagens inteligentes?

Jean esperou a resposta com certo ceticismo. Não acreditava em conhecimentos de computador. Admitia que era extremamente antiquada.

– Ele disse que não era uma pergunta real.

Jean riu. De certa forma estava satisfeita.

— Cerca de noventa anos atrás — disse ela —, talvez mais, pensando bem, perguntei a hora ao meu pai. Ele respondeu três horas. Perguntei por que eram três horas e ele disse exatamente a mesma coisa. Tirou o cachimbo da boca, apontou com ele para mim e disse: "Jean, essa não é uma pergunta real."

Todavia, o que seria uma pergunta real, pensou ela. Perguntas reais limitavam-se àquelas cujas respostas são conhecidas pelas pessoas a quem perguntamos. Se seu pai ou o CTF pudessem responder, a pergunta seria real, do contrário, era considerada com bases falsas. Não era justo. Porque eram as respostas a essas perguntas não reais que mais precisávamos saber. Durante noventa anos Jean quis saber sobre o visom. Seu pai falhou, bem como Michael e agora o CTF fugia à questão. Assim eram as coisas, o conhecimento não avançava realmente, só parecia avançar. As perguntas importantes continuavam sem resposta.

— Enquanto está com a mão na massa, querido, quer descobrir o que acontece com a pele depois da morte?

— Francamente, mamãe.

— Não, falo sério.

Cada vez mais Jean surpreendia-se lembrando tempos que julgava completamente esquecidos. Agora era mais fácil lembrar o passado distante do que o mais próximo. Isso era normal, mas tinha seus prazeres inesperados. Gregory inclinado sobre seus modelos de aviões. Ela o via perfeitamente agora. Ele cobria o esqueleto de madeira-balsa com papel de seda. Borrifava água no papel que secava, ficando esticado e rígido. Então ele pintava com verniz e o papel amolecia e enrugava outra vez. Depois, gradualmente, à medida que secava, ficava mais esticado e mais rígido.

Talvez o mesmo acontecesse com a pele. Parecia bem esticada a princípio, depois, com a idade, ficava flácida e enrugada como se tivesse sido borrifada com água e pintada com verniz. Talvez depois da morte ela secasse, esticando-se sobre os ossos.

Talvez a pessoa tivesse então melhor aparência, elegante e tratada, mas só depois da morte.

– Pergunte, Gregory.

– Não. Não vou perguntar. É mórbido.

– É claro que é.

Jean apostava que estava certa. Quando exumavam os corpos enterrados nos pântanos, a pele não estava sempre seca e esticada, as rugas alisadas, como se a morte tivesse eliminado todas as preocupações?

– Bem, talvez então você possa descobrir o que aconteceu com os sanduíches de Lindbergh.

– Sanduíches?

– Sim. Lindbergh. Provavelmente antes do seu tempo. Ele cruzou o Atlântico de avião, sozinho. Levou cinco sanduíches e só comeu um e meio. Durante toda a minha vida eu quis saber o que aconteceu com os outros três e meio.

– Vou ver se o CTF pode ajudar. – Francamente, às vezes...

– Tenho quase certeza de que ele não pode. Não tenho uma opinião muito boa sobre essa sua máquina afetada.

– Nunca chegou perto dela, mamãe.

– Não, mas posso imaginar. Quando eu era menina havia algo parecido. Chamava-se o Homem Memória. Trabalhava nos parques de diversão e coisas assim. A gente podia perguntar qualquer bobagem, resultados de futebol e outras coisas, que ele respondia sem nenhum problema. Se você fizesse uma pergunta útil, ele não sabia responder.

– Você fez alguma pergunta a ele?

– Não, mas posso imaginar.

Como é que as pessoas morriam? Gregory pediu as últimas palavras das pessoas famosas. Os reis aparentemente morriam de dois modos. Gritando "vilão, vilão", quando eram feridos pela faca assassina, ou arrumando os calções na expectativa confiante de logo entrar em outra corte que era muito parecida com a sua, embora um pouco – apenas um pouco maior. Os religiosos morriam piscando. Um olho voltado para baixo em obediência, o outro voltado para o alto, cheio de esperança. Os escritores morriam com frases literárias nos lábios, ainda desejando serem lembrados, ainda sem a certeza, até o último momento, de que todas as palavras que haviam escrito iam atingir esse objetivo. As palavras de uma poetisa africana foram: "Preciso entrar, a neblina está subindo." Tudo bem, pensou Gregory, mas você precisava ter certeza do momento exato. Não podia dizer seu adeus cuidadosamente ensaiado e continuar vivo, a não ser que as últimas palavras registradas fossem: "Tragam-me outra bolsa de água quente."

Aparentemente os artistas eram melhores nisso do que os escritores, pelo menos mais naturais. Ele admirava o desejo modesto do pintor francês: "Espero, de todo coração, que se possa pintar no céu." Ou talvez os estrangeiros soubessem morrer melhor do que os anglo-saxões. Um pintor italiano, a quem aconselharam que chamasse um padre, respondeu: "Não, estou curioso para saber o que acontece no outro mundo aos que morrem em pecado." Um médico suíço morreu medindo o próprio pulso e anunciando a um colega: "Meu amigo, a artéria para de bater." Mortes profissionais como essas agradavam a Gregory. Simpatizava com o gramático francês que disse: *"Je vas, ou je vais mourir, l'un ou l'autre se dit."*

Seriam essas boas mortes? Seria boa a morte na qual o caráter prestes a se extinguir é mantido até o fim? O compositor Rameau no seu leito de morte reclamou de uma nota errada tocada por um cura; o pintor Watteau rejeitou o crucifixo que lhe ofereciam porque o Cristo representado não era artístico. E será que uma boa morte significava que a vida é um pouco superestimada e que o medo da morte é exagerado? Será a boa morte aquela que não faz sofrer os que ficam? Será a boa morte aquela que deixa algum motivo para meditação? Gregory deu uma risada abafada lendo a pergunta do escritor americano *in extremis*: "Qual é a resposta?" E como ninguém respondesse, continuou: "Nesse caso, qual é a pergunta?"

Ou talvez o modo de morrer dependesse da causa da morte. Vamos direto ao topo, pensou Gregory, digitando "Procure presidentes americanos". Apareceu uma lista na tela, com um círculo piscante que indicava a existência de mais material, se fosse necessário. A lista ia só até Grover Cleveland, mas Gregory pensou que devia ser suficiente. Digitou "Causa da Morte", no Campo de Perguntas, e contemplou os 22 presidentes na frente dos seus olhos. Alguns eram vagamente familiares, outros pareciam negociantes de milho, donos de armazéns e farmacêuticos. Nomes de lojas de esquina, vestígios da honestidade das cidades pequenas. Franklin Pierce, Millard Fillmore, John Tyler, Rutherford Hayes... Nem os americanos tinham nomes como esses agora. De repente, Gregory sentiu uma grande nostalgia – não a saudade cotidiana e sentimental da infância, mas um sentimento mais agudo e mais puro de uma era que jamais poderia conhecer.

É claro, Gregory sabia que alguns daqueles pacatos comerciantes de sementes de Iowa foram tão corruptos e incompetentes quanto os criminosos conhecidos que haviam passado pela Casa Branca. Mas isso não era motivo para cancelar seu pedido de informação. Moveu o cursor verde piscante para baixo, percorrendo a lista até parar no F de Franklin Pierce, e então pressionou "Siga".

8 OUT. 1869, HIDROPISIA ABDOMINAL.

Humm. Moveu o cursor para Thomas Jefferson.
8 JUL. 1826, DIARREIA CRÔNICA.

Rutherford B. Hayes.
17 JAN. 1893, PARALISIA DO CORAÇÃO.

Os diagnósticos tinham uma sonoridade encantadoramente distante, eufemismos para causas não devidamente compreendidas. Essa parte do banco de dados do CTF provavelmente não era atualizada há anos. Gregory aprovou. Era certo que a causa da morte fosse descrita numa linguagem da época. Era adequado.

Zachary Taylor, CÓLERA MÓRBUS DEPOIS DE TOMAR IMODERADAMENTE ÁGUA GELADA E LEITE GELADO E DEPOIS UMA GRANDE QUANTIDADE DE CEREJAS. Ulysses S. Grant, CÂNCER DA LÍNGUA. Isso parecia mais perto de casa. Gregory lentamente percorreu a lista. Doença de Bright. Debilidade. Tiro. Tiro. Hidropisia. Asma. Cólera. Gota reumática. Saúde abalada. Velhice.

Gregory sentiu uma espécie de inveja crescente. Como eram variadas e românticas as causas da morte naquele tempo. Hoje as pessoas morriam só de morte indolor (fim suave), velhice, ou de uma das doenças complicadas cujo número diminuía sempre. Hidropisia... asma... cólera mórbus... parecia uma extensão da liberdade, permitindo várias possibilidades futuras. Gregory demorou-se um pouco mais em Rutherford B. Hayes. Paralisia do coração. Provavelmente provocava tanto medo e tanta dor quanto outra doença, mas que bela coisa para ser dita a respeito de alguém. Ele morreu de Paralisia do Coração, murmurou Gregory. Talvez Casanova tivesse morrido disso também. Teve vontade de inventar pelo menos mais uma causa de morte, algo para surpreender sua velhice. Nos anos 1980 haviam descoberto uma nova categoria de doenças, lembrou ele, a Alergia ao Século Vinte. As vítimas – poucas, mas todos os casos muito publicados – sofriam de reação crônica a todos os aspectos da vida moderna. Podiam ter reagido exatamente do mesmo modo ao século XIX, mas nesse caso sua doença teria recebido um nome firme mas flagrante como febre cerebral. O século XX, mais cético, preferiu chamá-la de alergia ao tempo presente. Gregory gostaria de criar alguma doença tão original quanto essa. Um tremor final de invenção para se despedir. Esqueceu por que estava pesquisando as mortes dos presidentes. Verificou Casanova. Não, não Paralisia do Coração, apenas velhice.

– Suponho que é um consolo – disse Gregory naquela noite para Jean – saber que não se pode continuar para sempre.

– Oh, não, não continua. Acaba. Esse é o objetivo, não é?

– Ah, não, quero dizer, pensar na morte, não na verdadeira continuação. O CTF mostrou uma coisa interessante quando perguntei sobre outra coisa qualquer. Que é impossível olhar de frente para o sol ou para a morte sem piscar os olhos.

Gregory achou que o sorriso de Jean Serjeant era quase complacente. Não, talvez não fosse – afinal, ela jamais gostou de parecer esperta. Talvez estivesse apenas recordando alguma coisa. Gregory a observou. Lentamente ela fechou os olhos, como se assim pudesse ver melhor o passado. Com os olhos completamente fechados, disse.

– Você *pode* olhar para o sol. Vinte anos antes de você nascer conheci uma pessoa que aprendeu a olhar demoradamente para o sol.

– Através de um pedaço de vidro opaco?

– Não – bem devagar, sem abrir os olhos, ela ergueu a mão esquerda na frente do rosto, depois separou os dedos –, ele era piloto. Tinha de aprender tudo sobre o sol. Depois de certo tempo você se acostuma. Basta olhar através dos dedos separados que consegue. Pode olhar o tempo que quiser. – Talvez, pensou ela, talvez depois de algum tempo comece a nascer uma película entre os dedos.

– Deve ser um truque e tanto – disse Gregory. – Mas não sei se vale a pena aprender ou não.

Jean abriu os olhos e olhou para a mão. Com surpresa e um tanto alarmada. Esquecera o quanto suas juntas haviam se alargado naqueles últimos trinta anos. Pequenos pedaços de corda entrelaçados com castanhas, era o que seus dedos pareciam agora. As juntas nodosas significavam que quando tentava abrir os dedos devagar, abrir as persianas suavemente, deixava entrar grandes pedaços de luz. Não podia fazer o que Prosser Nascer do Sol fazia. Estava velha demais e seus dedos deixavam passar muita luz.

– Então você acha – disse Gregory nervosamente – que não adianta se preocupar com tudo isso?

– Tudo isso?

– Tudo isso. Deus. Fé. Religião. Morte.

– O céu.

– Bem...

– Não, o céu, é isso que você quer dizer. E o que todos sempre querem dizer. Leve-me para o céu. Quanto custa a passagem para o céu? É tudo tão... tolo. Além disso, eu estive no céu.

– ?

– Céu. Estive no céu.

– E como era?

– Muito empoeirado.

Gregory sorriu. Definitivamente a tendência da sua mãe para o enigmático estava se acentuando. Quem não a conhecesse podia pensar que ela divagava, mas Gregory sabia que sempre havia um ponto de referência, algo que para Jean fazia sentido. Provavelmente a explicação era longa demais. Gregory imaginou se isso era ficar velho, se tudo que se queria dizer exigia um contexto. Se você desse o contexto completo todos pensavam que era um velho tolo e idiota. Os muito velhos precisavam de intérpretes tanto quanto os muito jovens. Quando os velhos perdiam seus companheiros, seus amigos, perdiam também seus intérpretes, perdiam amor, mas perdiam também a capacidade plena da palavra.

Jean recordava sua visita ao céu. Ao Templo do Céu, em Beijing, como era chamado agora. Felizmente não tinham mudado o nome do céu também. Uma seca manhã de junho com a areia trazida pelo vento diretamente do deserto de Gobi. Uma mulher ia para o trabalho de bicicleta, levando seu bebê. A cabeça do bebê estava envolta em gaze para protegê-lo da poeira. Ele parecia um minúsculo criador de abelhas.

No Templo do Céu, a poeira espiralava alegremente no pátio. Ela viu as costas de um velho chinês. Um boné azul, pescoço enrugado, túnica enrugada. O pescoço de tartaruga esticando-se para o lado, na direção do Muro do Eco. O chinês estava escutando uma conversa que ele não podia entender. Talvez o som das palavras fosse belo para ele, as vozes transcendentais. Mas Jean encostou seu ouvido no muro e compreendeu. Algo grosseiro sobre um líder chinês morto, depois uma conversa de namorados. Nada mais do que isso. Nada mais para ouvir.

É claro que Jean sabia o que Gregory estava fazendo. Estava tilintando as moedas no bolso. Estava gritando para o céu. Todo o pânico que pensava estar escondendo dela não passava do modo de um adulto fazer o que ela e o tio Leslie faziam há quase um século além das árvores malcheirosas, no intervalo para o buraco 14. Inclinar a cabeça para trás e rugir para o céu vazio, sabendo que, por maior que fosse o barulho, ninguém lá em cima ia ouvir. Depois, caíam de costas no chão, exaustos, encabulados e um pouco satisfeitos. Mesmo que ninguém estivesse ouvindo, tinham dito o que pensavam. Só esperava que quando Gregory caísse de costas não se machucasse na queda.

Como um passatempo, Gregory começou a consultar o CTF sobre suicídio. Cautelosamente também. Não sabia se um operador automático podia interromper quando os dados se desviavam para certos assuntos. Quem sabe, uma caixa de pílulas da felicidade podia cair no seu colo de algum nicho secreto, ou um certificado para um campo de férias podia aparecer na sua correspondência na manhã seguinte.

O encanto perigoso do CTF consistia no fato de ser possível perguntar sobre tudo que existe no mundo. Se você não tomasse cuidado, umas duas sessões podiam transformá-lo, de um pesquisador sério em um mero curioso basbaque. Gregory sentiu que estava sendo rapidamente conduzido para os segredos do suicídio. Demorou algum tempo, por exemplo, na descrição do suicídio do Sr. Budgell, que, abandonando a apresentação teatral de *Catão* de Addison, atirou-se no Tâmisa, deixando a seguinte defesa do seu ato:

> O que Catão fez, e Addison aprovou,
> Não pode ser errado.

Gregory pediu um sumário da peça e teve pena do Sr. Budgell. Catão comete suicídio como um protesto contra a ditadura e uma censura aos seus concidadãos. Pobre Sr. Budgell, ninguém se sentiu censurado com sua partida.

Um pouco mais convincente era o exemplo de Robeck, o professor sueco que escreveu um longo folheto exortando os leitores a cometer o suicídio, depois saiu para o mar num barco aberto para pôr em prática o que pregava. Gregory tentou descobrir por intermédio do CTF quantos exemplares do folheto de Robeck foram vendidos e quantos suicídios haviam provocado, mas não havia estatística a respeito. Continuou então meditando sobre panteístas japoneses que enchiam os bolsos com pedras e saltavam no mar sob o olhar e a admiração dos parentes. Escravos transportados da África ocidental que se matavam acreditando que renasceriam na sua terra natal e aborígines australianos que pensavam que a alma de um negro morto renascia num branco e usavam o suicídio para apressar a mudança do pigmento... "Homem negro cai, levanta branco", explicavam eles.

No século XVIII os franceses consideravam a Inglaterra a terra dos suicídios. O escritor Prévost atribuía a paixão dos ingleses por esse tipo de morte à grande quantidade de fogos de carvão, o consumo de carne mal passada e uma excessiva indulgência com o sexo. Mme. de Staël ficou admirada com a popularidade do suicídio dado o grau de liberdade pessoal e à docilidade geral no que se referia à religião. Outros, como Montesquieu, culpavam o clima por essa tendência nacional, mas Mme. de Staël pensava o contrário. Sob a famosa reserva britânica ela percebia uma natureza ardente e impetuosa que se perturbava com qualquer desapontamento ou tédio impostos pelo destino.

Gregory sentiu-se patrioticamente lisonjeado com essa audácia extrema creditada ao seu povo, mas não convencido. Procurou os mais antigos. Pitágoras, Platão e Cícero aprovavam o suicídio. Os estoicos e os epicuristas confirmavam sua utilidade moral. Gregory pediu uma lista dos gregos e romanos importantes que haviam cometido o suicídio. Pitágoras morreu de fome voluntariamente por causa do *tedium vitae*. Menipo enforcou-se por causa do ridículo. Labiano emparedou-se porque suas obras foram condenadas e queimadas. Demonax morreu de fome voluntariamente quando teve de enfrentar "a perda de influência devido à idade avançada". Estilfon morreu de tanto beber, por motivos desconhecidos (o que ele estava fazendo na lista?). A flebotomia de Sêneca teve como objetivo evitar que fosse injustamente acusado por Nero. Zenão enforcou-se depois de fraturar um dedo. E assim por diante. Mulheres engoliam carvões acesos por causa de problemas domésticos, e cometiam o suicídio com uma faca quando os maridos eram exilados.

Os antigos haviam classificado o suicídio. Seus filósofos o permitiam nos casos de desonra pessoal, derrota militar ou política e doenças graves. Mas Gregory tinha muita saúde, não tinha probabilidade de liderar um exército ou o governo agora, e honra era uma palavra que a maioria das pessoas tinha de procurar no dicionário. Nenhum dos filósofos da antiguidade, notou ele, afirmava que o suicídio era bom em si mesmo. Só aquele estranho sueco que remou para o mar alto havia afirmado isso.

Estava para pressionar "armazene" e sair do computador, quando pensou numa pergunta final. Uma que devia ter feito antes. Mas como expressá-la em palavras?

"Por quem você é dirigido?"

REPITA.

"Por quem você é dirigido?"

CTF COMEÇOU A SER CONSTRUÍDO EM 1998 DEPOIS DO RELATÓRIO DO COMITÊ DONOVAN. BANCO INICIAL 84 SÉRIES DE PROCESSADORES INSTALADOS...

Interrupção. "Pode fazer perguntas a você mesmo?"

UM CÉREBRO PODE FALAR COM ELE MESMO? VOCÊ RESPONDE, POR FAVOR.

Gregory pensou por um momento. Não tinha certeza. Ficou surpreso também com o tom agressivo do computador.

"Pode."

TEM CERTEZA? SUGIRO RECONSIDERE, GREGORY.

Ei, esse é meu nome, pensou ele. Então, sabendo a resposta, perguntou.

"Quem controla o input?"

VEJA O MANIFESTO.

"Quem controla o output?"

OUTPUT CONTROLADO POR INPUT?"

"Quem é input?"

INPUT É USUÁRIO.

"Existem modificadores de output?"

EXPLIQUE.

"Existem facilidades de entrada entre o banco central do CTF e o usuário?"

MODIFIQUE.

Ora, pelo amor de Deus, pensou Gregory. O CTF tratava as pessoas como crianças ou como estrangeiros. Modifique. Explique. Estava sendo caprichoso e temperamental. Pelo menos era o que Gregory sentia, embora soubesse que se devia somente ao fato de ter se desviado da forma correta de input. Mesmo assim, irritante. Se Licambo enforcou-se por causa do ridículo e Zenão por causa de um dedo quebrado, Gregory admirava-se de que não houvesse casos de suicídio por causa da frustração provocada pelo CTF.

"Existe alguma facilidade de input neste canal de output?"

Quer dizer input de emergência para mau funcionamento? Fique descansado, desde 2007...

Outra vez uma interrupção.

"Existem facilidades pessoais de input neste canal de output?"

Não é uma pergunta real.

"Por que não?"

Não é uma pergunta real.

Resmungando, Gregory armazenou e saiu.

Logo depois, as Operadoras 34 e 35 saíram do Centro e atravessaram o parque, de volta para casa, sob o céu extenso da noite. Era interessante trabalhar no CTF, mas as obsessões dos usuários às vezes eram deprimentes. Porém, o ar fresco e os olhares de admiração dos homens geralmente as estimulavam no fim do dia.

– Ele é insistente, não é?

– Sim, muito insistente.

– Bastante inteligente.

– A3.

– Não A2? – Havia um tom esperançoso na voz.

– Não, definitivamente não. A3 baixo, eu creio.

– Hum. Acha que vai procurar a VA?

– Eu estava pensando nisso. Talvez.

– Geralmente os A3 não procuram, certo? Você disse que geralmente são os A2 altos e os mais acima ou os abaixo de C3.

– Ele é insistente. Os muito insistentes em geral chegam lá.

– Terá coragem suficiente?

– Ser insistente é uma espécie de bravura, não acha?

– Creio que sim. Ele é interessante.

– Não é uma resposta real.

– Eu sei. Só estava pensando. Não me importaria de ir para casa com ele.

– Repita.

– Não me importaria de ir para casa com ele.

– MODIFIQUE.
Uma risadinha abafada, um rosto corado, outra risadinha.
– NÃO HÁ POSSIBILIDADES REAIS. CONTRA OS REGULAMENTOS.
– Acha que algum dia eles modificarão o regulamento?
– NÃO HÁ POSSIBILIDADE REAL. VENHA PARA CASA COMIGO.
– NÃO HÁ POSSIBILIDADE REAL. CONTRA OS REGULAMENTOS.
– POSSIBILIDADE ENTRE NÍVEIS IGUAIS.
– CONTRA MEUS REGULAMENTOS. ARMAZENANDO E SAINDO.
– Boa-noite.

Mas talvez estivesse errado não procurando o assunto Deus como uma questão de escolha primária. Existe um Deus (logo eu devo adorá-lo) contra não existe Deus (logo devo expor ao mundo sua ausência). Estava pressupondo uma única resposta a uma única pergunta. Limitada da seguinte forma. Como ia saber se estava fazendo a pergunta certa? Alguém em algum lugar havia dito: "O problema não é o que é a resposta mas o que é a pergunta."

Tinha que haver mais de uma possibilidade, pensou Gregory. Outras possibilidades.

1. Que Deus existe.
2. Que Deus não existe.
3. Que Deus existiu mas não existe mais.
4. Que Deus existe mas nos abandonou.
    a) porque fomos um grande desapontamento para ele.
    b) porque Ele é um filho da mãe que se aborrece facilmente.
5. Que Deus existe mas sua natureza e motivações estão além da nossa compreensão. Afinal, se estivessem ao

alcance da nossa compreensão, e correspondessem aos nossos próprios termos morais, evidentemente ele seria um filho da mãe. Portanto, se Ele existe, deve estar fora da nossa compreensão. Mas se está fora da nossa compreensão, é Ele quem decide sobre nossa falta de compreensão, nosso desconhecimento do problema do Mal, por exemplo, é Ele quem resolveu parecer um filho da mãe. Será que isso faz d'Ele, além de um filho da mãe, um psicopata? Em qualquer caso, não compete a Ele a aproximação, tomar a iniciativa de entrar em contato?

6. Que Deus existe só enquanto existir a crença na sua existência. Por que não? De nada adiantaria Deus existir se ninguém acreditasse n'Ele, sendo assim, talvez sua existência venha e vá de acordo com a crença do Homem. Ele existe como consequência direta da nossa necessidade d'Ele, e talvez a extensão do seu poder dependa da extensão da nossa adoração. A crença é como carvão, à medida que o queimamos geramos o poder de Deus.

7. Que Deus na verdade não criou o Homem e o Universo, apenas os *herdou*. Estava tranquilamente pastoreando algumas ovelhas celestiais australianas quando um foca ofegante do jornal local o encontrou e explicou que, devido a uma confusão genealógica (casamento não consumado, um filho nascido de virgem, ou coisa assim), ele havia herdado a terra e tudo que ela contém. Ele não podia recusar a herança como não podia, digamos, perder o poder de voar.

8. Que Deus existiu, não existe no momento, mas existirá outra vez no futuro. Está apenas tirando umas férias. Isso explica muita coisa.

9. Que Deus não existiu até agora, mas que existirá no futuro. Chegará em determinado momento para limpar nosso lixo, aparar a grama nos parques públicos e embelezar a vizinhança. Deus é um zelador que trabalha

demais com um terno manchado, com muitos planetas para tomar conta. Devemos pensar em pagar mais e instituir contratos regulares de manutenção em vez de chamá-lo nas emergências como fazemos agora.

10. Que Deus e o Homem não são entidades separadas costumamos imaginar, e a conexão é muito mais forte do que apenas ter uma alma imortal – a parte divina, por assim dizer – presa num corpo descartável. Talvez a conexão seja como a de duas crianças numa corrida de três pernas.
11. Que o Homem é na verdade Deus e Deus é na verdade Homem, mas que um truque ontológico com espelhos nos impede de ver as coisas como são na realidade. Nesse caso, quem colocou o espelho?
12. Que existem vários deuses. Isso pode explicar muita coisa. a) Podem estar sempre discutindo e assim ninguém toma conta da loja. b) Podem estar paralisados por um excesso de democracia, como as Nações Unidas. Cada deus tem um veto, assim nada passa pelo conselho de segurança. Não admira que nosso planeta esteja desmoronando. c) Essa subdivisão de responsabilidade enfraqueceu seu poder e sua concentração. Podem ver o que está errado mas nada podem fazer a respeito. Talvez os deuses sejam benignos mas impotentes, talvez possam apenas olhar, como eunucos num harém.
13. Que existe Deus e que ele criou o mundo, mas só há o primeiro rascunho – em outras palavras, uma rabiscada. Criar um mundo é negócio muito complicado, afinal de contas. Não íamos querer que nem mesmo Deus conseguisse tudo certo na primeira tentativa. Tem de haver algumas asperezas – doenças, mosquitos, coisas assim – em qualquer primeira experiência. Deus nos criou e depois mudou-se para outra extremidade do universo onde

a irrigação é melhor e a gravidade não é tão insidiosa. Ele podia ter destruído essa primeira tentativa mal-acabada, é claro, fazer dela uma bola e atirá-la no espaço como um cometa ou coisa parecida. O fato de não ter feito demonstra sua magnanimidade. Evidentemente Ele tratou de garantir que sua criação não dure para *sempre* – providenciou para que depois de algum tempo a Terra caia sobre o Sol e se queime completamente – mas não impede que tenhamos direito de posseiros nesse intervalo. Vão em frente, aproveitem o piscar de olhos de alguns milênios, disse Deus, não têm nenhuma utilidade para mim. E talvez nos visite uma vez ou outra, só para certificar-se de que as coisas não vão *tão mal*. Deus é um malabarista com uma porção de pratos. Nós fomos seus primeiros pratos e somos negligenciados. Cambaleamos e balançamos bastante nas nossas varetas, os espectadores preocupam-se conosco, mas sempre o dedo indicador divino dá uma girada oportuna no nosso planeta.

14. Que somos fragmentos de um deus que se destruiu no começo do Tempo. Por que fez isso? Talvez simplesmente não quisesse viver, era um deus sueco, um Robeck. Isso explicaria muita coisa, talvez tudo, as imperfeições do Universo, nossa sensação de solidão cósmica, nosso desejo de acreditar – até nossos impulsos suicidas. Se somos fragmentos de um Deus suicida então é natural, quase sagrado que cometamos o suicídio. Alguns antigos mártires cristãos (cuja pressa em morrer os faz parecer intrometidos "arrivistas", procurando os primeiros lugares no céu) talvez não passassem de devotados suicidas. Existe uma heresia que considera Cristo suicida, alegando que mandou partir a própria vida e ela partiu. Talvez esses heréticos estivessem certos, Cristo estava apenas seguindo o exemplo do seu Pai.

Gregory jogou com essas possibilidades até sua mente ficar exausta. Dormiu, e quando acordou encontrou a seguinte história. Deus existe e sempre existiu, é onipotente e onisciente. O Homem tem livre-arbítrio e é punido quando faz uso dele para fins maldosos. Não podemos esperar compreender, nesta breve existência terrena, a natureza do trabalho de Deus. Basta reconhecê-lo, amá-lo, deixar que se irradie em nosso ser, obedecer-lhe e honrá-lo. A velha história, a primeira história, Gregory acomodou-se a ela. Um paletó confortável, uma poltrona adaptada ao seu corpo pelo longo uso, o cabo de madeira de uma velha serra, uma composição de jazz completa, uma pegada na areia que se encaixa nos seus sapatos. Assim é melhor, pensou Gregory, dá a sensação de estar certo, depois riu, um tanto constrangido.

Quem pode dizer o que é ser corajoso? Diziam comumente – especialmente os que jamais viram um campo de batalha – que na guerra os mais bravos eram os menos imaginativos. Seria verdade e, se fosse, isso diminuía sua coragem? Se você é mais corajoso porque pode imaginar a mutilação e a morte com antecedência e as ignora, então os que podem imaginar essas coisas mais vividamente, que podem evocar com antecedência o medo e a dor, são os mais bravos. Mas os que possuem essa capacidade – de ver a extinção em três dimensões – são geralmente chamados de covardes. Então serão os mais bravos apenas covardes fracassados, covardes sem coragem de fugir?

Será bravura acreditar em Deus, pensava Gregory. Bem, no mais baixo plano, pode ser bravura porque poucas pessoas acreditam nele hoje em dia e é uma espécie de coragem permanecer fiel perante a apatia. Num plano alto é bravura porque você se eleva ao status de criação de Deus, está se considerando mais do que um pedaço de argila – o que exige alguma ousadia. Está também, talvez, oferecendo-se à possibilidade do julgamento final. Sua coragem suporta essa ideia? Quando você diz que acredita em Deus, você é a criança que levanta a mão na classe.

Concentra todas as atenções e recebe a decisão pública: Certo ou Errado. Imagine esse momento. Imagine o medo.

Será bravura maior não acreditar em Deus? Mais uma vez isso exige uma certa coragem tática em baixo plano. Você está dizendo a Deus que ele não existe, e se existir? Você será capaz de enfrentar o momento em que ele se revelar? Imagine a vergonha. Imagine a perda de prestígio. E num plano mais elevado você está declarando a certeza da própria não existência. Eu acabo. Eu não continuo. Não está concedendo a si mesmo sequer uma chance no assunto. Vê a extinção com complacência, recusa contestar o complacente domínio dela sobre sua pessoa. Deita-se no seu leito de morte confiante de ter compreendido a pergunta da vida, ousadamente escolhe o nada. Imagine esse momento. Imagine o medo.

Alguns acreditam na coragem do riso. O melhor modo de vencer a morte é zombar dela. Você elimina seu terror, recusando-se a aceitar a autoestima com que ela se apresenta. Com uma piada desarmamos a eternidade. Com medo? Eu não. Vida eterna? Para mim tanto faz. Deus existe? Sirva-se de outro pedaço de torta. Na sua mocidade, Gregory fora atraído pelo sarcasmo cósmico, mas não era mais. Nós todos tememos a morte. Nós todos gostaríamos de um outro sistema de vida eterna, mesmo que só a conseguíssemos mediante aprovação, para começar. Seis mil anos de vida depois desta, compra ou devolução, nenhuma obrigação de ficar com a mercadoria. Nós todos preencheríamos esse cupom. Assim Gregory não se juntou aos que zombam da morte. Rir da morte é o mesmo que urinar na relva ao lado de um campo de golfe. Você vê o vapor subindo e convence-se de que é só calor.

15. Gregory pensou. Que não existe Deus, mas *existe* a vida eterna. Seria um sistema interessante. Afinal, será que tecnicamente precisamos dos dois? Poderíamos organizar a vida eterna sem Deus, não poderíamos? Crianças, quando ficam sozinhas, inventam jogos e regras. Sem dúvida podíamos organizar as coi-

sas sozinhos. Nossa ficha até agora pode não ser muito boa, mas as condições sob as quais temos trabalhado nestas breves vidas terrenas sempre foram menos do que perfeitas. Quer dizer, para começar há muita ignorância, nossas circunstâncias materiais deixam muito a desejar, e o clima tem sido horrível e, além disso, quando nossos reis e nossos sábios começavam a conseguir uma ordem relativa, a terrível, terrivelmente *injusta* e traiçoeira mortalidade chegou e os tirou da face da terra. Tivemos de recomeçar com um grupo novo em folha de reis e sábios. Assim considerado, não é de admirar que frequentemente demos dois passos para a frente e um para trás. Por outro lado, se tivéssemos a vida eterna... é incalculável o que poderíamos realizar.

– Vou mostrar uma coisa – disse Jean. Tirou um cigarro, acendeu e começou a fumar.

Depois de um ou dois minutos, Gregory perguntou:

– O que é?

– Espere e verá.

Ele esperou, ela fumou, a cinza no cigarro ficava cada vez mais longa, mas não caía. A princípio Gregory ficou intrigado, depois observou a mãe atentamente e então sorriu. Finalmente disse:

– Eu não sabia que você era mágica.

– Oh, nós todos podemos fazer mágicas – disse Jean, pondo o pilar de cinza no cinzeiro. – O tio Leslie me ensinou esta. Me contou o segredo um pouco antes de morrer. É só enfiar uma agulha no cigarro. É fácil.

Já deitado, Gregory começou a meditar sobre o truque da mãe. Jean jamais fizera nada parecido. Estaria tentando dizer alguma coisa? Seus motivos tornavam-se cada vez mais opacos. Talvez a agulha no cigarro significasse a alma no corpo, ou algo parecido. Mas sua mãe não acreditava nessas coisas. Certa vez falou com aprovação de um antigo filósofo chinês que escreveu um ensaio intitulado *A destrutibilidade da alma*. Talvez ela estivesse dizendo que a agulha no cigarro era como a alma no corpo, nesse sentido. Que não passava de um truque – algo para nos fazer parecer mais importantes, mas que não passava de um mero truque de mágica. Gregory teria perguntado o que ela queria dizer se não fosse pela crescente má vontade da mãe em responder a perguntas. Ela limitava-se a sorrir e Gregory não sabia se Jean era uma velha inteligente ou se não estava prestando atenção ao que ele dizia.

No Templo do Céu, através do ouvido de um chinês, você escuta suaves vozes ocidentais. O que estão dizendo? O que estão dizendo?

Gregory foi consultar a VA numa manhã em que o céu cinzento e achatado cobria a cidade como uma tampa de panela. Levava um atestado médico e uma permissão assinada por Jean. Uma jovem recepcionista com uniforme verde-azulado e um broche oficial na lapela entregou um formulário para testamento e mostrou como usar a máquina autotestemunha. Ela sorriu confiantemente e disse:

– Não é tão mau quanto parece.

Gregory ficou irritado. Não queria ouvir dizer que tudo estava bem, que não precisava se preocupar. Queria que as formalidades fossem extensas, a gravidade do momento acentuada, o medo chegando fácil. Queria que o mandassem trazer bagagem para passar a noite. Queria que tirassem sua gravata e seus sapatos na porta de entrada. Pelo amor de Deus, você só consultava a VA uma vez na vida, por que não podiam fazer da visita uma ocasião mais formal?

Gregory pouco se interessava por política. Para ele, a história do seu país consistia numa briga neurótica entre repressão e anarquia, e os períodos exaltados por sua estabilidade não passavam de momentos ao acaso, pontos no tempo em que a repressão e a anarquia tinham tido seus apetites satisfeitos. Quando o Estado era opressivo, intitulava-se decidido, quando era displicente, chamava-se democracia. Bastava ver o que estava acontecendo com o casamento. Gregory não era casado, mas espantava-o o modo como os outros tratavam o ato. As pessoas se casavam com a mesma seriedade e sentimento com que escolhiam uma carona na estrada, algo democraticamente permitido. Um funcionário do governo chegava como um entregador de pão, batia discretamente na porta dos fundos e murmurava: "Está tudo certo, vocês podem se casar. Por outro lado, se não quiserem está tudo certo também." Assim, ninguém sentia a tensão do compromisso, da seriedade do ato...

Bem, talvez ele estivesse ficando velho. E se era isso que todos queriam – como o voto-computador enfaticamente confirmava – então sem dúvida era o que deviam ter. Mesmo assim, pensou ele, o encontro com a VA devia ser mais imponente, mais austero. Não diferia em nada de se internar num hospital.

A recepcionista jogou os três formulários sobre a mesa – um deslizou para o chão mas ela não se deu ao trabalho de apanhar – e o conduziu por um corredor à prova de som. O carpete era da cor do uniforme da recepcionista e as paredes enfeitadas com originais dos quadrinhos de jornais anunciando a inauguração da VA. Gregory notou de passagem os prédios da VA representados como uma máquina de moer, um hospital psiquiátrico, um crematório e uma sala oficial de vídeo. Suspirou contrariado. Por que aquela colorida mentira da imagem popular do lugar?

A recepcionista o deixou num cubículo que, a não ser pela cor verde-azulada, parecia exatamente qualquer cubículo do CTF. Esperava uma máquina fornecedora de pílulas da felicidade, ou com um olho mágico, ou um espelho de duas faces, ou *coisa parecida*. Mas a saleta parecia comum, até mesmo um tanto encardida, e o console da VA era igual ao de qualquer input do CTF. Ninguém o obrigava a ficar ali, ninguém para orientá-lo, para sugerir o que devia fazer. Aparentemente, estava livre para fazer o que quisesse. A porta tinha uma fechadura do lado de dentro, nenhuma do lado de fora. Então, de onde tinham partido todos aqueles mitos, as histórias de que a pessoa que consultava a VA era amarrada em sofás, como criaturas de laboratório, e alimentada à força até vomitar?

Gregory dirigiu o número do seu seguro social e a referência do CTF e esperou as instruções. Depois do tempo surpreendente de um minuto apareceu a palavra PRONTO e o cursor verde piscante. Gregory pensou por um momento. A figura mesmerizante do cursor piscava impaciente, como um blip num monitor cirúrgico: enquanto estivesse piscando, Gregory estava vivo... Então transformou-se no blip de tela de radar: enquanto continuasse, seu avião estava perdido... Agora era o blip de um farol automático: cuidado com os rochedos, cuidado com os rochedos... Gregory pressionou input mas continuou a olhar para o cursor verde. Talvez tivesse um efeito hipnótico. Não, isso era paranoia.

Para sua surpresa, depois de alguns minutos de silêncio, input foi substituído por output. As letras começaram a se desenrolar na tela.

POR QUE VOCÊ NÃO ME FALA NO ASSUNTO?

Gregory quase desistiu. Esperava que a VA tivesse uma função psíquica, mas nada tão primitivo. Um grande desapontamento. Imaginou se estaria usando equipamento antigo – um computador de psicoterapia *fin-de-siècle*, por exemplo. Nesse caso, seria melhor conversar com um ser humano antiquado.

Contudo, havia outras possibilidades. Aquela primeira pergunta podia ter função específica. Talvez uma piada para relaxar (a ideia de que os computadores eram incapazes de gerar humor há muito fora descartada), ou um fator de irritação para que ele desabafasse tudo que tinha em mente. Ou podia ser um movimento de partida escolhido ao acaso. Seu computador portátil de xadrez nos anos 1970 podia oferecer várias respostas possíveis a uma abertura de peão do rei. Gregory resolveu que era tolice ficar zangado com a VA e respondeu à pergunta (que continuava piscando na tela) tão diretamente quanto havia planejado.

"Tenho medo da morte."

DESENVOLVA.
Bem, pelo menos não tinha respondido "todos nós temos" com uma risadinha vienense.
"Desenvolver em que direção?" Se ia ser exato, insistiria para que a VA fosse exata também.
QUANDO? COM QUE FREQUÊNCIA? DESDE QUANDO? DESCREVA O MEDO.
Gregory digitou as respostas cuidadosamente, com os espaços corretos, mesmo sabendo que isso era irrelevante para a compreensão da máquina.

1. No fim da tarde, começo da noite e quando estou na cama. Quando dirijo o carro subindo uma montanha, no fim do meu exercício físico, quando ouço certas músicas de jazz, no meio do sexo, quando olho para as estrelas, quando penso na minha infância, quando vejo uma pílula da felicidade na palma da mão de alguém, quando penso nos mortos, quando penso nos vivos.
2. Em todos os dias da minha vida.
3. Há dez anos, talvez, assim como descrevi. Antes disso, na adolescência, com a mesma frequência e terror, porém menos detalhado.
4. É uma combinação de medo físico, autopiedade, raiva e desapontamento.

É A MORTE QUE TEME OU O NADA?
"Ambos."
QUAL DOS DOIS TEME MAIS?
"Não faço diferença entre um e outro."
MAS TODOS MORREM. TODOS NO PASSADO E TODOS NO FUTURO.
"Para mim isso não é consolo."
DESCREVA SEU TERROR FÍSICO.
"Não é medo da dor, é medo da inevitabilidade da ausência da dor. E a sensação de ter um míssil rastreador de calor me perseguindo, sabendo que por mais que eu corra vai me alcançar."

"É..." Mas esse input foi interrompido.

TEORICAMENTE A LEBRE JAMAIS PASSA A TARTARUGA.

O quê? Gregory mal podia acreditar. O atrevimento. Rapidamente, respondeu:

"1. Zenão está morto, como deve ou não deve ter notado. 2. Não faça piadas cretinas."

DESCULPE.

A partir desse ponto, Gregory foi interrogado com cortesia e até mesmo – se é que se pode dizer isso de uma máquina – com sensibilidade, sobre sua infância, seus pais, sua carreira, sua experiência da morte de outras pessoas, os enterros a que havia assistido, suas expectativas para o futuro. Parte dessa informação, ele imaginou, seria comparada com o que havia na sua ficha. Durante essa conversa, começou a sentir que estava falando com a VA. A máquina parecia compreender os atalhos da sua descrição e acompanhar a modulação da voz sem dificuldade. A sessão estava quase no fim.

É DA MORTE QUE SE QUEIXA, OU DA VIDA?

"Não é uma pergunta real. De ambas, é claro, porque as duas são a mesma coisa."

E O QUE VOCÊ QUER QUE SEJA FEITO A RESPEITO?

"Não sei. O medo da morte é um instinto humano que não pode ser erradicado?"

NÃO MAIS. DE MODO NENHUM. IMAGINE A EXTRAÇÃO DE UM NERVO DE DENTE.

"Não vim atrás de pílulas da felicidade. Não é isso que quero."

CLARO QUE NÃO. SERIA UM INSULTO. EXISTEM MÉTODOS MAIS SÉRIOS. JÁ OUVIU FALAR EM EQM?

"Não."

POR FAVOR PEÇA UM 16b QUANDO SAIR. MAS NÃO SE ESQUEÇA DE PERGUNTAR A VOCÊ MESMO SE REALMENTE NÃO QUER TEMER A MORTE. GOSTEI DA NOSSA CONVERSA. POR GENTILEZA, ARMAZENE ANTES DE SAIR: ARRIVEDERCI.

Cristo, aquela máquina sabia ser irritante. *Arrivederci!* Teria ela lido mal seu sobrenome ou coisa assim? A não ser que fosse uma despedida ao acaso. Então, devia responder na mesma moeda, com uma despedida casual em esquimó ou maori. Esfregar o nariz na tela, isso com certeza ia abalar o animal.

Na saída, a recepcionista que lhe dera o testamento entregou o 16b sem que ele tivesse de pedir. Não devia ter feito isso, pensou Gregory. Nem devia ter dito com um sorriso: "Nos veremos em breve, espero." Talvez ele saísse dali e cometesse suicídio, só para contrariar a expectativa dela. Remar para mar alto num bote aberto, saltar da torre da igreja batendo as asas; ou fosse qual fosse o equivalente moderno desses métodos. Alguma coisa com um avião e sem paraquedas, suspeitava.

De volta a casa, o folheto parecia quente e vergonhoso no seu bolso, como uma publicação pornográfica especializada. Esperou até Jean subir para o quarto, apanhou um uísque-soda da despensa e preparou-se para a leitura. EQM, ficou sabendo, significava Experiência de Quase Morte, os sonhos embaladores – ou visões espirituais – da pessoa em coma, antes de escapar por pouco da extinção. Suicídios fracassados, sobreviventes de acidentes de carro, pacientes que sofreram complicações na mesa de operação – todos contavam que uma espécie de estado consciente, tênue, mas constante, fora mantido. O corpo inerte na cama de hospital não passava de uma casa às escuras, dentro dele a vida coerente continuava.

Os dados começaram a ser coletados nos anos 1970 e logo concluíram que os estágios principais da Experiência de Quase Morte podiam ser apresentados como as estações da Via Sacra. A EQM começava tipicamente com o desaparecimento da dor e uma sensação flutuante de calma. Vinha então a ausência de peso, aumento da percepção e desligamento do corpo físico. Tranquilamente e sem angústia, o eu deslizava para fora da camisa de força da carne, flutuava para cima, parava junto ao teto e olhava para baixo, para a casca vazia com uma distante curiosidade comatosa. Depois de algum tempo, o eu liberado partia para uma jornada simbólica, através do Túnel Escuro, na direção do País da Luz. Essa passagem era um período de alegria e otimismo, sensações que continuavam até o viajante chegar à Fronteira – um rio que era proibido de atravessar, uma porta que não devia abrir. Então, o esperançoso viajante compreendia que o País da Luz era inacessível – pelo menos nessa visita – e que era inevitável a volta ao corpo abandonado. Esse reentrada obrigatória no mundo da carne, da dor e do tempo era sempre marcada por imenso desapontamento.

Entretanto, havia um prêmio-surpresa. Os pacientes saíam da sua EQM sem nenhum medo da própria morte futura. Fosse qual fosse a interpretação do País da Luz (para alguns, confirmava a verdade da religião, para outros apenas a incansável capacidade humana para o pensamento positivo), o efeito prático era o fim do terror mortal. O coma, esse fac-símile da morte, era o fator central. Grupos de controle – aqueles que haviam apenas experimentado as agonias da dor, vítimas de sequestros sentenciadas à morte e inesperadamente libertadas – apresentavam resultados mais instáveis. Os pesquisadores haviam acompanhado um grande número de sobreviventes da EQM, entrevistando-os mais tarde nos seus leitos de morte. Aí as estatísticas caíam um pouco, mas o índice de eliminação do medo da morte era ainda de 90%.

Dessa descoberta surgiu em meados dos anos 1990 um pequeno programa pioneiro, destinado à cura de neuroses profundas por meio do coma induzido. Sem dúvida, era um procedimento arriscado, tanto socialmente quanto em termos médicos. Na verdade, alguns erros de cálculo levaram à interrupção do projeto por quase dez anos. Mas vencido o obstáculo principal – o risco de matar o paciente por engano –, o programa recebeu apoio financeiro do governo. A delicadeza e o alto custo da cirurgia necessária (além do medo do abuso democrático) significavam que a informação sobre a EQM induzida era muito restrita. Entretanto, o folheto 16b (do qual exigiam recibo assinado e que devia ser devolvido) prometia que, uma vez que o paciente fosse considerado apto ao tratamento, a porcentagem de segurança da técnica cirúrgica era de 99,9%, e o índice de cura a longo prazo era acima de 90%.

IMAGINE A EXTRAÇÃO DE UM NERVO DE DENTE... Simples assim, pensou Gregory. O motor perfurando a polpa e queimando o nervo. Fim das noites em claro.

Passou os dois dias seguintes no quarto. Às vezes, quando ouvia jazz, um clarinete deslocava-se do conjunto, erguia-se e soltava seu longo lamento sobre o corpo inerte do som e Gregory imaginava – brevemente, como se visto de um certo ângulo – a pergunta que fora feita. Mas sua resposta não se originava realmente de um processo de raciocínio. Era fácil demais para isso, instintiva demais. Era como ligar um interruptor, chutar uma bola, apertar um botão.

Quando voltou ao cubículo verde, a tela estava de ótimo humor, um madrugador cumprimentando outro com a neblina matinal ainda no chão e os pássaros conversando sobre a luz alegremente.

OI. É UM PRAZER VÊ-LO OUTRA VEZ. NÃO O ESPERAVA TÃO CEDO.

"Como vai?"

MUITO BEM, LEU SEU 16b?

"Li."

E GOSTARIA DE REMOVER CLINICAMENTE O MEDO DA MORTE?

"Não."

OH! Foi exatamente o que ela disse. A máquina realmente disse: OH! Uma pausa. Talvez Gregory devesse sentir-se culpado por sua negativa. E então.

IMPORTA-SE EM NOS DIZER POR QUÊ?

"Não."

OH!

Para variar, Gregory sentiu que estava por cima.

"O que ele queria remover", digitou cuidadosamente, como se pudesse ser complacente com as pontas dos dedos, "não era o medo da morte, mas a própria morte!"

O IMPOSSÍVEL SEMPRE DEMORA MAIS UM POUCO.

A máquina recobrava sua vivacidade, a não ser que o tom fosse também um fator do acaso. Gregory levantou-se e saiu pelo corredor para tomar café. Quando voltou, a tela estava repleta de chamados, VAMOS, CONTINUE e SUA VEZ, SENHOR e ENTRE ENQUANTO TEM TEMPO e VOCÊ! ESTÁ AÍ SENTADO HÁ DOIS MINUTOS E MEIO. Gregory limpou a tela pressionando rapidamente input e levou o cursor móvel para o campo de perguntas. Pediu Religião.

QUE RELIGIÃO?

"Religião em geral."

CONTINUE.

Gregory não sabia ao certo o que escrever. Mas provavelmente VA podia se informar no banco do CTF.

"Qual o estado atual da crença religiosa?"

CENSO DE 2016: IGREJA ANGLOPAPA, 23%, MUSLOINDU, 8%...

Interrupção. Não era isso que ele queria.

"Qual a força da crença dos que acreditam?"

VARIA ENTRE FRACA E ARDENTE, SUGERIMOS FOLHETO 34c.

Gregory achou que não ia pedir aquele folheto. Bem, uma vez que a VA estava de bom humor naquela manhã, por que não corresponder com intimidade pessoal?

"Você acredita em Deus?"

NÃO É UMA PERGUNTA REAL.

Devia ter imaginado isso.

"Por que não é uma pergunta real?"

TAMBÉM NÃO É UMA PERGUNTA REAL. VAMOS FALAR SOBRE VOCÊ! VOCÊ ACREDITA?
Gregory sorriu.
"Bem, estou pensando no assunto."
QUAIS AS PRINCIPAIS OBJEÇÕES? A pergunta veio rapidamente.
"As principais objeções são 1) Improbabilidade. 2) Falta de provas. 3) O problema do Mal. 4) Mortalidade infantil. 5) O sacerdócio. 6) Guerras religiosas. 7) A Inquisição...
Gregory sentiu que estava esgotando o assunto. Talvez tivesse deixado passar algumas objeções importantes. Que tal o fato de Cristo ser apenas um entre milhares de profetas semelhantes e o fato de existirem pedaços da verdadeira cruz suficientes para fazer dormentes de estrada de ferro de Londres a Edimburgo?
IMPORTANTE DISTINGUIR ENTRE CRENÇA RELIGIOSA E PRÁTICA RELIGIOSA. HUMANOS FALÍVEIS, MESMO PADRES. NÚMERO DE PESSOAS MORTAS PELA INQUISIÇÃO INCIDENTALMENTE MUITO EXAGERADO. MORTALIDADE INFANTIL AGORA MUITO REDUZIDA COM AS PÍLULAS DA FELICIDADE E ZONAS LIVRES DE CRIMES E DE QUALQUER MODO CONTINGENTE DE LIVRE-ARBÍTRIO. IMPROBABILIDADE E EVIDÊNCIA SUAS MELHORES SUGESTÕES.
"Mas é verdade? O que você acha?"
UMA DE CADA VEZ, POR FAVOR, CHARLIE.
"É verdade?"
GOVERNOS SUCESSIVOS APROVARAM POLÍTICA DE ESTRITA NÃO INTERVENÇÃO.
"Isso quer dizer que acham que é uma coisa boa?"
DIGAMOS NÃO UMA COISA MÁ.
Como a máquina parecia muito descontraída (uma bebida na mão, um pé de chinelo balançando do dedão do pé), Gregory digitou outra vez sua pergunta irreal.

"Aqui entre nós, o que você acha, para ser franca?"
SEIS DE UM E MEIA DÚZIA DO OUTRO, MEU CHAPA.
"Isso ajuda o povo?"
DE UM MODO GERAL, TALVEZ.

Entretanto não era isso que Gregory queria perguntar, apenas fora levado à pergunta. Duas coisas estavam bem claras. Primeira, a VA fora programada com vistas à política social. A verdade fundia-se com o que era considerado útil – ou pelo menos, não prejudicial – acreditar. Segunda, a máquina não estava apenas reproduzindo um repositório de respostas. Parte da sua função de psicoterapia consistia em convencer o consulente a fazer perguntas mais exatas. Certo, pensou Gregory, afinal, uma pergunta bem-feita é uma espécie de resposta.

Então, quais eram as perguntas? A morte é absoluta? A religião é verdadeira? Sim. Não. Não, sim – qual prefere? A não ser que, pensou Gregory, a não ser... que as duas respostas fossem Sim. Ele imaginava a vida eterna independente da existência de Deus. E se o inverso fosse verdadeiro? A religião podia ser verdadeira e, ainda assim, a morte absoluta? Seria um golpe baixo. Apresentou sua sugestão à VA, que respondeu rapidamente.

NADA DE HIPÓTESES.

A resposta não surpreendeu Gregory, mas continuou a achar tentadora a ideia hipotética. O pressuposto fora sempre de que ou a morte era final, ou um prelúdio da folha de ouro e das almofadas de veludo da eternidade. Contudo, devia haver espaço para alguma coisa entre essas duas proposições. Podia existir a vida eterna, mas só no plano de, digamos, de uma vítima de coma. Talvez a bela visão da EQM fosse extremamente literal e a morte fosse a inconsciência. Ou ainda podia existir uma vida eterna configurada para que você logo desejasse a morte inacessível. Em outras palavras, o inverso daquela condição humana comum na qual tememos a morte e desejamos a vida eterna inacessível.

E quanto ao aspecto da morte que Gregory sempre havia considerado o mais sorrateiro, o mais desleal? Quando morremos, enquanto os átomos que constituem nosso corpo se despedem com um aperto de mão, uma pancadinha no ombro e desaparecem rapidamente na noite, não há nenhuma dica celestial, nenhuma palavra murmurada no ouvido, "Escute, achamos que devia saber..." Um daqueles filósofos da antiguidade descreveu a crença como um jogo. Quem não aposta não pode ganhar. Aposte seu dinheiro no vermelho, aposte no preto – só duas opções. Gregory imaginou um francês de bigode com uma pena no chapéu, inclinado sobre a roleta. Repetidamente empilhava seus 40 *sous* e escutava o clique-claque da sorte, sem desconfiar que a roleta era viciada e que a bola sempre caía no 0. No mundo de preto e vermelho a mesa vence outra vez! E uma vez mais! E outra!

Entretanto, pensou Gregory, talvez houvesse algo pior. Imagine que você morre com aquela final ignorância – e então acorda novamente. Cristo, você pensa, este é um acontecimento digno de registro. O ausente voltou para casa. Vida eterna, meu dia de sorte. Uma esbelta enfermeira australiana que acaba de deixar sua prancha de surfe entra quase dançando no seu quarto e você acha que está com mais sorte ainda. Até ela abrir a boca. "Escute, meu chapa, este negócio de vida eterna. Já que está tão interessado no assunto há tantos anos, achamos que era justo dizer a verdade quando chegasse a hora. Bem, infelizmente, não tem mais jeito. Sentimos muito e tudo o mais, mas não podemos fazer nada..." E então, balançando a cabeça com ar de pena, ela apaga a luz. O que ele temia mais, que a questão da vida ficasse sem resposta ou que tivesse resposta, mas a resposta errada?

Olhou para a tela coberta outra vez de chamados urgentes ACORDA-ACORDA!, dizia, e QUEM É UM GAROTO ESPERTO? Pressionou armazene e foi apanhar mais café.

De volta ao console, começou: "Outro dia fiz umas perguntas sobre suicídio ao CTF..."

Oh, sim, eu me lembro.

Bem, isso respondia a algumas questões sobre interligação de circuitos.

"Você lembra?"

É claro que sim. Alguns dos exemplos o impressionaram especialmente?

"Bem, o cara que morreu de tanto beber parece estar meio deslocado."

Ho-ho-ho. Fala de Estilfon. Sim, depois que você saiu verificamos. Não sei de onde ele veio. Descuido no input em alguma fase, imagino.

"É verdade que o homem é o único animal capaz de cometer suicídio?"

Sim. Os lemingos não se qualificam. Mas podemos encarar a questão de dois modos: o homem é também o único animal com a capacidade de se negar ao suicídio.

"Isso é bom."

Achei que ia gostar. Inteligente, não acha?

"Então, qual seu script para suicídio?"

Meu script?

"É válido? O suicídio é válido?"

Válido?

O que estava havendo com a maldita máquina? Estaria zangada porque Gregory saíra tantas vezes para tomar café?

"Sim, válido. Filosófica, moral e legalmente válido. É ou não é?"

Legalmente sim, filosoficamente depende do filósofo, moralmente é por conta do indivíduo.

Por que tudo tinha ficado tão democrático? Por que todo mundo embrulhava-se confortavelmente na imparcialidade? Gregory queria ser agredido com a certeza.

"Se eu disser que vou me matar, o que você responde?"

Folheto 22d, embora preferisse conversar sobre o assunto antes.

"E, quando eu terminasse de ler o folheto, receitaria algumas pílulas de fim suave?"

Não deve acreditar em tudo que ouve.

Complacente também, pensou Gregory. Bem, não podia dizer que faltavam características humanas à VA. Não podia dizer que era impossível conversar com ela como com uma pessoa. Esse era o problema. Não era possível falar com ela como se fosse uma máquina carregada com a sabedoria do mundo.

"Então, já que tocou no assunto, diga-me, você tem alguma conexão com a Scotland Yard III?"

Não é uma pergunta real.

"Alguém cometeu suicídio depois de conversar com você?"

Fora de capacidade.

"Tem um serviço de distribuição de pílulas da felicidade?"

Classificado.

"Acho que vou terminar agora."

Não faça isso. Volte para outra conversa, por favor.

"Saindo e apagando."

Mas gostei das nossas conversas. Você é muito mais interessante do que a maioria. Por favor. Por mim.

Gregory imaginou como a VA reagiria a um input de doida obscenidade, mas achou que sua ascendência vienense certamente a preparava para absorver obscenidades. Assim, limitou-se a pressionar Não Armazenar, depois Apagar, desligou e saiu. A recepcionista bem informada perguntou se ele queria algum folheto.

– Tem algum sobre os programadores da VA?

– Infelizmente não temos.

– Sabe quem são?

– Sou nova aqui. Mas estou certa de que é informação classificada.

– Bem, acho que seria uma boa ideia desclassificá-la.

A recepcionista afirmou que era um direito democrático de Gregory tentar e entregou um folheto de campanha por computador.

Jean pensou em Rachel. A amizade feroz, a certeza de estar com a razão. E a confiança de que essa certeza e essa ferocidade mudariam o mundo. Imaginou encontrá-la outra vez, num parque úmido ou numa estrada tumultuada por caminhões. Havia uma saudação chinesa, uma antiga cortesia dos tempos asiáticos para encontros inesperados. Você para, inclina-se para a frente e murmura o cerimonioso cumprimento: "O sol nasceu duas vezes hoje."

No entanto Jean nunca mais se encontrou com Rachel, e se tivesse encontrado provavelmente teria feito uso da fórmula ocidental, igualmente cortês: "Você não mudou nada." O que evidentemente não era verdade para nenhuma das duas. Sua amizade fora há quarenta anos, quando (Jean sorriu) Rachel tentou seduzi-la. Hoje Rachel teria a idade que Jean tinha então. Talvez tivessem passado uma pela outra, no parque, na rua barulhenta, sob um céu pesado, sem notar. Será que Rachel continuava como antes, desafiando as pessoas a gostarem dela? Teria domesticado algum homem, que ficava em casa e tinha medo dela, um negativo fotográfico da vida de Jean com Michael? Talvez tivesse esgotado a raiva e a determinação, talvez tivesse se queimado duas vezes, talvez cansada de acreditar no que acreditava, voltou a acreditar no que os outros acreditavam. Certa vez Jean havia dito a ela como era cansativa a exigência constante de lógica, e Rachel ficara desapontada, mas era verdade. Era corajoso continuar a acreditar durante toda a vida naquilo que se acredita no começo dela.

Perdera contato com Rachel. A amizade era tão suscetível à fadiga quanto a crença. Jean fora filha única, única esposa, havia criado sozinha um único filho. Vivera sozinha por algum tempo e agora estava outra vez com o filho. Não fora uma vida de aventuras, apenas uma vida comum, embora mais solitária do que a maioria. Gregory herdara essa solidão, aumentada pela idade. Além da mãe, seu único amigo era o computador. O Homem Memória.

As Sete Maravilhas do Mundo. Jean havia visitado todas – ou pelo menos a sua versão delas. E além dessas sete maravilhas públicas, havia feito uma lista das sete maravilhas da vida privada. 1) Nascer. Essa tinha de ser a primeira. 2) Ser amada. Sim, era a segunda, embora na maioria das vezes não passasse de uma lembrança como a primeira. Nascemos no amor dos nossos pais e só compreendemos que esse estado não é permanente quando desaparece. Assim, 3) Ser desiludida. Sim, a primeira vez que um adulto nos desaponta, a primeira vez que descobrimos que o prazer contém dor. Para Jean foram os jacintos do tio Leslie. Seria melhor que isso acontecesse no começo da vida ou mais tarde? 4) Casar. Certas pessoas teriam posto o sexo como uma das maravilhas da vida, mas Jean não pensava assim. 5) Dar à luz. Sim, essa tinha de figurar na lista, embora Jean tivesse ficado inconsciente o tempo todo. 6) Adquirir sabedoria. Mais uma vez, estamos anestesiados durante grande parte desse processo. 7) Morrer. Sim, devia estar na lista. Podia não ser um ponto alto, mas era o ponto culminante da vida.

Jean havia passado por quase todas sem se dar conta do que estava acontecendo. Seria diferente com os outros? Provavelmente não, pensou. A maioria das pessoas vive muito próxima das maravilhas de sua vida sem perceber, como camponeses que moram ao lado de algum belo e familiar monumento que para eles não passa de uma pedreira. As Pirâmides, a Catedral de Chartres, a Grande Muralha da China eram apenas fontes de material para construção para reforçar o chiqueiro.

A maioria das pessoas não fazia coisa alguma, essa era a verdade. Você é criado com heroísmo e drama, com Tommy Prosser voando num mundo vermelho e negro; deixam que pense que a vida adulta consiste no exercício constante da própria vontade, mas não era bem assim, pensou Jean. Você faz coisas e só mais tarde percebe que fez, quando chega a perceber. A maior parte da vida é passiva, o presente uma cabeça de alfinete entre o passado inventado e o futuro imaginado. Ela não havia feito grande coisa, Gregory menos ainda. Oh, todos tentam nos convencer de que tivemos uma vida cheia e fascinante – recordam para você, como para um estranho, sua infância durante a guerra, seu casamento interessante, sua corajosa escapada, o modo admirável com que havia criado Gregory, suas aventurosas viagens enquanto outros ficavam em casa. Mencionam seu interesse pelas coisas, sua sabedoria, seus conselhos, o fato de que Gregory a adora. Em outras palavras, mencionam os fatos da sua vida que são diferentes dos da vida deles. Ah, sua sabedoria da vida – como desejava tê-la adquirido no começo e não mais tarde. Seu conselho – que as pessoas ouviam atentamente para praticar o oposto. A adoração de Gregory – bem, talvez sem ela ele fosse independente e tivesse feito alguma coisa. Mas por que ele devia fazer alguma coisa? Porque é a única vida que tem? Sem dúvida Gregory sabe disso.

– Gregory.
– Sim, mamãe.
– E não me chame de mamãe com esse tom. Só usa quando acha que vou criar problemas. Venha conversar comigo sobre essa bobagem de se matar.
– Não. Por que vou falar sobre isso?
– Certo. Por quê? É a sua vida. Sobre o que quer falar?
– Sobre Deus.
– Deus? Deus está numa motocicleta ao largo da costa da Irlanda.

— Muito bem, isso resolve o assunto — disse Gregory indignado, saindo da sala.

Minha nossa, pensou Jean, ele não quer mesmo falar sobre Deus, ou quer? Sim, acho que quer. Não era o tipo de assunto sugerido quando a pessoa não queria falar a respeito.

Não ouvia mais os passos de Gregory e algum tempo depois escutou os sons fragmentados do jazz no quarto dele. As pessoas estavam sempre fugindo. Tio Leslie fugiu da guerra — pelo menos se acreditássemos no que todos diziam, menos no tio Leslie. Ela fugiu de Michael e do casamento, de Rachel também, talvez. Agora Gregory perguntava se devia fugir de tudo. Nas palavras do livro marrom para futuras esposas: *Esteja sempre fugindo.* Porém, fugir não era sempre necessariamente o que todos pensavam. Todos acham que quem foge tem o mingau azedo do medo coagulado na garganta. Mas pode ser um ato de bravura — não se pode julgar de fora. Talvez o ato de fuga seja neutro, e só os que estão fugindo podem dizer se suas pernas são abastecidas pelo medo ou pela coragem. Com Leslie, alguém de fora podia fazer uma estimativa quase exata, com Jean, um pouco menos exata, com Gregory, menos exata ainda. Quem era ela para condenar, ou para aconselhar?

No quarto, Gregory era flagelado por uma corneta agressiva e acariciado por um piano discreto. Ele entendia pouco de música mas, uma vez ou outra, ouvia jazz. Para Gregory, jazz era aquela coisa rara, uma arte que havia cometido suicídio, e sua história podia ser dividida pedagogicamente em três períodos. O primeiro, quando tocavam músicas apropriadas e completas que podíamos reconhecer. O segundo, quando tocavam fragmentos de músicas, frases breves, repetidas, melodias tímidas que, mal começavam, eram abortadas. O terceiro, um período de puro som, quando o desejo de uma melodia era considerado estranho, quando a melodia podia ser contrabandeada na frente do ouvinte como uma peça de bagagem diplomática na alfândega — você tem a impressão de que a música contém algo que você deseja, mas é proibido de olhar. Gregory verificou com surpresa que preferia o segundo período, que parecia harmonizar melhor com seus sentimentos sobre a vida. A maioria das pessoas espera que sua vida seja repleta de música, quer que a existência desenvolva-se como uma melodia, deseja – e acredita ver – declaração, desenvolvimento, recapitulação, o clímax, se necessário, discreto e assim por diante. Para Gregory isso era ingenuidade. Ele esperava apenas retalhos de melodias; quando uma frase voltava, reconhecia a repetição, mas a atribuía mais ao acaso do que à sua virtude, ao passo que as melodias, ele tinha certeza, sempre acabavam fugindo.

Na noite seguinte Jean estava lendo na cama e, quando Gregory entrou para o beijo de boa-noite, ela pediu desculpas por sua brusquidão na véspera...

– Tudo bem – disse Gregory, com certa brusquidão também. – O que quis dizer com motocicleta?

– Só uma história que me contaram antes de você nascer.

– Você está sempre dizendo isso. *Só uma história que me contaram antes de você nascer.*

– É mesmo, querido? Bem, você foi temporão, não esqueça.

Parecia estranho dizer isso a um homem de quase 60 anos sentado aos pés da sua cama, mas era tarde demais para mudar seu modo de falar.

– Então, quem era esse motociclista? Amigo seu? – Gregory piscou um olho, encantadoramente, pensou ela. – Algum antigo namorado?

– Não tive namorados – disse ela. – Mais assim amigo de um amigo. Foi durante a guerra. Uma espécie de visão. O piloto de um Catalina, um barco voador, o viu quando patrulhava o Atlântico. A 700 quilômetros a oeste da costa da Irlanda. Um homem andando de motocicleta sobre as ondas. Deve ter sido uma coisa impressionante. Que belo truque.

– Muito melhor do que o seu com o cigarro.

– Muito melhor.

Um silêncio e então Gregory disse, de repente:
— Mamãe?
— Oh, meu Deus.
— Não, não é *mamãe,* está tudo bem. Só que resolvi fazer três perguntas, muito formais, e por isso achei melhor chamá-la assim.
Ficou de pé, foi até a janela, voltou a sentar na cama.
— Ganho um prêmio se responder certo?
— Acho que sim, de certo modo. Ainda não consegui muita coisa sobre o assunto...
— Com o Homem Memória? Não me surpreende. Só Deus sabe por que não me consultou logo.
Gregory sorriu.
— Você está confortável?
— Todo meu cérebro está alerta.
Entreolharam-se sérios. Para cada um deles, o outro parecia uma pessoa sem nenhuma ligação física ou de hábitos. Gregory via uma mulher idosa atenta, bem cuidada, simpática que, se não havia necessariamente adquirido sabedoria, pelo menos havia se livrado de toda estupidez. Jean via um homem perturbado e ansioso, começando a sair da meia-idade, uma pessoa medianamente egoísta que não conseguia decidir se sua mais ampla procura era ou não uma forma de egoísmo.
— Temo que sejam apenas velhas perguntas.
Ah, as velhas perguntas. E por que o visom agarra-se tenazmente à vida? E por que Lindbergh não comeu todos os seus sanduíches? Mas esperou gravemente.
— A morte é absoluta?
— Sim, é, querido. — Uma resposta firme e exata, eliminando a necessidade de mais perguntas.
— A religião é tolice?
— Sim, é, querido.
— O suicídio é permissível?

– Não, querido.

Gregory teve a impressão de sair do dentista. Três dentes extraídos, sem anestesia, sem dor, ainda.

– Muito bem, foi rápido – disse ele.

– E quantos pontos ganhei? – perguntou Jean, agora que havia passado a solenidade do teste.

– Vai ter de discutir isso com outra pessoa – disse Gregory.

– Bem, não falta muito agora.

– Oh, meu Deus, eu não quis dizer *isso*.

Gregory atirou-se um tanto desajeitadamente sobre a mãe, machucando-a um pouco. Aninhou a cabeça no ombro dela e Jean o abraçou pensando em como era estranho estar consolando o filho por causa da morte iminente dela, e não o inverso.

Depois de alguns minutos ele a deixou e foi para o pequeno jardim. A noite estava quente, negra e sem estrelas. Gregory sentou na cadeira de plástico e olhou para a casa. Pensou nas horas que havia perdido com o Homem Memória, uma máquina feita com as melhores partes de vários milhares de cérebros humanos, e como havia conseguido respostas muito mais claras do cérebro envelhecido da mãe. Sim, querido. Sim, querido. Não, querido. A voz de 100 anos de vida, vinda da beira do túmulo. Contudo, contudo... a própria certeza das respostas... Afinal de contas, a velhice tinha sua própria arrogância. Como sua mãe podia ter tanta certeza? Chegar aos 100 anos sem medo da morte não indicaria uma certa falta de imaginação? Talvez sentimento e imaginação fossem guias melhores do que o raciocínio. *A imortalidade não é uma pergunta erudita.* A VA havia citado essa frase em certo momento. Talvez as outras perguntas também não fossem eruditas. Aplicar o cérebro a elas talvez fosse como usar uma chave que não servia no parafuso.

Uma das cortinas do segundo andar desfez seu *blackout*. Gregory se lembrou de outro jardim, em algum lugar próximo de Towcester. Ao lado da mãe na escada de incêndio, bem acima do gramado. Ele segurava seu Vampire com o braço estendido, ela acendia o pavio que levava ao cilindro de combustível a jato.

Às vezes o combustível não acende, ou acende e o avião mergulha para a terra. Às vezes o avião plana lentamente enquanto o motor voa na frente, uma pequena lata de alumínio voando sobre o jardim e caindo no meio da cerca viva, além das primeiras árvores.

Ele errou na construção, é claro, mas afinal nós todos erramos. Todos nós supomos que o avião está sendo levado pelo motor, e que o curso está certo. Mas existem muitas outras possibilidades, muitas outras probabilidades.

A maturidade não é resultado do tempo, mas do que aprendemos. O suicídio não era o único dilema filosófico real da nossa era, era uma tentadora irrelevância. O suicídio é inútil porque a vida é tão curta. A tragédia da vida é a sua brevidade, não o seu vazio. As nações estavam certas, pensou Gregory, proibindo o suicídio, porque o ato encorajava no seu expoente uma falsa noção de valores. O suicídio dava ao homem a impressão de autoimportância. Que terrível vaidade devia ser necessária para tirar a própria vida. O suicídio não era autoabnegação. Não dizia, sou tão miserável e sem importância que posso me destruir. Dizia o oposto, vejam, dizia, sou suficientemente importante para destruir.

Talvez tivesse pensado em suicídio por se considerar um fracasso. Sessenta anos e não tinha feito muita coisa. Morou com a mãe, morou sozinho, outra vez com a mãe. Mas quem dizia que isso era fracasso? Quem define o sucesso? O bem-sucedido, é claro. E se ele pode definir o sucesso então aqueles que considera fracassos deviam poder definir o fracasso. Desse modo, não sou um fracasso. Posso ser um homem quieto e fraco de 60 anos que nunca fez muita coisa, mas isso não faz de mim um fracasso. Nego suas categorias. Nos velhos tempos só havia as tribos errantes, que se acreditavam as únicas tribos da terra, e essa crença não foi abalada pelo aparecimento de outras tribos. Para Gregory as pessoas consideradas como sucessos na vida eram como essas tribos.

O outro erro era todo esse pensamento, todo esse questionamento. Deus era um motociclista a 700 quilômetros da costa oeste da Irlanda, os óculos protegendo-o dos borrifos do mar, andando suavemente sobre as ondas como se fossem dunas de areia. Você acredita nisso? Sim, pensou Gregory, eu acredito nisso. Afinal, a única outra resposta é Não. O erro está em supor que você pode provar, que pode explicar, ou que precisa fazer isso. O que ele havia feito – o que muita gente fazia – fora colocar-se na impossível posição do meio, a posição tolerante mas cética, e dizer se você pode mostrar que um certo tipo de motocicleta, com um certo tipo de motociclista, com determinados pneus e uma determinada força de propulsão, pode andar sobre as águas apoiando tão pouco peso na superfície que o movimento para a frente torna-se possível, então eu acredito em Deus. Era uma posição ridícula, mas também completamente normal. As pessoas pensavam que entrar no Reino dos Céus, ou seja lá como chamam, era o mesmo que requerer uma hipoteca. E alguns procuravam os melhores padres como procurariam os melhores advogados.

Não se discute a pressão dos pneus, não se pergunta qual a marca da motocicleta, nem se tinha um *sidecar* para a Virgem Maria. Perguntar isso era o mesmo que dizer: olhe, sei que é um truque, nós dois sabemos que é um truque, conte-me o segredo e podemos ser amigos. Admitirei até que é melhor mágico do que eu. A propósito, gostaria de me ver fumar este cigarro?

Gregory sabia que para certas pessoas – crentes sinceros, sem dúvida à sua moda – Deus era um ciclista mágico e Cristo seu filho, que quando subiu ao céu quebrou o recorde mundial de altitude. Deus era o mestre dos mágicos, o grande prestidigitador que fazia malabarismos com os planetas como se fossem bolas brilhantes e nunca havia derrubado nenhum. Gregory não estava interessado nessa espécie de Deus – aquele capaz de responder às perguntas dos programas de televisão e fazer palavras cruzadas, que podia aninhar uma bola no canto superior da rede a uma distância de seis anos-luz. A crença em Deus não devia ter origem na admiração que sentia por Ele, ou no medo, ou – pior ainda, porque era enganar a si mesmo por vaidade – pelo fato de compreendê-lo. As gotinhas de água salgada nas luvas de couro, o pé aperta para baixo a pesada alavanca das marchas quando o mar se encrespa, a moto sai do alto de uma onda e por um instante paira no ar antes de chegar à crista. Nisso eu creio, pensou Gregory.

Ele não queria explicações, não queria condições. A vida eterna – esse era sempre o balcão das pechinchas, não era? Entrar no Reino dos Céus era como conseguir a suprema hipoteca, e a vida eterna era o melhor plano de aposentadoria do mercado. Evidentemente era necessário pagar em dia, todos os meses, sem falta. Gregory, ao contrário, acreditava porque era verdade, era verdade porque ele sabia que era verdade. Quanto ao que era verdade, ou o que se seguia ao que era verdade, não queria ser presunçoso. Se Deus havia decidido que o tratamento adequado para os que acreditavam nele era ferver para sempre no óleo do inferno, tudo bem. Não se nega Deus quando ele é injusto. Quem jamais achou que Deus tinha de ser justo? Deus só tinha de ser verdade.

Olhou para a janela iluminada e tentou parar de pensar. Chega de pensamentos. Chega. Todo aquele tempo perdido com o CTF. Todo aquele raciocínio, aquele questionamento, aquela *razão*. Não admira que fosse tão frustrante. Pensou que o CTF estava brincando com ele, que estava sendo feita uma sutil manipulação. Mas não se tratava disso. O CTF não passava de um ferro-velho, uma velharia dos humanos, treinada para dar respostas. Pergunta e resposta, pergunta e resposta, pergunta e resposta – escutem o chacoalhar do cérebro humano, para a frente e para trás como um tear industrial. Não era assim, pensou Gregory. Primeiro você tem as perguntas e procura as respostas. Então você tem as respostas e fica imaginando quais eram as perguntas. Finalmente, compreende que pergunta e resposta eram uma coisa só, que uma contém a outra. Pare o tear, o fútil tear tagarela do pensamento humano. Olhe para a janela iluminada e apenas respire. Inclinou a cabeça para trás e olhou para o céu negro e vazio. Nos bastidores da sua mente ouvia a música suave e abafada. Uma banda tocando baixinho, mas capaz de rugir. A música, embora jamais a tivesse ouvido antes, era familiar. Respire, respire apenas, olhe para a janela iluminada e apenas respire...

Jean, por sua vez, estava de pé na frente da janela, olhando para o vulto escuro que ela sabia ser seu filho. Com que rapidez, com que facilidade respondera às três perguntas, como devia ter parecido confiante. Mas parte dessa confiança era mero hábito materno. Agora, olhando para cima, para o negrume macio do céu, por um momento sentiu-se menos confiante. Talvez a fé fosse como a visão noturna. Pensou em Prosser no seu Hurricane. O avião negro, a noite negra, o reflexo vermelho luminoso no rosto dele, o piloto olhando para fora. Se as luzes do painel de instrumentos estivessem com suas cores diurnas, verde e branco, a visão noturna de Prosser seria destruída. Não poderia notar que havia algo de errado, não seria capaz de ver nada. Talvez a fé fosse assim, ou eles adaptavam o painel certo ou não. Era uma característica do desenho, uma capacidade. Nada a ver com conhecimento, inteligência ou percepção.

Todavia com ou sem fé aquelas três perguntas giravam como gralhas sem ninho num céu tempestuoso. Em determinado momento, todo mundo pensava nelas, por mais rápido que fosse, por mais frívolo que fosse o pensamento. Suicídio? Quem não tinha sentido o prazer momentâneo e estonteante de chegar até à beira do precipício? O que Olive Prosser, depois Redpath, haviam dito de Tommy? Sempre de olho na porta dos fundos. Bem, para muitas pessoas era pouco mais do que isso: a sugestão tranquilizadora de que se for necessário tem por onde escapar. Nos últimos meses, a perspectiva de fazer 100 anos e de Gregory percorrer as ruas à procura de falsos celebrantes que chegariam com sorrisos curiosos e ergueriam copos aos gritos de "Aos próximos 100!" – tudo isso a fazia estremecer. Não seria gaiato e ousado, pensava às vezes, recusar o papel de sobrevivente notável, desaparecendo entre os 99 e os 100? Que idade tinha o mais velho suicida registrado? Devia ter pedido a Gregory para verificar com o Homem Memória. Mas se pedisse ele podia tirar conclusões solenes demais.

Quanto às outras perguntas... Jean concentrou-se. É claro que a religião era uma bobagem, é claro que a morte era absoluta. Seria a fé como visão noturna – os crentes consumindo os sacramentos como os pilotos consumiam cenouras. Não, era tudo fantasia. Para Jean, a religião agora sugeria outra história de Tommy Prosser. Fugindo de dois 109 sobre o mar do Norte, ele ouviu o som da metralhadora. Subiu rapidamente em espiral, para enganar os atacantes. Desceu e foi a mesma coisa e então Prosser compreendeu o que estava acontecendo. Apertando nervosamente a alavanca de comando, com o polegar ainda sobre a parte superior, estava atirando sem perceber e assustando-se com os próprios tiros. Para Jean, a religião era isso. Pessoas tolas e inexperientes atirando sem saber e assustando-se com o barulho, quando o tempo todo, sob o arco indiferente do céu, estão, na verdade, sozinhas. Vivemos sob uma lua de bombardeiro, com luz apenas suficiente para ver que não há ninguém por perto.

E a morte é absoluta? A Torre de Porcelana, em Nanjing, não existia mais, porém, no seu lugar ela havia descoberto o filósofo chinês que falava sobre a destrutibilidade da alma. Naquela ocasião pareceu-lhe um indecifrável paradoxo local, mas com o passar dos anos, quase sem pensar no assunto, o conceito havia se composto, formando sentido. É claro que cada pessoa tem uma alma, um centro milagroso de individualidade, só que não faz sentido lhe apor a palavra imortal. Não é uma resposta real. Temos uma alma mortal, uma alma destrutível, e isso é perfeitamente correto. Uma vida depois da morte? É o mesmo que esperar que o sol nasça duas vezes no mesmo dia. Prosser conseguiu, é claro, e em tempos mais remotos teria sido exaltado ou perseguido por sua visão. Mas até Prosser sabia que era um fenômeno natural perfeitamente previsível, a coisa mais bela que vira em toda a sua vida, uma visão que o maravilhou e o fez esquecer o perigo, e que, no final das contas, era só uma boa história para impressionar garotas.

Não tinha mais tempo para pensar na morte. Agora só esperava que, quando chegasse a hora de ser colhida sua força final (se era isso que a gente sentia no íntimo), fosse capaz de se compor para que Gregory acreditasse que ela estava morrendo calmamente e feliz. Não queria morrer como o tio Leslie. A Sra. Brooks descreveu para Jean, com aquela voz que não precisava de megafone, as últimas horas de Leslie, quando ele, livre da dor, oscilava entre pura raiva e puro medo. Jean havia imaginado isso. Nas suas duas últimas visitas ele estava assustado e choroso, querendo que ela o tranquilizasse sobre um grande número de coisas incompatíveis, que a doença não era grave, que quando morresse ele ia para o céu, que ia morrer corajosamente, que sua fuga para a América não ia pesar na balança contra ele, que todos os médicos eram mentirosos, que não era tarde demais para congelar seu corpo e voltar à vida quando tivessem descoberto a cura do câncer, que era certo querer morrer, e certo não querer morrer, que ela ficaria sempre com ele, não ficaria?, porque, do contrário, a Sra. Brooks ia assassiná-lo por causa de suas parcas posses.

Enquanto Jean murmurava falsidades com a mesma rapidez com que ele choramingava seus temores, tentava também afastá-lo – nem que fosse por alguns minutos – daquela terrível concentração em si mesmo. Disse que tinha certeza de que Gregory gostaria de vê-lo e também de que Leslie não ia querer perturbar o sobrinho. Leslie mal respondeu e Jean ficou apreensiva quando Gregory foi visitá-lo, mas o comportamento corajoso e humorístico do tio descrito por Gregory a tranquilizou e impressionou. Talvez coragem para enfrentar a morte fosse apenas uma parte de tudo, talvez fingir coragem para os que nos amam fosse a maior e mais alta coragem.

A princípio Gregory foi contrário ao plano da mãe. Achou mórbido.

– É claro que é mórbido – disse ela. – Se não posso ser mórbida aos 99 anos, de que adianta ter vivido tanto?

– Quero dizer desnecessariamente mórbido.

– Não seja pedante. Se é assim aos 60, imagino como vão ser seus próximos quarenta anos.

Fez-se silêncio. Jean ficou constrangida. Estranho como se pode ainda dizer as coisas erradas depois de todos aqueles anos. Espero que ele não faça isso, espero que ele seja suficientemente corajoso para não fazer isso. Gregory ficou embaraçado e irritado. Ela pensa mesmo que devo fazer. Ela pensa que não serei capaz de resistir. Mas já compreendi tudo agora. E, de qualquer modo, será que eu teria coragem?

Viajaram para o norte numa clara tarde de março. Jean prestou pouca atenção ao caminho ou ao campo por onde passavam. Era preciso guardar as energias. Seus olhos estavam abertos, mas o que ela via era névoa. Havia desligado a gasolina temporariamente. Era assim que ela gostava de definir o que estava fazendo.

Quando chegaram ao pequeno aeroporto rodeado por campos ainda cobertos de geada, voltou-se para Gregory.

– Por acaso você trouxe champanhe?

– Pensei nisso e tentei imaginar qual seria sua reação e concluí que ia achar inadequado. Isto é – continuou com um sorriso –, se está mesmo decidida a ser mórbida.

– Estou – disse ela, respondendo ao sorriso. Inclinou-se e beijou o filho. – Não é de modo nenhum uma ocasião para champanhe.

Enquanto caminhavam na direção da pista, a pressão um pouco mais forte no braço de Gregory indicou que ele devia parar. O dia estava frio e seco, o sol baixo descia para um grupo de nuvens esgarçadas empilhadas no horizonte. Um avião pequeno, bastante antigo – um jato executivo de meados dos anos 1990, calculou Gregory – estava a 40 metros deles. Faixas amarelas largas e grandes números amarelos estavam pintados na pista.

– Não é uma grande conclusão, querido Gregory – disse ela –, mas a vida é coisa séria. Digo isso porque passei alguns anos sem saber se era ou não. Mas a vida *é* séria. E outra coisa. O *céu* é o limite.

– Sim, mamãe.

– E aqui está uma coisa para você – tirou do bolso uma tira de lata com letras gravadas: JEAN SERJEANT XXX –, pode ler XXX como beijos – disse ela.

Gregory sentiu que seus olhos começavam a arder.

Quando chegou perto da escada do avião, outra lembrança veio à tona. Outros degraus. PONTUALIDADE, lembrou ela. E havia PERSEVERANÇA. E o que mais? TEMPERANÇA. Era isso. Ou melhor, TEMPERAN. Mais CORAGEM. Isso mesmo, CORAGEM. E fique sempre longe da Bolsa de Valores. Não conseguia lembrar nenhuma outra palavra e desejou poder. Depois de nove décadas de vida o conselho era ainda útil. Gregory provavelmente precisava dele. Pontualidade, teve vontade de murmurar para ele, Perseverança, Temperan, Coragem e fique longe da Bolsa de Valores.

Quando Gregory carinhosamente prendeu o cinto sobre sua barriga, ela pensou: este vai ser o último Incidente da minha vida. Oh, outras coisas podem acontecer, especialmente uma, uma Maravilha ainda não conhecida. Mas este é o último Incidente. A lista está terminada.

Voaram para o leste, sobrevoando um bosque desfolhado, depois um campo de golfe deserto. Um par de depressões arenosas olhava para eles como órbitas vazias. Pequenas flâmulas vermelhas espetadas aqui e ali transformavam o campo num modelo de tempo de guerra onde os generais planejavam seus avanços. Mas era apenas um campo de golfe. Será que alguém ainda o chamava de Velho Refúgio Verde, pensou ela. Pouco provável. As pessoas, como o tio Leslie, estavam mortas, e suas frases com ele. Agora, os poucos que lembravam suas frases iam morrer também. O campo atrás do bosque malcheiroso que ficava ao lado do caminho para o número 14. Gritar para o céu, deitar no paraíso e gritar para o céu.

Ganharam altura e o piloto rumou para o sul para que Jean ficasse voltada para o oeste. Jean quis que Gregory sentasse atrás, para ter melhor visão, mas ele insistiu em ficar ao seu lado. Ela não fez objeção, ele fora bom não levando champanhe, além disso, não havia nenhum motivo para que ele estivesse tão interessado.

O piloto manteve a altitude e Jean olhou longamente para o oeste.

– É uma pena aquela nuvem – disse Gregory. Ela segurou a mão dele.

– Não faz diferença, querido.

Não fez. Não se pode olhar para o sol durante muito tempo – nem mesmo para o sol poente e tranquilo. Era preciso pôr os dedos na frente do rosto. Como Prosser Nascer do Sol. A mão na frente do rosto, voando para cima no ar rarefeito. Delicadamente, o céu agora providenciava a mão, quatro largos dedos de nuvens estendiam-se no horizonte e o sol deslizava para trás delas. Várias vezes ele apareceu brilhante para desaparecer novamente, como a moeda de um mágico passando suavemente pelas juntas da mão.

Então ele livrou-se do último dedo cinzento. Naqueles momentos finais, a sensação de movimento mudou, a terra parecia subir como mar revolto arrastando o sol para baixo. O círculo queimado da ponta de um cigarro apagado, a fumaça chiando para fazer nuvem.

Jean Serjeant sentiu que o avião começava a subir numa curva para a esquerda. Desviou os olhos da janela. Segurava ainda a mão de Gregory. Ele estava chorando.

– Não, não – murmurou ela, segurando com força a mão grande e macia do filho.

Você foi mãe até o dia da sua morte. Imaginou o quanto Gregory havia observado.

Depois de alguns minutos o piloto voltou para a horizontal e começou um segundo voo para o sul. Jean desviou os olhos do rosto molhado de Gregory e olhou para a janela. Os dedos de nuvens não estavam mais entre ela e o sol. Estavam os dois face a face. Mas Jean não fez nenhum sinal de cumprimento. Não sorriu e esforçou-se para não piscar. A descida do sol parecia mais rápida agora, um movimento deslizante. A terra não procurou alcançá-lo com avidez, mas ficou deitada, plana com a boca aberta. O grande sol cor de laranja pousou no horizonte, cedendo um quarto do seu volume para a terra que o esperava, depois metade, três quartos, e então, facilmente, sem discussão, o último quarto. Por alguns minutos o brilho permaneceu atrás do horizonte, e Jean, finalmente, sorriu para aquela fosforescência pós-mortal. Então o avião mudou de rumo e começaram a perder altura.

Este livro foi impresso na Editora JPA Ltda.,
Av. Brasil, 10.600 – Rio de Janeiro – RJ,
para a Editora Rocco Ltda.